L'amour est une île

*Du même auteur
aux Éditions J'ai lu*

LES DÉFERLANTES
N° 9268

DANS L'OR DU TEMPS
N° 9659

Claudie GALLAY

L'amour est une île

ROMAN

© Actes Sud, 2010

À Guy

Ils ne savaient pas que c'était impossible, alors ils l'ont fait.

Mark T<small>WAIN</small>

Il fait encore nuit et le fleuve est tranquille quand Odon Schnadel sort de sa péniche. Il tient un bol à la main. C'est son premier café, noir, brûlant. Il a mal au crâne. Il glisse deux aspirines dans le bol.

La chaleur est étouffante.

Des branches flottent, cassées plus au nord et charriées, apportées là, elles se confondent avec les eaux brunes.

Les arbres souffrent, même ceux qui ont les racines dans l'eau.

Sur le pont, ça sent le vernis. Il y a des pinceaux rouges dans une boîte, un pot, des chiffons. L'odeur du vernis ajoute au mal de crâne.

Odon boit son café en regardant couler le fleuve. Quelque part sur l'île, un chien hurle.

Une lucarne grillagée est plantée dans la porte. Faible halo jaune. Quand Mathilde est partie, il s'est juré ça, la laisser briller jusqu'à ce qu'elle revienne.

Cinq ans. Les ampoules ont grillé. Il les a remplacées.

Aujourd'hui, elle est là, quelque part en ville, pour le temps du festival. Depuis des semaines, la rumeur se répand, la Jogar revient entre ses murs, elle joue *Sur la route de Madison* au théâtre du Minotaure.

On parle d'elle dans les journaux.

On parle d'elle partout, dans son quartier, dans la rue. On dit qu'elle dort à la Mirande, l'un des plus beaux hôtels de la ville. On dit aussi qu'elle a renié son nom en devenant la Jogar.

Odon finit son café, le bol entre les mains, les coudes au bastingage.

Le jour se lève.

Big Mac le crapaud se terre dans le talus.

Un train passe.

Odon tire une cigarette du paquet, arrache le filtre avec les dents. C'est sa dernière, il froisse le paquet, le jette dans le fleuve.

Il pisse dans l'eau.

Un poisson nage à la surface. Un silure est en train de crever dans les branches, entre la péniche et la rive. Tout a soif cet été, la terre, le ciel, même le fleuve réclame sa part.

Il pose son bol, remonte le silure, le rejette vers les courants.

Jeff arrive juste après huit heures, il cale le Solex contre le saule, enjambe la barrière.

Des touffes d'orties et d'herbes vertes ont pris racine au pied de la passerelle. Un pot avec un vieux géranium, les tiges noueuses, sèches.

Jeff monte sur la péniche.

Il enlève sa casquette. Ses cheveux sont trempés par la sueur.

Il jette le journal sur la table, entre le cendrier et le bol. Il le jette toujours de la même façon, la main désinvolte. La casquette suit.

Avant, il était cantinier à la prison. Quand la prison a fermé, il a gardé les clés, un trousseau entier. Depuis deux ans, il squatte une cellule avec la vue sur l'arrière du palais des Papes. Il touche une aide de l'État. Il fait aussi des petits boulots comme s'occuper de la péniche et du théâtre d'Odon.

Il sort un trèfle de sa poche.

— Je l'ai trouvé sur la rive. C'est un bon présage, il dit, en montrant les quatre feuilles.

Odon s'en fout, il vient d'ouvrir le journal.

— Bon présage, tu parles...

Sur la première page, en grand titre : Avignon, état de choc !

Après une semaine de grève, la direction du festival vient de décider l'annulation de tous les spectacles in. La nouvelle tombe dans les journaux.

Ça fait des années que le malaise grandit, il fallait bien que ça éclate.

Odon est inquiet. La veille encore, par solidarité, sa compagnie n'a pas voulu jouer.

Il passe ses mains sur son visage. Sa peau est sèche. Ou c'est l'intérieur de ses mains.

Il regarde le fleuve. Le soleil éclaire la surface de reflets rouges.

Jeff range le trèfle.

Il choisit une pomme dans la corbeille. Il se cale contre le bastingage, racle la peau avec les dents, après il attaque la chair. Il mange aussi le trognon. Il fait comme ça depuis toujours. Il avale aussi les pépins. Il paraît qu'il y a de l'arsenic dedans. Il n'y a que la queue qu'il ne mange pas.

— On dit que ce sera un sale été, il dit. Un été pourri.

Il énumère les travaux qu'il doit faire avant l'automne, laver le pont, vidanger le groupe électrogène, réparer la table pliante. Il doit aussi évacuer les branches mortes et jeter tous les pots de peinture vides qui traînent un peu partout.

Jeff est payé pour nettoyer, vernir, empêcher que tout ne devienne un taudis.

Il n'empêche pas.

Le pont est encombré par plusieurs grands fauteuils, un divan, un siège pivotant de coiffeur, une table basse au milieu. Un auvent de canisses protège tout ça du soleil.

Un piano. Jeff glisse sa main sur les touches, ramène un mélange de poussière et de pollen. Ses doigts laissent leur empreinte, une sueur qui s'efface.

Odon tourne les pages du journal. Rubrique Spectacles. La Jogar est en photo. Dans un salon d'hôtel, en robe du soir. La chevelure épaisse, les yeux sombres. Sur ses lèvres, ce sourire qui fait dire d'elle qu'elle est arrogante.

— Elle est revenue... dit Jeff en se penchant sur son épaule.

— Ça ne te regarde pas.

Il se redresse.

— J'aime pas qu'elle soit là.

— C'est pas ton problème.

Jeff recule.

— Je m'éloigne du journal alors.

— C'est ça, éloigne-toi.

Odon referme le journal.

— Faudrait que t'arraches les orties, on va bientôt plus pouvoir sortir.

— Je vais le faire.

— Deux semaines que tu le dis, Jeff... Tu as commencé à vernir le pont aussi et t'as pas fini.

— J'arrose les fleurs déjà...

— Oui, les fleurs tu les arroses mais les orties ça s'arrache, et Monsieur Big Mac n'aime pas leur odeur.

— Parfois, on n'aime pas et puis on s'attache, dit Jeff.

Odon plaque la main sur la table, les doigts écartés.

Jeff se tait.

Avec la chaleur, les feuilles se dessèchent, elles jaunissent, crèvent. Sous l'un des hublots, le lierre se transforme en lianes.

Il remplit l'arrosoir.

Des plantes sont alignées sur une planche au-dessus du piano. Des fleurs qui poussent dans des pots en verre, on voit les racines par transparence. C'est Jeff qui les plante. Quand il n'a plus de pots, il utilise des boîtes de conserve, avec une pointe il perce des trous. Il récupère de la terre à limon dans un endroit secret de l'île.

Tout ce que Jeff plante prend racine.

Il dit, Si je plantais la mort, elle pousserait aussi.

Odon pense à Mathilde. La nuit, il s'empêchait de dormir pour la regarder. Sa bouche lourde, son corps nu sous le drap, il en parcourait tous les contours, il la couvait, la recouvrait, il aimait tout d'elle, son ventre doux, l'odeur de sa peau, son rire, ses désirs, sa voix. Quand elle est partie, elle a dit, Tu penseras à moi de temps en temps ? Il n'a pas pu répondre. Il a posé un long baiser dans ses cheveux.

Jeff arrose les plantes au-dessus du piano. Il parle du festival de l'an passé.

— D'où il était le gars qui nous aidait pour les décors, il avait un drôle d'accent ?

— Du Michigan...

Jeff le sait mais il aime entendre prononcer ce nom, Michigan.

— Oui, c'est ça, il jouait du banjo...

Il parle encore, tout seul, en arrosant la terre.

Odon se jette dans l'eau et le crapaud plonge derrière lui. Des années que c'est ainsi, dès les beaux jours, une habitude. Ils nagent, ensemble, l'homme et la bête. Ils longent la rive. Après quelques mètres, Big Mac s'accroche à ses épaules, le corps froid se plaque contre la nuque et Odon pique droit dans le fleuve. C'est dangereux. Quand il sent les courants autour de ses cuisses, il s'arrache et revient.

— Les courants sont des tueurs, dit Jeff en le regardant sortir de l'eau.

— Je connais les courants.

Jeff hausse les épaules.

— Un jour le fleuve te gardera ou il tuera Monsieur Big Mac.

Odon ne répond pas. Il s'essuie avec une serviette qu'il repose sur un fil tendu entre deux arbres. La péniche est amarrée à la rive la plus sauvage, dans les ombres épaisses d'une rangée de platanes. Des années qu'il a mis le fleuve entre lui et la ville. Incapable de vivre directement sur terre, avec les hommes. Incapable de vivre sans.

L'hiver, les brumes se collent au fleuve, il ne voit d'Avignon que des remparts fantômes.

Il se sert un deuxième café.

Jeff branche la radio, France Inter, c'est les vacances, des programmes un peu désorganisés. Le bulletin météo promet un temps chaud, des températures caniculaires sans aucun espoir de pluie avant longtemps.

Le flash info annonce l'annulation du festival. Ça fait râler Odon. Ce n'est pas tout le festival qui est annulé mais le in seulement.

Il change d'ondes. Les radios relaient toutes la même information. Sur France Culture, Ariane Mnouchkine s'insurge, réclame un droit légitime à jouer. Bartabas dénonce une décision suicide, il refuse cette grève qu'on lui impose.

Odon termine son café. La journée promet d'être tendue.

Les journées suivantes.

Les nuits.

Au-dessus de la péniche, le ciel est déjà bleu, une chaleur accablante qui doit durer jusqu'à la fin de la semaine et sans doute tout le mois de juillet.

C'est en regardant sous les platanes qu'Odon voit la fille.

Pendant les semaines du festival il vient s'en échouer là par dizaines, des gamins sans lit qui rêvent d'aventures et finissent par dormir sur le chemin.

Celle-là, c'est une presque môme, vingt ans à peine, des cheveux trop courts, un pantalon trop grand pour un ventre maigre.

Il lui montre son bol.

Elle fait oui avec la tête.

Il retourne dans la cale, ressort avec un mug. Il descend la passerelle.

Elle porte un tee-shirt à rayures, un pantalon en toile, des baskets recouvertes de poussière. Pas de chaussettes dans les baskets. Elle a un anneau fiché dans sa lèvre, un clou dans le sourcil et trois boucles le long d'une oreille.

Un sac à dos est renversé sur le talus. Un appareil photo posé dessus.

— Il est fort... elle dit en avalant la première gorgée.

Sa voix est feutrée, à peine audible, une respiration d'asthmatique.

— Tu viens de loin ? il demande.

— Du Nord.

— Le Nord, c'est vaste...
— Versailles, la forêt.
Il sourit, c'est pas tant le Nord que ça.
Elle dit qu'elle est venue en stop, un couple lui a fait descendre la vallée par l'autoroute.
Elle finit son café, les mains serrées autour du mug.
Sur la rive, un scarabée pousse une boule de sable, des merles grattent dans la poussière à la recherche de nourriture.
— C'est là-bas ? elle demande en montrant la ville.
— Oui, là-bas, entre les remparts.
Elle n'a pas l'habitude des fleuves. Celui-là est large, une masse épaisse, menaçante.
— Tu as faim ? il demande.
Il retourne sur la péniche, il prend ce qu'il trouve, des figues, du beurre, du pain, il met tout dans une assiette. Quand il ressort, la fille n'est plus là. Le mug est abandonné sur le mur. Un dépôt sombre a terni le blanc laiteux à l'intérieur.

Elle entre dans la ville par la grande porte de l'Oulle. Les remparts. La place Crillon. Il y a des affiches partout, accrochées, suspendues aux barreaux des fenêtres, collées sur les murs ou sur des cartons. Il y en avait déjà sur le pont.

Elle lève les yeux, regarde autour.

Le ciel est sec.

La lumière vive.

Elle s'enfonce au hasard dans des rues qui ressemblent à des décors. Rue Joseph-Vernet, rue Saint-Agricol. Des affiches encore, un homme en chapeau, une danseuse sur un fil, le cœur rouge d'un Cupidon...

Certaines sont barrées d'une croix de peinture noire.

Les fournils sont ouverts, ça sent le pain, le croissant.

Place de l'Horloge, les cafés, les chaises et les tables encore entravées par des chaînes lourdes.

Elle a soif. Le café lui a laissé un goût amer dans la bouche. Elle cherche une fontaine. Il n'y en a pas. Elle se frotte la langue avec la main.

La première affiche de son frère, elle la voit juste après, contre une grille. Il y en a une autre plus loin.

Elle s'approche. Le cœur battant.

L'affiche est collée sur du carton.

Nuit rouge, une pièce de Paul Selliès, mise en scène Odon Schnadel, au théâtre du Chien-Fou.

C'est pour voir ça qu'elle a traversé la France. Le nom de son frère. Entendre ses mots. Elle prend une photo, une autre, le nom de Paul. Elle cherche d'autres affiches, en trouve une dizaine rien que sur cette grande place.

Elle ne remarque rien d'autre de la ville, seulement cela.

Soudain, le parvis est devant elle. Grand ouvert. Le palais des Papes, des murailles hautes. Le soleil éclaire les tours. Tout en haut du clocher, une statue de Vierge dorée domine la ville.

C'est une place immense, dans une ville close.

Elle avance.

Des grévistes sont couchés sur les marches qui montent aux portes du palais. Ils sont une vingtaine. Les corps cassés, les bras, les nuques. On dirait des fusillés. Une banderole est placardée derrière eux, des lettres rouges, Nous sommes morts.

Odon passe les remparts, il remonte la ville. Les ruelles étroites du quartier de la Balance. Des compagnies s'en vont. Il croise des festivaliers qui errent, un peu perdus. Sur le parvis, les intermittents expliquent pourquoi ils ne jouent pas. D'autres, pourquoi ils jouent. L'heure est à la confusion.

Odon s'arrête devant l'affiche du festival, trois clés à molette sur un fond de coque de bateau rouillée. Prémonitoire.

Il traverse les jardins, rejoint la rue des Ciseaux-d'Or.

Son théâtre, le Chien-Fou, est l'un des plus anciens d'Avignon, bâti sur la place Saint-Pierre dans le cœur des vieux quartiers. Quinze ans qu'Odon l'a acheté. À l'époque, le lieu était vétuste, abandonné. Un chien qu'on disait fou vivait là-dedans et refusait d'en sortir. Les voisins laissaient de la nourriture dans des gamelles. C'était un dogue à fourrure épaisse, la gueule longue, la bête a fini par mourir de peur une nuit d'orage. Odon l'a enterrée sur la berge, un saule a pris racine.

Le curé est sous le porche de son église. Les deux hommes se serrent la main, une poigne franche. Ce curé, on l'appelle père Jean mais, son vrai nom, c'est Noël. Père Noël, sa mère ne pouvait pas savoir qu'il serait prêtre.

— Ça va jouer ? il demande.

Odon n'en sait rien, il espère, mais, avec l'annulation du in, c'est toute une partie du programme qui disparaît.

Il sort une invitation de sa poche.

— Ma participation au denier du culte, Julie serait contente que tu viennes la voir.

Le curé hoche la tête.

— Je viendrai, il dit.

Il est persuadé que Julie sera une grande actrice un jour. Odon n'y croit pas. Sa fille aime trop la vie, elle ne s'ennuie jamais, il n'y a rien de désespéré en elle.

— Isaac aimait Dieu au point de lui sacrifier son fils, dit Odon.

— Quel rapport ?

— Julie joue bien mais elle ne sacrifie pas.

Le curé hausse les épaules.

Ils parlent des grèves, du mouvement à poursuivre ou pas.

Un groupe de touristes s'est arrêté devant la façade du théâtre. Ils regardent le jeu d'échecs posé sur la petite table, près de la porte. Deux tabourets glissés dessous. Le jeu appartient à Odon, il le laisse là pendant tout l'été. N'importe qui peut jouer.

À côté de la porte, une plaque en laiton :

Théâtre du Chien-Fou,
O. Schnadel.

Un simple loquet en bois.

C'est l'entrée des artistes.

Odon appuie sa main large sur l'épaule du curé.

— À plus tard...

Il traverse la place.

Derrière la porte, le couloir est sans lumière. Il y a des odeurs de poussière avec des fils électriques qui pendent au plafond.

Odon connaît ce couloir en aveugle.

Six loges, les coulisses, le rideau. Des costumes sur des portants. Dans la salle, dix rangées de seize fauteuils, les strapontins dans les travées, de la moquette rouge élimée. Sur les côtés, un poêle ancien. Les ganses en cuir qui servaient à suspendre les torches autrefois.

Jeff est sur la scène. À coups de marteau et de pointes, il répare une latte qui se déchausse dans le plancher. Les coulisses sont encombrées. Depuis que les techniciens sont en grève, c'est le foutoir dans les décors.

Julie est dans la première loge avec Damien, Chatt' et Greg. Yann à l'écart, collé au téléphone.

La climatisation est poussée à fond, il fait presque froid. S'ils la baissent, elle s'arrête. Un problème de thermostat, personne n'est là pour réparer.

Contre le mur du couloir, les affiches de *Nuit rouge*, sur fond blanc, répété à l'infini.

— On fait quoi ce soir ? demande Julie quand elle voit passer son père dans le couloir.

Odon revient sur ses pas.

— Comment ça, on fait quoi ?
— On doit être solidaires, dit Julie.

Il refuse de fermer les portes un soir de plus.

— Faudra virer les costumes qui sont dans le couloir, ça va être le bordel sinon.
— Ça sera le bordel quand même, dit Damien.

Leurs yeux se croisent.

Damien se détourne.

Odon allume une cigarette.

— Être solidaires n'empêche pas de jouer.

Pour Julie, faire grève est aussi une façon de jouer. Si chaque compagnie montait une barricade, il y en aurait plus de six cents dans la ville. Le spectacle serait alors dans la rue, la scène sur le bitume.

Les techniciens arrivent, ils s'en mêlent.

Odon est persuadé que la poursuite des grèves servira au Medef et que le blocage fera le jeu des gouvernants.

— C'est en laissant les théâtres ouverts que les peuples se font entendre.

Le ton monte. Julie n'ose plus affronter son père.

— Dans une heure, on se regroupe et on fait le point, dit Odon.

Faire le point, c'est voter.

Il passe dans son bureau, vérifie le courrier. Des épaisseurs de paperasse s'entassent sans qu'il ait le temps de tout ouvrir.

Il loue la salle à deux autres spectacles, *L'Enfer* sur le créneau de midi et un vaudeville à quinze heures par la troupe du Sablier. Les deux compagnies sont en grève. Impossible de remettre la main sur les contrats.

Tout est encombré, autour, au-dessus, dans les pièces à côté, quinze ans d'archives et de vieux décors.

Il appelle le directeur du théâtre des Carmes. Benedetto dit qu'il n'a jamais vu son quartier aussi calme. Son théâtre reste ouvert mais les représentations sont annulées. Sa scène devient un lieu de débat. Pas de représentations non plus au Chêne-Noir.

Odon passe d'autres coups de fil. Ses comptes frôlent le rouge.

Il se lève.

Le punching-ball se balance devant la fenêtre. Déjà là quand il a acheté le théâtre. Il le caresse du plat de la main, il cogne dedans. Plusieurs fois. Un bruit sourd. Il cogne sans recul.

Après, il appelle sa sœur. La Grande Odile vit dans le quartier, tout près, rue des Bains. Il devait déjeuner avec elle, il dit qu'il ne viendra pas.

La Jogar pousse le portail. Les gonds grincent. Ils ont toujours grincé. Un peu de rouille rouge se détache du fer et se colle à ses doigts.

Elle fait quelques pas. Elle lève la tête. Même odeur, même poussière. Les vélos des garçons, les ballons éparpillés. Le grand acacia. La lumière s'écrase sur son feuillage, tombe dans la cour comme dans un puits.

Le local à poubelles.

Les volets de la Grande Odile sont tirés.

Elle ramasse un gravier, elle vise. Le gravier bute.

Elle recommence.

Le volet finit par s'ouvrir.

La Grande Odile se penche, les cheveux coupés au carré, une salopette à rayures, quand elle reconnaît la Jogar, elle pousse un cri, dévale l'étage. L'instant d'après, elle est contre elle, dans la cour.

Elle la regarde, lui prend la main, l'entraîne, la regarde encore.

— Qu'est-ce que je suis heureuse de te voir !

Dans la cuisine, elle débarrasse tout, pousse le désordre. L'appartement est calme, les garçons sont à la piscine pour l'après-midi.

Elle sort l'eau fraîche et les boissons.

— Raconte-moi...

— Que veux-tu que je raconte ?
— Tu es devenue la Jogar !
— La Jogar, oui...
— Et ça te fait quoi ?

La Jogar boit une gorgée d'eau.

— Ça fait une vie sage et bien laborieuse.

La Grande Odile pose sa main sur la sienne.

— Tu te trouvais laide, tu ne voulais pas qu'on te regarde, tu te cachais sous la table quand quelqu'un arrivait. Et, aujourd'hui, tu es célèbre !

Elle fronce les sourcils.

— Tu aurais pu donner de tes nouvelles...

Ce n'est pas un reproche.

La Jogar dit, J'ai pensé à toi souvent.

C'était une si belle amitié. Une histoire de filles, de confidences, commencée à l'école. Mathilde n'avait pas de sœur. Elle jouait toute seule. Pour les jeux à deux, elle changeait de chaise, de voix, s'inventait une amie. Elles parlent de ce temps-là.

Odile emplit son verre.

— Tu veux de la grenadine ?...

Elle se lève, ouvre le placard, pose sur la table un paquet de palets bretons.

— Si j'avais su, j'aurais fait un gâteau.

Sur la télévision, il y a la photo de ses quatre garçons dans des cadres en coquillages. Des coloriages aimantés sur la porte du frigo. Des garçons, tous de pères différents.

La Jogar les regarde.

— Tu te rappelles, c'est moi qui voulais des enfants et toi t'en voulais pas...

Le grand fait un CAP de mécano, Odile dit que ça ne lui plaît pas mais ça l'occupe.

— Il ne voulait pas être coiffeur quand il était petit ?
— Il veut toujours.

La photo de ses parents, dans un cadre. La Jogar se souvient d'eux. Son père est mort d'une chute de vélo, sa mère deux ans plus tard, de chagrin. Odile est restée vivre dans leur maison.

Elle ouvre un tiroir, sort des articles de journaux.

— J'ai tout découpé, tout gardé... Je me souviens quand tu récitais tes textes. Même le dimanche ! Je venais jouer dans ta rue, je t'entendais par la fenêtre.

La Jogar passe d'un article à l'autre.

— J'aimais déjà mes chaînes... elle murmure.

— Tu as toujours été différente... On dit que tu dors à la Mirande ?... ça doit être beau ?

Odile sourit. Il lui arrive de s'arrêter devant les portes, elle essaie de voir à l'intérieur, les fauteuils, le patio.

La Jogar lui rend les articles.

— Le confort est parfois ennuyeux tu sais...

— Quand on baigne dedans, on doit pouvoir dire ça !

La Jogar s'excuse. Elle explique que l'on peut entrer dans ces endroits-là, regarder, prendre un café, ça ne coûte pas si cher et ça fait passer l'envie.

— Et, après, on prend des habitudes, dit Odile.

— Une fois ne fait pas l'habitude.

Odile hausse les épaules.

Elle parle de ses enfants, de leurs notes à l'école. Des bêtises que fait le plus grand. Et puis elle ne dit plus rien. Elle se prend la tête entre les mains, les yeux brillants.

— Qu'est-ce que j'aurais aimé que tu te maries avec mon frère.

Elle dit ça brusquement.

La Jogar tente un rire.

— On n'épouse pas les hommes que l'on aime.

— Tu aurais pu vivre avec, alors ?
— C'est pareil.
Elle détourne la tête, regarde autour d'elle, la cuisine, les ustensiles au mur.
— Vous étiez tellement beaux, le couple le plus glamour de la ville ! dit Odile.
Ça fait rire la Jogar.
— Ce n'est pas une ville bien grande.
— Tu es mariée ?
— Non.
— Tu as des enfants ?
— Non.
Elle n'aurait pu avoir un enfant qu'avec Odon. Il aurait été le seul père possible. Quand ils se sont rencontrés, ce fut irrésistible. Une exaltation.
— Rien que le travail alors ?...
La Jogar hoche la tête. Comment lui dire... Le travail la nourrit, sur la durée, chaque jour, chaque heure. Aimer la vide de son énergie.
Elles parlent de leur adolescence.
Le mercredi, Odile l'accompagnait jusqu'à la porte du conservatoire. Elle entrait, elle assistait au cours assise tout au fond de la salle, le dos au mur. En sortant, elles faisaient un détour pour s'acheter des glaces. Ça mettait Mathilde en retard, elle devait courir pour rentrer chez elle.
Odile repose son verre.
— Il pense quoi, ton père, de tout ce succès ? Il doit être content quand même !
— Pas de saltimbanques chez les Monsols, tu te rappelles ? C'est ce qu'il disait...
— Il a dû changer d'avis ?
— Pas sûr.
On dit que les familles sont des clans, la sienne en était un, notaire de père en fils, sauf que de fils il n'y en a pas eu. La Jogar se lève, repousse

le volet, derrière c'est la cour grise, le mur en face, les branches hautes de l'acacia.

Elle se retourne, regarde Odile.

Le jour où son père a appris qu'elles étaient amies, il a téléphoné au conservatoire. Les Monsols ne traînent pas rue des Bains. Le cours suivant, le professeur a raccompagné Odile à la porte.

Odile s'approche de la Jogar, elle touche ses cheveux.

— Tu les teins ?

La Jogar éclate de rire.

— À ton avis ?

Odile rit aussi.

Ça leur fait du bien.

Elles parlent du temps qu'il fait et du temps qui passe.

— Il paraît que la chaleur tue des vieux, dit Odile.

La Jogar glisse un doigt contre la vitre. Elle regarde sa montre.

— Je dois partir.

— Tu ne fais pas grève ?

Elle fait non avec la tête.

La veille, les techniciens ont voté la grève à six contre trois, son spectacle a été annulé. Elle espère pouvoir jouer aujourd'hui.

— J'aime trop la scène ! Tu viendras me voir ?

Elle pose deux invitations sur la table.

— Pourquoi deux ? demande Odile.

Elle est seule. Les hommes qui traversent sa vie lui laissent des enfants et puis s'en vont.

Elle prend les invitations, les glisse quand même sous la coupe.

— Je ne te promets rien.

Elle serre les mains de la Jogar dans les siennes.

— Il faudra revenir, quand tu veux, tu téléphones, je te fais à manger.

Elles s'embrassent.
— Je reviendrai...
Esteban arrive avec son sac de piscine à la main. Il le jette dans un coin, se laisse tomber sur le divan, les jambes repliées, épuisé par le soleil et l'eau.
— C'est ton dernier ?
— Esteban... Tu étais encore là quand il est né.
Ses frères sont restés dans la cour, ils jouent au ping-pong, on entend les bruits de la balle qui rebondit.
La Jogar observe cet enfant au sourire étrange.
— Il sourit toujours comme ça ?
— Toujours.
Elle se baisse devant lui. Il la regarde, avance la main, doucement, et du doigt il touche la paupière maquillée de la Jogar.
Il ramène un peu de poudre.

Julie et les garçons prennent un verre en terrasse. Sur leur tee-shirt, le titre *Nuit rouge* est barré de noir.

Ils ont voté la grève pour un soir encore. Le président Chirac doit parler, ils veulent rester mobilisés jusque-là.

Odon les laisse faire. Leur combat est juste mais ils se trompent de terrain.

Yann mate les filles, l'été elles sont presque nues, elles étendent leurs cuisses au soleil. Elles écartent les bras, les aisselles lisses.

Quelques pigeons malades traînent sur la place, les pattes rongées par une lèpre grandissante.

Un garçon danse entre les tables, les écouteurs au fond des oreilles, les bras désarticulés, ses pieds glissent sur les pavés, le corps comme en apesanteur.

— Il va se prendre le mur, dit Julie.

Quand il se prend le mur, elle éclate de rire.

Ils finissent leurs verres.

Un immense rideau de lanières doit pendre du plafond et servir de décor à leur spectacle. Des lanières fines, des lumières de métal. Le rideau n'est pas encore installé. Il gît sur la scène, emmêlé.

Ils retournent au théâtre. Ils s'assoient tous en tailleur et ils défont les nœuds. Impossible de faire fonctionner la climatisation.

L'issue de secours est restée ouverte.

C'est par là qu'elle entre. Elle avance, regarde autour d'elle, les sièges vides, bien alignés, le velours rouge vif. C'est la première fois qu'elle pénètre dans un théâtre. Elle pose son sac dans l'allée.

— Je suis la sœur de Paul Selliès.

Sa voix est feutrée, arrachée à son souffle. À peine audible.

Ils lèvent tous la tête.

— La sœur de qui ? demande Odon.
— Selliès, elle répète.

Elle fait un geste avec la main, montre l'affiche de *Nuit rouge*.

Odon se lève, s'approche. Il reconnaît la fille du talus. Il descend les trois marches.

— Odon Schnadel, c'est vous ? elle demande quand il arrive devant elle.

Il hoche la tête.

Elle rougit.

— Ce matin, sur la péniche, je savais pas...

Elle sort un magazine de son sac, une publicité.

— Au centre culturel, ils avaient des revues...

Elle a trouvé l'article par hasard, elle cherchait des photos, elle a vu le nom de son frère, Avignon, le festival... Elle a regardé sur une carte, juste un fleuve à descendre.

— J'ai eu envie de voir, elle murmure.

Elle sourit bizarrement.

— On est en grève ! dit Julie.

La fille s'approche de la scène.

Elle regarde le décor, l'immense rideau de noir et de lumière.

— Vous êtes les comédiens ?
— Oui...

Elle touche le rideau. Les lanières molles, on dirait du plastique.

— *Nuit rouge*, ça parle de quoi ?

— C'est un conte philosophique, répond Julie, une sorte de fable... Le destin de quelques hommes qui ont des rêves et qui renoncent.

Greg intervient.

— C'est pas si simple...

Il s'avance, s'accroupit, regarde les yeux si clairs de cette fille.

— C'est une fille et quatre garçons, ils ne se connaissent pas, ils ont rendez-vous dans un lieu en dehors de la ville. Ils sont des centaines comme eux, ils se retrouvent sur une colline pour redéfinir un monde, une utopie. Ils ont seulement quelques heures. C'est très poétique. C'est désespéré aussi. Pessimiste, ça ne donne aucune chance à la nature humaine.

Julie reprend sa place, les mains dans les lanières du rideau.

— Tu sais comment je finis moi ?

Elle dénoue deux lanières.

— Je meurs en mangeant des fleurs de digitales pourpres. Huit grammes suffisent, le cœur s'arrête.

Elle sourit.

— C'est mon destin.

La fille regarde le visage de Julie.

Elle ne savait pas que son frère avait écrit cette histoire. Il ne lui en a jamais parlé. Ou peut-être qu'il lui a raconté et qu'elle a oublié...

Elle passe sa langue sur l'anneau de sa lèvre.

Paul écrivait dans la camionnette. Pour trouver ses mots, il regardait fixement de l'autre côté du pare-brise, ses yeux brûlaient, ça lui faisait peur. Peut-être aussi qu'il ne lui en a pas parlé à cause de la tristesse.

— Ça ressemble à quoi, les digitales pourpres ? elle demande.

— Une tige avec des grappes de fleurs comme des grosses clochettes qui pendent. On peut y glisser les doigts. C'est très beau mais plein de poison, surtout les feuilles.

La fille ramasse son sac. Y avait pas de digitales chez nous, elle pense.

Elle revient vers Odon.

Son frère ne se servait pas de l'ordinateur. C'est elle qui tapait ses textes. Il dictait. Il disait qu'il avait les doigts trop gourds pour le clavier.

— *Nuit rouge*, vous l'avez reçu quand ?
— Je ne sais pas... Cinq ans.
— Par la poste ?
— Par la poste oui.

Le fille fronce les sourcils. Ça fait cinq ans que son frère est mort.

— Il vous avait envoyé un autre texte aussi...

Celui-là, elle s'en souvient. Elle l'a tapé avec lui quelques semaines avant sa mort. C'étaient les aventures d'un homme qui voulait comprendre le monde en se regardant vivre. À la fin, il s'adresse à lui comme s'il était un autre et il devient fou. Elle avait aimé cette histoire.

— C'était un titre bizarre... Ça vous dit rien ?
— Non.

Elle hoche la tête.

Paul avait choisi les éditions Schnadel à cause d'Avignon et du nom du théâtre, le Chien-Fou. Il disait que le Sud ça lui porterait chance.

La porte est toujours ouverte, elle balance un peu au vent.

La fille montre son sac à dos, du tissu d'armée qui ne contient pas grand-chose.

— J'ai pensé que vous ne me laisseriez pas dormir à la rue.

Odon enfonce ses mains dans ses poches, il en sort un paquet de cigarettes.

— Faut pas tant penser, il dit.
Le ton est trop brutal. Elle rougit.
— Tu es vraiment la sœur de Selliès ? il demande.
Elle fait oui avec la tête.
Il dit, Je suis désolé pour ton frère.
Elle lève les yeux sur l'affiche.
— Il aurait été foutrement heureux... Et un petit hôtel pas cher, je peux trouver ça où ?
Il hésite. Il finit par sortir un *flyer* de sa poche, griffonne une adresse derrière.
— Va rue de la Croix, chez Isabelle, c'est une amie, dis-lui que tu viens de ma part...
Elle prend le papier, le garde dans sa main. Elle redescend la travée.
— Tu t'appelles comment ? il demande quand elle arrive à la porte.
Elle ne se retourne pas, juste la tête, un peu, de profil.
— Marie...
Elle sort. Sur la place, le soleil cogne, on dirait que la lumière l'avale.
— Maintenant, plus qu'à espérer qu'on ait du monde, dit Damien en soulevant le grand rideau.
— Plus qu'à...
— On connaît bien notre texte.
— Si tu crois qu'il suffit de connaître.
— Ça va aller, dit Julie.
Ils accrochent le rideau aux crochets de la tringle mais ils ne parviennent pas à le hisser entre les autres décors.

Une assemblée générale est improvisée sur la place du palais des Papes. Julie colle l'affiche de *Nuit rouge* avec les autres et elle la barre d'une croix. In et off, pour un soir encore, c'est le même combat.

Des directeurs de théâtre prennent le micro, dénoncent pour la énième fois un manque de moyens qui les contraint à baisser les salaires, discuter les contrats, exploiter les troupes.

Odon reste à l'écart. Depuis des années, le festival se néglige. Trop d'amateurs. Trop de spectacles, certains vulgaires, faciles, on dirait du programme télé. Tout ça ne l'enchante plus.

Julie dénonce un État qui se désengage. Elle quitte le groupe, furieuse. Revient vers son père.

— Ils veulent mettre dos à dos les amateurs et les professionnels. Diviser pour mieux régner...

Des sifflements consternés montent de la foule.

Des intermittents montent des barricades sous le regard des policiers qui laissent faire.

À côté de ça, des troupes choisissent de jouer et tentent de sauver ce qui peut l'être d'un festival qui s'asphyxie.

Marie arrive rue de la Croix. Elle vérifie le numéro sur le papier. C'est une façade large, on dirait un vieux palais avec des plantes qui pendent aux balcons, presque mortes, certaines à ce point desséchées qu'elles semblent oubliées là depuis longtemps. Les fenêtres de l'étage sont ouvertes, des rideaux blancs battent au vent comme de grandes voiles ou du tulle de mariée.

Derrière l'une des fenêtres, il y a un ours en peluche et une poupée au visage de porcelaine. On les voit de la rue. Le mastic qui retient le bois s'est détaché. Tous les autres carreaux sont recouverts de poussière, sauf celui-là.

Il n'y a pas de sonnette, pas de nom.

Marie pousse la porte.

Un escalier large monte aux étages. C'est humide, sans lumière. Deux hommes vêtus de salopettes descendent en portant sur leurs épaules un long tapis de laine.

Marie grimpe les marches.

Une vieille femme est penchée sur la rampe à l'étage au-dessus. Elle est vêtue d'une robe charleston bleu turquoise, un long collier de perles et un tour de tête noir pailleté de dorures.

De près, on dirait la gardienne d'un temple.

— Vous êtes Isabelle ? elle demande.

— Et toi, qui tu es ?
— Marie...
— L'Immaculée ? Celle dont tout le monde parle ?

Marie laisse glisser son sac au bout de sa main.

— Je ne sais pas où dormir, c'est Odon Schnadel qui m'envoie.

— Alors si c'est Odon Schnadel...

Elle entre dans l'appartement. Marie la suit. La première salle est vaste, très lumineuse avec un parquet en bois, une bibliothèque pleine de livres et une ancienne cheminée.

Sur le parquet, il reste la trace du tapis dans la poussière. La trace aussi plus claire de quelques tableaux accrochés aux murs.

Cinq grandes fenêtres donnent sur le vide de la rue.

Marie laisse son sac à l'entrée.

Isabelle passe dans la cuisine, s'assoit à la table, sort un carnet, tourne les pages.

— Cinq minutes et je suis à toi.

Une Davidoff est coincée dans son fume-cigarette.

La table est encombrée de papiers et de bouteilles. Au milieu, un vase décoré de satyres avec des grandes plumes de paon. Le journal du jour.

Un courant d'air chaud entre par la fenêtre.

Un petit crayon est retenu au carnet par une ganse de tissu bleu.

Isabelle écrit :

— 12 juillet : une photo d'Agnès Varda, un tapis, une marionnette en bois.

Ses mains sont des mains de vieille, avec des taches sombres et des veines gonflées. Elle porte au majeur une grosse améthyste carrée.

— La photo, c'était Gérard Philipe en costume de Perdican.

Une écharpe en lamé retombe derrière elle, sur le dossier de la chaise.

Elle dit, Je note sinon j'oublie.

Les cendriers sont pleins, ça sent le tabac froid. Dans un angle de la cuisine, un carton déborde de bouteilles vides, des canettes, des papiers froissés, un carton de pizza.

Isabelle finit d'écrire, elle referme le carnet.

Elle était dans un café à Paris quand un homme est entré et a annoncé la mort de Gérard Philipe. C'était novembre de l'année 1959, il pleuvait, des gouttes glacées et les gens déambulaient, tous tellement tristes.

Elle remet le carnet à sa place. Dans le mouvement, les perles blanches de son collier cognent contre le bois de la table. On dirait des perles de nacre.

Elle raconte que, un soir, Gérard Philipe a joué *Le Cid* avec un clou de tapissier planté dans le talon.

— Il n'a rien dit, mais après, quand il s'est retrouvé dans les coulisses, il s'est assis, il a enlevé sa chaussure et il a gueulé.

Marie écoute. Elle reste debout, contre l'encadrement de la porte.

Isabelle ôte ses lunettes, les glisse dans l'étui. Elle se lève, les deux mains en appui sur la table.

— Tu veux un lit, c'est ça ?

Elle montre un couloir.

— Il y a des matelas, des draps, des chambres, certaines sont occupées, d'autres pas, tu choisis.

Elle regarde les bras maigres de Marie. La peau diaphane, la lèvre percée par l'anneau, le clou dans le sourcil.

— Tu veux manger ?

Marie fait non avec la tête.

Le couloir qui mène aux chambres est encombré de sacs, des vêtements posés sur des valises, quelques chapeaux, des manteaux d'hiver suspendus à des clous.

Un garçon récite un texte devant une fenêtre ouverte. Assise sur le lit, une fille écoute de la musique avec un baladeur.

Marie choisit une chambre sans personne. Un radiateur en fonte, des couvertures en tas. La fenêtre donne sur la rue. Elle pose un matelas contre le mur, le sac par-dessus.

L'appareil photo.

Une tapisserie épaisse recouvre le mur. Des petits chevaux blancs.

Elle s'assoit sur le bord du matelas. Il fait chaud.

Elle glisse un doigt sur l'anneau de sa lèvre, un piercing fait à Barbès, le nom de Paul gravé à l'intérieur. Le clou dans son sourcil, à Barbès aussi. Le reste, une suite de petits anneaux dans le lobe de l'oreille. Un par anniversaire de sa mort. Elle s'est juré ça, sur son visage entier, quand elle mourra on la brûlera et on ramassera du fer.

La fenêtre de la loge donne sur l'entrée du théâtre. Une ruelle étroite, sans voiture.

La Jogar entend les bruits de la rue. Les conversations, les murmures. Elle sent les mouvements, la présence du public qui attend devant les portes. Sa compagnie n'a pas voté la grève, mais les avis étaient partagés. Elle jette un regard par la fente du volet. Des festivaliers sont assis sur le trottoir, ils mangent des sandwiches en feuilletant le programme.

Elle revient à la table. Avignon est sa ville. Jouer ici est plus difficile qu'ailleurs.

Il lui faut quelques minutes sans personne. Elle fait couler une goutte d'huile dans le creux de sa main, un baume qu'elle fait venir d'Inde, elle frictionne son cou et ses bras. Ses mains.

Les ampoules du miroir éclairent son visage. Elle boit une gorgée d'eau.

Un regard à la pendule.

Chaque montée sur scène est une mise à sac. Elle connaît tout, le trou de mémoire, un raté, l'extrême de la fatigue. Elle sait les après, dans la loge.

Elle fait quelques vocalises, une main plaquée contre sa gorge.

Pablo entre dans la loge. Il est son assistant depuis trois ans.

— On est complet, il dit en posant une brassée de roses sur la table.

Il lui masse la nuque.

Phil Nans passe la tête.

— Tout va bien *cara mia* ?

Elle sourit. Lui, c'est son partenaire de scène, son homme de la route, aussi beau que Clint Eastwood.

Il s'avance, lui baise la main.

— On y va ?

Sur scène, les techniciens ajustent les derniers éclairages. Le décor est en place, une table, quatre chaises, un transistor. Une carafe de thé glacé et deux grands verres.

Le rideau est fermé. Elle entend le brouhaha diffus de l'autre côté, le public qui s'installe. La tension monte.

Ils échangent un regard.

Après, elle entend frapper les trois coups. Le sang reflue dans sa tête. La semelle de sa chaussure effleure le plancher. Ceux qui sont au premier rang perçoivent cet effleurement. Il fait partie du spectacle. Comme les mots, le son, la lumière. Comme la respiration même de la Jogar.

De la main, elle tire la chaise. Elle devient Meryl Streep, quatre jours entiers, sur la route de Madison, près du pont Roseman, dans la chaleur moite de l'Iowa.

— « Il n'y a pas grand-chose à faire, le soir en ville, dans l'Iowa... »

Sa voix est lente, rauque, le corps lourd, les lèvres humides.

Devant elle, des centaines de visages dans le noir.

— « Je ne suis qu'une femme d'intérieur au milieu de nulle part, rien d'intéressant dans mon histoire. »

Tout se joue dans la moiteur du désir. Cette route, c'est sa quête.

— « Si vous voulez dîner, venez chez moi à l'heure où les phalènes s'envolent. »

Cette phrase est un frisson.

Elle ne joue plus. Elle est bien au-delà. Ça dure un peu plus d'une heure.

À la fin, elle prend la main de Phil Nans et elle demande qu'on éclaire la salle. Elle veut voir les visages. Elle le dit, Je veux vous voir !

Le public se lève et applaudit. Des bravos brûlants qui sont aussi des larmes.

Elle se grave dans leur mémoire. Elle les fouille, ne s'épargne pas. C'est ce que les gens aiment chez elle. Après, dans les journaux, on écrit d'autres choses, qu'elle est belle, qu'elle a du chien. On écrit aussi qu'elle est arrogante.

Elle reste quelques instants encore, au plus près de la rampe, la gorge suante, les cheveux défaits. Elle parcourt les visages, elle cherche quelqu'un, sans savoir qui. Un voisin, un ami. Son père peut-être ?

Il n'y a personne.

Elle se détourne. Elle s'en va, avant qu'ils ne s'en aillent. Elle quitte la scène comme elle est entrée, le rideau ouvert. Incapable d'une autre parole.

Quelques personnes l'attendent dans les coulisses. Elle serre des mains, signe des photos.

Dans la rue, c'est le soir. Les rues sont bondées et les cigales se sont enfin tues.

Pour le Chien-Fou, c'est le quatrième soir de portes fermées. Il y a une croix noire sur *Nuit rouge*.

Les festivaliers qui ont attendu repartent furieux en se demandant à quoi ça sert de créer si on ne diffuse pas. Les théâtres qui restent ouverts jouent à plein, récupèrent le public de ceux qui ne jouent pas.

Marie ne veut pas voir d'autres pièces, alors elle traîne. La ville est toute en lumière, elle a des airs de fête mais, sous la musique, ça gronde.

Il y a des touristes en terrasse et des intermittents qui manifestent.

Elle achète une barbe à papa, elle s'assoit sur des marches, place de l'Horloge. Elle regarde un garçon qui jongle avec des torches.

Julie voulait une ville morte et c'est une solidarité en demi-teinte.

Elle dîne avec les garçons sur la place des Carmes. Ils s'attardent, proposent d'aller danser.

Damien embrasse Julie, murmure des choses à son oreille. Elle sent le talc, la vanille.

— Tu es belle en plus...
— En plus de quoi ?

Il murmure d'autres choses. Elle se colle à sa bouche. Le corps brûlant, la peau moite.
— On va se baigner ?
Il enfouit son visage entre ses seins, On va où tu veux !
Ils abandonnent les autres.
Ils marchent, ensemble, collés. C'est la rue, la nuit. Ils croisent des amis. Ils aperçoivent Marie assise sur les marches. D'autres amis encore.
Soudain, Julie s'arrête. Sur une affiche, elle reconnaît un visage.
Elle se détache de Damien, revient sur ses pas. Ces yeux, ce sourire.
Elle grimace.
C'est la Jogar.
Les larmes de sa mère, les disputes, les cris. Les valises un matin sur le pont de la péniche, le taxi qui attend. Elle avait quinze ans. Elle a maudit son père, incapable de comprendre pourquoi il ne les retenait pas.
Elle avance la main, elle racle le plâtre avec ses ongles, détache un coin de l'affiche. Elle tire. Le geste est rapide. Le papier se déchire, partage le visage. Elle décolle le reste.
Elle passe à une autre affiche. Des badauds la regardent.
Damien pose sa main sur son bras.
— Arrête de faire ça...
Elle ne l'écoute pas.
Sa mère a été malheureuse et son père aussi.
Damien lui prend la main, l'éloigne du mur.
Derrière elle, les lambeaux de visage roulent sur le trottoir.

Odon éteint les lumières du théâtre, il tire la porte et referme derrière lui. Il est tard, la place est tranquille. Le restaurant de l'Épicerie fermé.

Il remonte par la rue de la Banasterie. L'hôtel de la Mirande est tout près, l'un des plus luxueux de la ville, blotti dans un quartier calme sur l'arrière du palais.

Odon longe les murs qui entourent le jardin. Il passe devant les portes. Une Range Rover est garée près de l'entrée. Un couple de touristes américains rentre, un peu éméché. Il s'arrête, allume une cigarette.

Le patio est éclairé.

La Jogar est là, quelque part dans une chambre, sans doute une de celles qui donnent sur les jardins. Il pense lui laisser un mot, lui donner rendez-vous, déjeuner ensemble. Elle n'est peut-être pas seule.

Il glisse une main sur son visage. Et s'il avait vieilli ?

Il poursuit par le passage Peyrollerie, la rue de Mons.

Il se souvient de leur rencontre, c'était dans un théâtre à quelques rues de là, elle jouait du Tchekhov, des représentations sur quatre soirs avec une troupe venue de Lyon. Elle s'est baissée pour renouer son lacet, il a croisé son regard. C'était un ancien bistrot aménagé, il était assis au troisième rang. Le lendemain, il est revenu. Après le spectacle, il l'a attendue sur le trottoir. Elle était fatiguée, elle avait envie de rentrer, dormir. Ils ont échangé quelques mots, une cigarette.

Il lui a parlé du Rhône, du fort Saint-André, de tous ces endroits à visiter. Elle a ri, elle connaissait tout ça, Je suis née là, une enfance dans les remparts.

Ils ont parlé du quartier.

Son hôtel était rue des Lices. Il l'a raccompagnée. Il y avait du vent, un mistral qui balayait tout.

Il lui a proposé de passer au Chien-Fou, le lendemain, avant de partir, ils pourraient prendre un café ensemble. Elle a dit qu'elle le ferait peut-être. Elle savait qu'elle ne le ferait pas. Ils se sont serré la main devant l'hôtel.

Elle n'avait pas trente ans, il en avait dix de plus, il était marié à Nathalie et Julie allait fêter ses quinze ans.

Elle repartait à Lyon très tôt. Il est arrivé sur la place comme elle sortait. Il a eu un temps de recul et il s'est avancé. Il a dit quelques mots, que son sac semblait lourd, qu'elle ne devait pas avoir l'habitude de porter des choses aussi pesantes le matin. Il a tendu la main. Il a porté le sac jusqu'à sa voiture. Il l'a posé sur le siège arrière. Ils ont échangé quelques mots en regardant couler le Rhône. Avant de démarrer, elle lui a fait un signe de la main. Si ça roulait bien, elle serait chez elle avant dix heures.

Le lendemain, la compagnie vote la reprise pour un soir, la recette devra être reversée au fonds de solidarité des intermittents.

Odon est soulagé. Il se laisse tomber dans un fauteuil, le 103, au dernier rang. Une petite trappe est creusée dans le plancher juste au-dessous. Il suffit de glisser la main. Peu profonde, elle contient des livres, une fiole de whisky et d'autres choses sans importance.

Il allume une cigarette.

C'est dans cette salle qu'il a embrassé Mathilde la première fois. Il ne pensait pas la revoir, elle était revenue quelques semaines plus tard. Son contrat terminé, elle avait du temps, elle avait fait la route. Elle s'était avancée, svelte, gracieuse, le sac en bandoulière, « Ce café que vous m'avez proposé, ça tient toujours ? ». Ils ont passé la soirée ensemble, une partie de la nuit. Sa bouche était large comme une déchirure. Il est rentré chez lui, il a posé ses lèvres sur le front de Julie. Un autre baiser ensuite sur les lèvres de sa femme. Il a dormi, le corps au bord du lit. Le lendemain, Nathalie a préparé le café comme d'habitude. Elle est partie tôt, un reportage à faire sur une exposition de marionnettes anciennes. Il a passé un long moment, seul devant son bol. Il venait de rencontrer Mathilde et tout ce qui était là, autour, bâti, la confiance de sa femme et le sourire de Julie, tout cela ne l'intéressait plus.

Il a laissé passer deux jours.

Le troisième, il a appelé Mathilde. Il lui a donné un rôle dans *Le Dépeupleur*. Ensuite, il l'a fait jouer dans une pièce de Georges Feydeau.

Il fume tranquillement, la nuque calée au dossier.

Les techniciens montent sur scène pour suspendre le rideau. Ils parlent fort, s'engueulent.

La troupe qui joue *L'Enfer* continue la grève.

Odon retourne dans son bureau. Le courrier est sur la table. Des revues, quelques factures. Les tracts rangés dans un carton. Il déchire un paquet de M&M's, l'engloutit, en ouvre un deuxième.

Il monte à l'étage. La pièce est aménagée en studio, encombrée de chapeaux, ombrelles, des chevaux de bois, morceaux de décors, une mine de cartons et de tissus. Un lit au milieu de tout ça. Il se rafraîchit le visage à l'eau du lavabo.

Il change de chemise.

Il entrouvre la fenêtre. Le soleil cogne fort sur la place. Les touristes déambulent à la recherche d'un peu d'ombre. Il voit Marie devant les portes du théâtre, elle prend des photos.

Des coups de marteau font vibrer la cloison. Des voix rieuses qui s'interpellent.

Quelqu'un siffle.

Odon referme la fenêtre. Il descend. Un technicien est à genoux dans le couloir, la tête dans les fusibles. Une boîte à outils ouverte au milieu du passage.

— On ne siffle pas dans un théâtre ! il râle.

L'homme relève la tête.

— Je répare la clim...

Odon grogne.

— C'est pas une raison. Ça porte malheur, vous ne savez pas ça ?

L'homme essuie ses mains sur son pantalon.

— De toute façon, c'est toute l'installation qui déconne.

Il referme sa boîte à outils.

Odon envoie valser le punching-ball. Sans gant, le coup fait mal.

Au même moment, dans tous les théâtres c'est la même tension.

Julie passe la tête.

— Y a un problème ? elle demande.

— C'est rien, juste un con qui siffle.

Il reste debout, appuyé contre le bureau.

— On répète dans cinq minutes.

Elle jette un coup d'œil à la pendule.

— On n'a pas le temps.

— On va le prendre. Le début est trop lent, il faut revoir ça, vous vous déplacez mal dessus.

Il regarde sa fille.

Julie est mal habillée, du rouge, du jaune, des tissus à carreaux et à fleurs, elle achète ses vêtements d'occasion sur eBay et ça lui fait un dressing plutôt bizarre.

— Tu regroupes les autres…

Elle ne bouge pas.

Odon est fatigué, il a des poches sous les yeux. Ses paupières sont lourdes. La Jogar est en ville, il le sait, il pense à elle et ça se voit.

Julie croise les bras.

— Tu l'as revue ? elle demande.

— Arrête…

— Arrête quoi ?

Il s'avance.

— Fais pas chier, Julie.

Elle baisse les yeux. Il lui a tout appris, comment respirer, placer sa voix, son corps. Le corps au service du texte, toujours.

Il lui a appris comment exiger.

— Je fais pas chier, je veux savoir.

— Je ne m'occupe pas de ta vie.

— C'est à Damien que tu penses ? Damien m'aime et je l'aime aussi.

Il écrase sa cigarette. Il s'avance, il la prend contre lui, les bras refermés.

— Tu ne l'aimes pas.

Julie résiste. Il la force à rester. Ses cheveux sentent le soleil, il enfouit le visage dedans, ça sent aussi la fumée.

Sur la place, une troupe passe en chantant, des roulements de tambours, on dirait des grondements de tonnerre.

Odon finit par la lâcher.

— Dans cinq minutes... Quatre maintenant.

Julie vide la poudre d'argile dans la bassine, elle ajoute de l'eau, mélange. La pâte devient lisse.
Elle se penche.
— Ça sent le fleuve, elle dit.
Elle enfonce la main, ramène une poignée d'argile qu'elle étale sur son cou. Elle en étale aussi sur ses cheveux et sur ses jambes.
Elle sourit aux garçons.
— Vous allez avoir la peau toute douce après ça.
Cette argile, c'est leur costume. Ils plongent les mains, recouvrent leur peau, leurs vêtements, pantalon et veste pour les garçons, et la jupe de Julie. En séchant, l'argile devient grise, elle efface leurs traits, déforme leurs visages.
Il fait encore plus chaud.
— On se ressemble plus, dit Damien.
Odon les regarde.
— Quand vous aurez fini, on reprend le début.
Les premières minutes, le long monologue de Julie. La mise en scène est rigoureuse. La répétition tendue.
— Pourquoi il fait si chaud ?
— C'est un problème de clim... dit Jeff.
Julie répète, seule.
— *Dans le ventre des dieux, est-ce que c'est comme dans le mien, le même vacarme insoutenable ?*

— Ta voix, un ton plus bas, rauque.
Elle enchaîne.
— *L'innocence est vaine et les villes pleines de gens coupables... je marche sans savoir où je vais.*
Elle continue.

Reprendre, inlassablement. Odon a monté sur cette scène de grands auteurs. Avec *Nuit rouge*, il veut la perfection.

Il prend Yann par le bras, il le replace.

— Ce que tu dis dépend aussi d'où tu regardes.

Damien en a marre. Il dit que ça ne sert à rien tous ces efforts, il n'y a plus de festival.

Odon refuse d'entendre ça. Il veut jouer, quitte à être seul et à le faire dans une ville morte.

Il ne hausse pas le ton.

— Je me demande pourquoi on fait tout ça ? demande Chatt'.

— Ça quoi ?

— Ça, jouer, répéter, se supporter.

Odon allume une cigarette, la flamme du briquet éclaire les deux rides profondes qui encadrent sa bouche.

— L'argent bien sûr, l'appât du gain facile... pour quoi d'autre on le ferait ? il dit en soufflant la fumée.

Julie se marre.

Elle ouvre la pochette faite de perles tissées qui lui sert de sac, elle sort des bonbons au citron, en donne un à chacun.

Son téléphone vibre dans sa poche. Un texto.

— Maman veut savoir si on joue ce soir...

Elle pianote quelques mots, une réponse rapide.

Nathalie est rédactrice en chef à la locale d'Avignon. Elle connaît toutes les humeurs de cette ville, toutes ses rumeurs. Avec les années, elle s'est forgé une solide réputation. Tout ce qui est publié passe par elle.

Et elle adore sa fille.

— Ça devrait aller, dit Odon... Je ne vous promets pas la lune mais ça devrait aller...

Ils sortent tracter, le corps et le visage recouverts d'argile. Greg marche devant, suivi de Damien, Yann, Julie et Chatt'. Les badauds s'écartent pour les laisser passer, on les regarde, on les prend en photo.

Ils sont des statues de terre.

Ils distribuent les *flyers*. Deux heures durant, dans les rues et aux terrasses des cafés. Des gouttes de sueur perlent à leurs tempes, couleur argile. Des troupes tractent en même temps qu'eux, sur les mêmes terrasses, trois clowns à mobylettes, des moines en perruques bleues, plus loin des comédiens en costume de Molière. La concurrence est rude. Tracter, raconter, se vendre, Damien n'aime pas faire cela.

— On n'a pas le choix, dit Julie.

La place de l'Horloge est noire de monde. Ils se font prendre à partie par des compagnies grévistes. Des menaces fusent. Julie est mal à l'aise, elle comprend leur colère mais elle a aussi très envie de jouer. Monter sur scène, montrer *Nuit rouge*, ça la démange, elle tente de leur expliquer.

En réponse, ça cogne fort sur des tambours.

Ils décident de rentrer.

La compagnie qui joue le vaudeville est encore sur scène. Trois personnes seulement dans le public.

En sortant, ils laissent leur décor dans le couloir, une maison en carton, un grand soleil, une poule vivante dans une cage. La poule dégage des odeurs de plumes et de fientes.

Marie les regarde passer. Dans quelques heures, elle sera assise dans la salle du Chien-Fou. Elle écoutera jouer les mots de son frère. Des semaines qu'elle attend ça.

Paul disait, Tu dois avoir des rêves qui soient comme des grands paquebots. Il prenait Marie par la main, elle avait l'impression que jamais rien de mal ne pourrait lui arriver.

Trois hommes chargés du nettoyage de la ville fument dans la ruelle, à l'ombre du mur. La Grande Odile repousse le volet, les manifestants ne sont pas loin, elle entend les tambours. Personne ne vient jamais rue des Bains, le goudron est défoncé, il n'y a rien à voir, pas de théâtre, pas de boutique. Il faut être obligé. Ou s'égarer.

Odile soupire.

L'acacia a soif, ses feuilles jaunissent, Jeff dit qu'il faudrait faire couler des milliers de litres d'eau pour seulement mouiller ses racines.

Elle se tourne vers Odon.

Son frère est attablé avec sa faim de géant, il a sorti les aubergines du frigo, la terrine, elle le regarde manger.

Les garçons sont sur le divan, endormis en tas dans la chaleur. La télévision allumée sans le son. Tout ce qu'Odile veut voir du festival, elle le voit sur l'écran ou Odon lui raconte.

— Tu viens nous voir ce soir ? il demande.
— Pourquoi ? vous jouez ?
— On reprend oui.

Odile s'étonne.

— Toute la ville est en grève et toi tu ouvres ?

Odon se tend. Cent compagnies seulement, sur plus de six cents !

— On n'est pas les seuls.
— Oui mais toi...
— M'emmerde pas !

Il tire à lui la terrine, plonge son couteau, en sort un bout large qu'il écrase sur le pain.

— Alors, tu viendras ?
— Non.
— Pourquoi ?
— Tu le sais, j'y comprends jamais rien, c'est pas pour moi.

Odon hausse les épaules.

— Le théâtre c'est pour tout le monde, il lâche.
— Pour certains plus que d'autres et puis j'ai pas de robe...

Le journal est ouvert sur la table. Un crayon gris, une gomme. La grille des mots croisés en partie terminée. « Illumination japonaise », en six lettres, Odile a mis réveil.

Odon gomme.

— On s'en fout des robes, il finit par ajouter.

Elle se penche sur son épaule.

— Pourquoi tu gommes ?
— « Illumination japonaise », c'est *satori*... C'est pour ça que tu bloques.

Il vérifie les autres mots.

Leur conversation se mêle à la respiration lente des garçons.

— Tu devrais aller au moins jusqu'à la place.
— Qu'est-ce que tu veux que j'aille faire sur la place ?
— Boire un café, voir du monde... Il y a des spectacles dans la rue.

Elle vide la corbeille à linge dans la cuve de la machine à laver. La lessive dans le bac, elle referme la porte, enclenche le programme.

Elle se retourne, les mains croisées sur le ventre.

— Pourquoi il faut toujours que tu insistes ?

— Je rêve d'un monde meilleur, il dit en allumant sa cigarette.

— Un monde où on irait tous au théâtre ? On ne peut pas rêver pour les autres.

Il se lève, entrouvre le volet.

Si on peut, il pense.

Odile le regarde. Il ressemble à leur père, les mêmes épaules larges, la silhouette un peu lourde.

— Jeff veut faire le parvis avec des ailes et l'orgue de Barbarie, elle dit.

Odon souffle la fumée par l'ouverture du volet. Depuis quelque temps, Jeff ne supporte plus la solitude.

— Pourquoi tu ne le reprendrais pas avec toi ?

Il entend soupirer sa sœur.

Entre Jeff et elle, c'est une histoire d'amour qui a fini en histoire d'argent, une dette à vie qui remonte au temps où ils vivaient ensemble. Odile cachait ses économies dans une paire de bottes. Les bottes sous l'escalier. Un jour, Jeff a nettoyé le coin, les bottes étaient vieilles, il les a jetées. Quand Odile s'en est rendu compte, les bennes étaient passées. Elle a failli tuer Jeff. Depuis, c'est un accord entre eux, il rembourse, au compte-gouttes, un billet et un autre.

Odon referme le volet. Il jette un coup d'œil à sa montre. Il a promis une partie d'échecs au curé.

Il pose un baiser sur le front moite de sa sœur.

Il revient vers le buffet. Le ventilateur est branché, il tourne en grinçant des pales. Un jour, il va s'arrêter.

Deux invitations sont glissées sous la coupe. Odon les tire. Du papier blanc, imprimé. Deux entrées pour *Sur la route de Madison*.

Il se retourne lentement, interroge sa sœur du regard.

— Elle est passée, dit Odile.

Sa main, sur le rebord de la table.
— Elle va bien...
Mathilde est venue. Il parcourt la pièce des yeux comme si elle avait laissé une trace d'elle, un verre, un mégot, un parfum.
— Elle n'a pas téléphoné, elle est arrivée comme ça, sans prévenir, j'ai regardé et elle était dans la cour...

Il est l'heure pour Jeff d'aller chercher les chiens, trois molosses au cœur doux qui apparaissent sur scène pendant les cinq premières minutes de *L'Enfer*. Passé le premier acte, on n'a plus besoin d'eux, Jeff les ramène au parc.

On le paie pour ça.

De l'argent qu'il donne ensuite à Odile, pour rembourser la dette.

La compagnie continue la grève, les chiens ne sortent pas.

À la place, Jeff s'en va laver son linge au Lavomatique des rues piétonnes.

Pendant que le linge tourne, il traîne en ville. Odon et le curé jouent aux échecs sur la place. Jeff prend une douche au théâtre. Il remplit deux bouteilles d'eau. Ensuite, il récupère son linge et il rentre à la prison.

Sous son lit, il garde un cageot plein de noix. Il en casse quelques-unes. Il écrase les cerneaux dans une poêle, il aime le goût de cette huile chaude avec du pain et de l'oignon cru.

Il mange.

Après, il se couche, les deux mains derrière la nuque.

Il rêve de départs et de trains.

Le prêtre termine la partie d'échecs avec Odon.

Ils sont encore dans l'ombre du mur, mais plus pour très longtemps.

Des filles s'arrêtent pour les regarder, robes à bretelles et tongs à fleurs, elles échangent quelques mots dans une langue qu'Odon ne reconnaît pas.

Elles choisissent une table en terrasse, le dos au soleil. Les épaules luisantes.

Odon avance sa tour. Quelques déplacements encore, inutiles, et son roi se couche.

C'est fini pour aujourd'hui.

Il regarde les filles.

— Je me demande comment elles font pour supporter cette chaleur.

— Elles se préparent à l'enfer... dit le curé.

Ils remettent les pièces d'échecs en place. Une citation de Peter Brook est collée derrière eux, « Le diable c'est l'ennui ».

Un couple entre dans l'église, suivi d'un autre. Le curé doit dire la messe dans moins d'une heure.

Ils abandonnent le jeu. La place est brûlante. Ils la traversent, retrouvent l'ombre fraîche sous la voûte. Le curé fait son signe de croix, en demi-génuflexion, le front au bénitier. Une femme vêtue de noir sommeille sur un banc. Le joueur d'orgue est en répétition.

La nef, Jésus en croix, l'autel. Ils s'enferment dans la sacristie.

Le prie-Dieu est près de la fenêtre, à côté un pupitre avec la Bible, l'Ancien et le Nouveau Testament. Des vêtements liturgiques suspendus au cintre. Sur le mur, un meuble à compartiments.

Les jeux de poker sont à l'intérieur, un tiroir qui ferme à clé.

Le curé sort deux verres. Une bouteille déjà ouverte.

Odon allume un cierge, il éteint la flamme entre deux doigts. Il fait ça plusieurs fois.

Ils parlent du festival. Tout se présente si mal.

— Chirac doit parler demain, on va voir ce qu'il va dire.

— C'est pas bon pour les affaires...

— C'est bon pour personne.

Le prêtre retire le bouchon, hume le liège. Cette année, il a dû se résoudre à louer une salle de la chapelle. On y joue une pièce d'Ivan Viripaev. Avec l'argent, il fait restaurer l'église. Avant chaque représentation, il recouvre le visage de la Vierge d'un drap blanc, elle ne doit rien voir des baisers impies.

— Ton Immaculée, comment tu expliques qu'elle ait porté un enfant sans avoir connu la chose ? demande Odon.

Le curé emplit les verres. C'est un vin de belle couleur, un rouge qui tire sur le grenat.

— C'est la grâce du Tout-Puissant, une faveur divine. Mais tu ne peux pas comprendre, la notion de pureté te sera toujours étrangère.

Il fait tourner son verre.

— Lumière divine ! il dit en présentant la robe à la fenêtre.

Il prend une gorgée, la garde en bouche. Le pouvoir du bon vin ressemble au pouvoir de Dieu, il rend les hommes meilleurs. À juste dose, il clarifie leurs pensées, affûte leurs sentiments.

Odon hausse les épaules. Il a essayé de croire en Dieu mais c'était il y a longtemps, il était adolescent, des prières qu'il adressait au ciel, les bras grands ouverts, fervent, désespéré.

— On déclenche des guerres au nom de ton Dieu, curé.

Ils échangent un regard.

Un livre est ouvert sur le pupitre, une gravure de Dionysos. Odon tire le livre à lui. Dionysos est le dieu de l'hiver, des morts et de l'immortalité. Mathilde disait qu'il était celui du vin, de la luxure et du sexe.

La sève, le sperme et le sang contre l'immortalité ?

Le prêtre savoure son vin.

— *Memento mori*[1]...

Il avale une gorgée.

— On parle de Mathilde dans le quartier, il dit en reposant son verre.

Odon sait ce qu'on dit, qu'elle est revenue mais qu'elle a mis le temps, qu'on ne reste pas si longtemps loin de chez soi. On lui reproche d'avoir joué partout ailleurs, avant de revenir entre ses remparts.

— Je te rappelle que son père l'a mise à la porte. Sans Isabelle, je ne sais pas ce qu'elle serait devenue.

— Isabelle est sa tante...

— Et alors ?... Ils l'ont tous ignorée, et, quand elle est devenue célèbre, ils ont dit qu'elle était méprisante.

— T'énerve pas...

— Je ne m'énerve pas.

---

1. N'oublie pas que tu vas mourir.

Il tire la petite targette sur le côté, ouvre la lucarne qui donne sur la place. Des mimes se sont installés, des marionnettistes qui brandissent une poupée de chiffon en imaginant faire du guignol. Des badauds s'attardent, en short, le programme à la main, sans trop savoir ce qu'ils font là. Ils s'ennuient, ils regardent. Plus tard, ils enverront des cartes postales pour dire que tout va bien et qu'il fait beau.

Odon revient vers la table.

Il prend son verre, le vide, d'un coup, brusquement.

Le curé reste bouche bée.

— Tu sais ce que tu viens de boire ?

Odon ne sait pas.

— Un gruaud-larose 1993 saint-julien grand cru.

Odon regarde l'étiquette.

— Tu te paies des bouteilles comme ça, toi ?

Le curé ne répond pas. Une paroissienne qui avait beaucoup de choses à se faire pardonner...

Marie entre dans l'église Saint-Pierre. La messe vient de se terminer et les orgues jouent encore. La musique résonne. On dirait que les notes se chevauchent, qu'il y a plusieurs instruments. Le bruit est assourdissant. D'épaisses vapeurs d'encens stagnent dans la travée. Quelques fidèles s'attardent avec le prêtre.

Marie trouve un passage, une petite porte en bois, entrouverte sur la droite près de l'entrée. Derrière, un escalier en colimaçon. Les marches sont en pierre. Une corde épaisse sert de rampe.

Marie grimpe. Il n'y a pas de fenêtre. Le joueur d'orgue est un homme jeune, elle l'observe du palier.

Elle monte tout en haut du clocher. Elle se tient, debout sur le toit. Elle voit les murs et les tours du palais. Elle se penche. Elle n'a pas le vertige. Elle entend des rires.

Elle s'assoit.

Des feuilles de platane pourrissent entre les tuiles, elle les déloge avec sa main. Ses ongles sentent la terre. Sous sa chemise, elle porte une bourse de cuir. À l'intérieur, il y a les cendres de son frère.

Elle pense à l'histoire de *Nuit rouge*. Des êtres qui se regroupent et rêvent d'un monde meilleur.

Elle gratte son bras, avec ses ongles, toujours au même endroit, sur les croûtes anciennes. Comme si gratter sa chair pouvait l'aider à comprendre. À force, les croûtes s'arrachent. Ça lui fait mal, elle ne s'empêche pas.

Paul savait où ils allaient, il guidait pour deux. Depuis sa naissance, Marie navigue à vue. Elle est sortie du ventre de sa mère un jour d'automne, en plein brouillard. Née dans les feuilles. La première odeur, celle du bois à Versailles. Des cerfs en chaleur qui bramaient pas loin. Elle a hurlé dans cette nuit et son frère s'est baissé. Ses yeux doux et confiants, un bandeau autour de la tête, c'est lui qui l'a ramassée.

Tant que Paul a été là, elle n'a plus jamais hurlé.

Les portes s'ouvrent. La salle se remplit. Le martèlement des chaussures sur les marches de bois.

Julie psalmodie entre ses dents.

Elle se colle au rideau. Pour l'instant tout va bien mais, dans quelques instants, elle sera livrée en pâture.

Odon s'avance, son poids fait craquer la scène, il regarde sa fille. Son visage de terre. Il la prend contre lui. Elle a les doigts glacés, les tempes humides. Son visage est très pâle sous l'argile.

— Tu trembles ma fille...

Sa main large lui engloutit la tête. Il la berce doucement.

— Tu sais ce que disait Sarah Bernhardt ?... Le trac vient avec le talent.

Nathalie arrive par les coulisses. Elle ne fait pas de bruit. Elle les observe, leur laisse ce temps.

Elle porte une tunique informe, un tissu léger à fleurs, un pantalon en toile kaki. L'été a fait ressortir ses taches de rousseur.

Julie est recouverte de terre, le visage méconnaissable. Les jambes, les cheveux, la jupe, tout du même ton, uniformément gris.

Elle s'avance.

Elle pose un baiser sur le visage d'argile.

— Ça va ?

Julie ne sait pas. Son trac déborde.

Nathalie embrasse Odon.

— Tu étais obligé de la grimer ainsi ?

Il écarte les mains, tente un sourire qui creuse les ridules de ses yeux. Il a bronzé. Les ridules sont restées blanches.

Elle glisse ses doigts entre les lanières du rideau. Les lamelles se frôlent, on dirait de la pluie. Pendant le spectacle, des images d'une ville moderne seront projetées sur le fond de scène.

— J'ai quelqu'un du journal dans la salle, dit Nathalie.

Il la remercie.

— Je ne fais pas ça pour toi, je le fais pour Julie.

Ils échangent un regard. Il ne sait pas si elle pense ce qu'elle dit. Sans doute que oui. Plus de cinq ans qu'ils vivent séparés et ils ne se sont toujours pas résignés au divorce. Ils ont abordé le sujet quelques fois. Et puis ils ont arrêté. Ils disent qu'ils ne sont pas prêts.

Nathalie essuie la sueur de son front d'un revers de main.

— Il ne fait pas trop chaud ici ?

— Si je pousse la climatisation, ça disjoncte, dit Jeff à voix basse.

Il apporte le bouquet de digitales, le dépose contre le rideau, sur le côté de la scène.

Il revient.

Jeff aime beaucoup Nathalie. Il la regarde avec des yeux émerveillés. Il l'a toujours regardée comme ça. Quand elle vivait avec Odon, elle l'invitait parfois à dîner avec eux sur la péniche, c'étaient pour lui des soirées merveilleuses.

Et puis la Jogar est arrivée. Nathalie est partie. Elle a pleuré.

C'est pour cela que Jeff déteste tant la Jogar.

Odon jette un coup d'œil à sa montre.

— On va y aller...

Ils se regroupent, Yann, Chatt', Greg, Julie et Damien. Ils mêlent leurs mains, leurs doigts. Le trac leur envahit les yeux. Se transforme en ferveur. C'est la seule lumière qui reste d'eux, des regards dans des visages de terre.

Jouer ne les rend pas meilleurs ni plus riches ni plus puissants. Depuis des mois, ils apprennent à être des funambules. Rester maître de soi et pourtant lâcher prise, c'est sur ce fil-là qu'ils vont devoir marcher.

Odon ramasse le brigadier, un bâton recouvert de velours rouge avec lequel il va frapper les coups d'ouverture.

Nathalie rejoint sa place dans la salle.

Julie monte sur scène.

Le rideau est encore fermé. Elle le fixe comme un mur. Derrière, c'est encore les murmures. Des hommes, des femmes, quelques vieillards, pas d'enfants.

Marie est dans la salle, un fauteuil au sixième rang sans personne à côté. Elle regarde autour d'elle, et puis devant, ce grand rideau qui retombe en plis souples. Ses mains tremblent, elle les serre entre ses cuisses.

Près d'elle, une femme sort un bonbon dont elle déplie le papier avec des bruits lents. Un couple arrive en retard. C'est pour les mots de son frère qu'ils sont tous là. Les mots écrits dans la nuit de la camionnette. À califourchon sur la lune, il disait. Marie lui apportait du café, elle toquait à la fenêtre. Il ouvrait la portière, elle se glissait à côté de lui. Un siège en tissu, une odeur de chien, la forme en creux. Il y avait des stylos par terre, des papiers, il mangeait des sandwiches. Il lui racontait ce qu'il écrivait.

Quand elle était en short, les miettes lui piquaient les cuisses.

Les lumières s'éteignent. Il y a encore quelques froissements de robes, des redressements de nuques, on chuchote. Quelqu'un tousse.

Odon frappe le sol, onze coups très rapides.

Un coup pour chacun des apôtres.

Moins Judas.

Il laisse un temps de silence et il fait tomber les trois autres coups, plus lentement, le premier est pour la reine, le second pour le roi et le troisième pour Dieu.

Le rideau s'ouvre.

Marie ne bouge plus. Son cœur bat vite. Ce spectacle est son rendez-vous. Elle se tient droite, elle veut tout voir, tout entendre. Ses mains ne tremblent plus.

Julie est debout, on dirait une statue, sa voix monte, un peu frémissante. Des immeubles modernes en fond de décor. Julie parle de la beauté du monde et de tout ce qui fait mystère, la lune, les astres, ce ciel au-dessus qu'elle dit si grand. Elle parle de solitude. Elle semble maigre et sans âge sous cette peau de terre. Encore humaine et pourtant déjà minérale.

Les garçons entrent à leur tour. Ils sont là, venus avec d'autres, une communauté d'un soir, tous revêtus du même vêtement d'argile.

Ils parlent du temps de vivre, si court.

Odon suit le spectacle des coulisses. Il guette les frissons, un fauteuil qui grince, un bâillement d'ennui. Il y a quelques oublis, la voix de Chatt' bute sur une réplique, « Je voudrais oublier tout ce que je sais... » ça part un peu en live mais il récupère tout en souplesse.

Il fait chaud dans la salle. Des spectateurs s'éventent avec les programmes. Quelques chuts exaspérés mais le lien se noue, fort, sensible. Les regards ne quittent pas la scène.

Julie bafouille. À la fin, elle se baisse et cueille les fleurs de digitales qui ont été répandues sur le plancher. Ses mouvements sont lents. On entend la musique et la voix de Julie, « Je suis seule et la vie me courbe ».

Elle s'assoit sur le rocher de carton. Les digitales sur les genoux. « Que puis-je faire de ces jours qui me restent ? »

Elle mange une fleur, elle en mange une autre. Elle parle à la poussière.

L'argile la prive d'âge. Elle exhorte la mort. Un discours désordonné.

Elle porte une dernière fleur à sa bouche. La fleur reste collée. Le corps roule sur le bas du rocher. Les fleurs, étalées.

Dans la salle, c'est le silence.

Greg soulève et emporte la dépouille. On entend son pas sur le plancher et puis dans l'escalier, derrière le rideau.

Marie tremble tellement c'est beau.

Damien reste debout au bord de la scène. La lumière du projecteur l'isole. Il impose quelques secondes d'un silence qui se heurte au silence encore plus lourd de la salle.

— « Il y a parfois de vraies raisons à faire ce que l'on fait et des choses assourdies que l'on transmet seulement par notre mort. Mais tout est fini à présent et les promesses non tenues n'en finiront jamais de hanter ma mémoire. »

Sa voix change, elle se brise. Il se détourne. Un geste lent de la main.

— « À présent, que l'orage éclate, la pluie peut venir et noyer l'errant que je suis. »

Tapi dans les coulisses, Jeff appuie sur un bouton, enclenche l'enregistrement, des coups de tonnerre éclatent, des bruits de pluie s'abattent violemment sur le théâtre, sur la salle, autour, partout. On dirait que l'orage est dans la salle.

Damien reste les bras ballants, sous une pluie imaginaire. Ça dure quelques minutes. L'effet est saisissant. Après, tout le monde applaudit et Julie revient. Elle s'est lavée de l'argile. Resplendissante.

Marie est incapable de mouvement. Incapable de sourire. Elle les regarde, tous, démesurément. Quand elle peut enfin bouger, elle écrase une larme avec son bras.

Le rideau se referme.

Elle baisse la tête, fixe ses pieds, les pointes poussiéreuses, la moquette rouge.

Elle se lève.

Elle sort. Elle ne veut croiser les yeux de personne.

Aucun regard, rien de vivant.

Une fois dans la rue, elle marche.

Elle n'a rien reconnu des personnages. Elle n'est pas déçue, c'est autre chose. Un sentiment de grande solitude.

Elle était au rendez-vous, c'est son frère qui n'y était pas.

Les garçons saluent et passent sous la douche. L'argile se mêle à l'eau, coule verte entre leurs pieds.

Ils sont heureux, ça s'est plutôt bien passé.

Une journaliste attend Odon dans la loge. Lui aussi est soulagé. Le trac était un peu encombrant mais, dans l'ensemble, c'était bien.

— Vous avez l'air épuisé, dit la journaliste, on dirait que c'est vous qui avez joué.

Il ne répond pas. Il cherche une bouteille d'eau.

Elle lui demande les raisons de ce spectacle plutôt sombre. Ça le met tout de suite en colère, comme si le théâtre était fait pour enjoliver.

— Une vie humaine se résume à quatre petites choses, l'amour, la trahison, le désir et la mort. *Nuit rouge* creuse dans tout cela.

Il trouve une bouteille, s'assoit, vide un grand verre, repose le verre sur la table, le remplit à nouveau.

L'eau l'apaise.

— Il n'y a que cela, la vie, la mort, l'inévitable ! Et l'utopie, c'est ce qu'il reste à inventer pour tenter de s'en sortir. C'est pour ça que le personnage de Julie meurt, elle est incapable d'ouvrir d'autres portes.

La journaliste trouve quand même étonnant ce choix d'un auteur inconnu.

— Ce n'est pas périlleux cela ?

Il se penche, les coudes en appui sur ses cuisses, les mains l'une contre l'autre.

Il explique que Selliès est mort à vingt-cinq ans, quelques semaines seulement après avoir écrit ce texte et sans même avoir eu le temps de savoir qu'il avait été lu.

— Je ne l'ai jamais rencontré. J'ai reçu son manuscrit par la poste.

Il dit qu'écrire ne suffit pas. Il parle de cette difficulté de trouver le souffle d'un texte, cette chose essentielle qui fait qu'il ne sera pas seulement joué mais porté, transcendé. La littérature est plus qu'une succession de mots.

La journaliste revient sur Selliès. Elle dit que c'est presque tabou de publier un auteur mort. Peu de metteurs en scène auraient pris un tel risque.

Odon ricane.

— Les interdits sont faits pour être contournés.

— A-t-il écrit autre chose ?

— Non, rien.

Pour finir, elle l'interroge sur les grèves, des directeurs du off ont fermé leurs portes, ils refusent de jouer, elle veut connaître sa position sur tout cela. Il répond brièvement.

Elle note ce qu'il dit. Elle le remercie d'un sourire.

Elle dit que son papier paraîtra le lendemain.

Julie et les garçons ont réservé une table sous les platanes le long de la petite Sorgue. C'est une ruelle étroite, pavée, une des plus anciennes de la ville, autrefois un quartier de teinturiers. Ils boivent du punch antillais au goût de goyave, lait de coco, morceaux d'ananas, une ombrelle en papier plantée pour décor.

Ils trinquent à l'avenir.

Les tables autour d'eux sont toutes occupées.

Il fait trop chaud, l'eau de la Sorgue est croupie.

Des guirlandes de lumière sont allumées dans les arbres. Une foule bigarrée se déverse, au coude à coude. Des jeunes filles, en groupe, des femmes parées d'étoffes multicolores. On lèche des glaces, on choisit des crêpes, on mange en marchant, on regarde les autres.

— Pour une première, c'était pas si mal, dit Yann.

— Odon dit qu'on a trop lâché la bride à nos personnages.

— Fait chier Odon...

— Parle pas comme ça de mon père.

Damien s'excuse. Il fait tourner l'ombrelle de papier entre ses doigts.

— Il ne va pas te faire briller avec cette pièce...

— Je m'en fous de briller.

— J'ai plus d'ego, moi, dit Chatt', sans que personne comprenne trop pourquoi il dit ça.

Julie ne dit plus rien.

Nuit rouge est une pièce trop complexe, il faudrait un miracle pour faire beaucoup d'entrées. L'an dernier, quand Odon leur a présenté ce texte, il n'a pas voulu discuter. On monte ça pour le festival, c'est ce qu'il a dit. Sous des apparences de légèreté, un contenu sombre, tragique.

Des notes de flamenco éclatent derrière une porte noire. Un homme vêtu d'un costume à carreaux passe en chantant *a capella*.

On leur sert des entrecôtes géantes, des frites, du pain dans une corbeille. Ils parlent de la ville, de la fête, ils parlent des grèves et de musique.

Avec le soir, le spectacle est aussi dans la rue. Des filles viennent danser sur le trottoir, elles ont les épaules nues, elles portent des robes légères, des tissus souples, faciles à enlever.

Yann veut trouver l'amour. Chatt' dit que c'est une illusion, que l'amour n'a rien de poétique, qu'il se résume scientifiquement à un déclenchement d'hormones, avec, pour seule finalité, la survie de l'espèce.

— Rien de plus aliénant ni de plus destructeur d'énergie.

Ça fait sourire autour de la table.

Julie sort son téléphone, elle envoie un texto à son père, On è o Bilbo, vien cè simpa.

C'est son soir de poker mais parfois il finit tôt.

Après, elle guette au bout de la rue. Damien la regarde faire. Un instant, leurs yeux se croisent. Six mois qu'ils vivent ensemble, qu'elle tente quelque chose avec lui sans y parvenir vraiment.

Des odeurs de cannabis flottent dans l'air.

Greg tend la main.

— Vous avez vu...

Ils tournent la tête. Marie est au bout de la rue, perdue dans cette foule colorée. Ils la suivent des yeux.

— Son frère, il est mort de quoi ? demande Greg.

— J'en sais rien, on s'en fout, dit Yann.

— Un accident de chantier, je crois qu'il était grutier, dit Julie.

Greg la trouve plutôt jolie.

Yann dit qu'elle ressemble à un fantôme.

La Jogar débouche sur la place. Elle croise Jeff, s'avance vers lui, le salue.

Il ne répond pas.

Elle lui tend la main. Il ne la serre pas. Il grommelle quelques mots. Détourne la tête pour suivre des yeux un marchand de glaces ambulant. L'homme pousse une carriole au-dessus de laquelle balance un parasol.

— À une autre fois, dit la Jogar.

Elle s'engouffre dans l'église.

Le confessionnal. Une vieille femme en sort. Père Jean est encore à l'intérieur.

La Jogar tire le rideau. Elle se glisse. Derrière, ça sent la violette, tout le renfermé des confessions.

D'elle, on ne voit plus que le bas de la robe et les pieds nus dans les espadrilles. La chaîne d'or autour de la cheville.

Elle dit, Mon père, j'ai péché.

Elle dit, Cette ville me rejette.

Elle continue de cette voix si particulière.

Encore quelques paroles et le curé la reconnaît. Ils sortent, ils s'embrassent. La vieille, tout au bout de la nef, s'arrête et se retourne.

— Je savais que tu étais là, j'ai vu les affiches, ton visage est partout !

Il lui prend les mains.

— Tu es encore plus belle qu'avant.

Sa voix résonne sous la voûte.

Elle éclate de rire.

— *Non semper erit aestas*[1].

C'était un jeu entre eux, des discussions en latin. Pour son père, cette langue était une nourriture aussi vitale que le boire et le manger. Un professeur venait à la maison une fois par semaine, le soir elle apprenait ses déclinaisons.

— Tu loues la chapelle ? elle demande en montrant l'affiche placardée contre la porte.

— *Omnia mutantur nos et... mutamur in illis*[2].

Il l'entraîne devant la fresque, la table peinte, Jésus et les apôtres. Devant, un échafaudage avec des pots, des pinceaux, quelques chiffons. Une fille en blouse est juchée tout en haut sur la dernière planche.

Il parle des peintures à refaire, des tuiles arrachées.

— L'église a besoin d'argent.

— Tu ne joues plus au poker ?

— Si, mais ce que je perds dépasse ce que je gagne.

La Jogar appuie sa tête contre son épaule, elle respire l'odeur de la naphtaline.

Il l'entraîne dans la sacristie, se signe aux pieds de Jésus.

Sur la table, il y a une boîte en forme de losange blanc. À l'intérieur, des calissons rangés sur trois épaisseurs, neuf par étages. Elle en prend un. La croûte est lisse, le papier azyme collant. Elle retrouve le goût sucre amer de l'amande.

Il s'assoit.

---
1. Ce ne sera pas toujours l'été.
2. Tout change et nous changeons avec les jours.

— Je veux tout savoir de ces cinq ans écoulés. Ce que tu as fait ? Qui tu as rencontré ?

Elle réfléchit.

Comment résumer cinq ans de vie ?

Elle a appris des textes, elle les a joués, et le public en a redemandé alors elle a appris d'autres textes et elle les a joués aussi, et les textes étaient tous plus beaux les uns que les autres et les jours ont passé... Elle a pris des avions, elle a fait quelques voyages, elle travaille quinze heures par jour. Elle a des amants, pas d'amours, et un petit appartement à Paris.

Elle raconte tout ça en vrac et sans détails, en croquant les calissons.

— Je t'ai vue à la télévision quand tu as reçu ton Molière, tu étais magnifique. Le lendemain, tout le quartier en a parlé. Ils racontaient tous que Pierre Arditi t'avait embrassée.

La Jogar soupire. Quel ennui, cette soirée...

— *Parva leves capiunt animas*[1]. Qu'est-ce qu'ils ont dit d'autre ?

— Que tu étais belle et que ton succès était mérité.

Il redevient sérieux, le ton presque grave.

— C'est bien que tu sois venue jouer ici. C'est important pour les gens du quartier, ils t'attendaient.

Elle pensait que des amis viendraient la voir, des visages qui soient des retrouvailles.

Elle lèche le dessus lisse du calisson.

— J'ai l'impression d'être dans une ville étrangère.

Une Bible est posée sur la table. Elle pose la main sur le cuir chaud, les teintes jaune orangé.

---

[1] Les petites choses occupent les esprits légers.

Ils parlent de la vie du quartier. Du temps qui passe.

Dans un quart d'heure, c'est la messe. Le curé doit se préparer. Tout en parlant, il déverse les hosties dans le ciboire, verse le vin dans le calice. Il enfile sa chasuble, le tissu lourd.

La Jogar suit chacun de ses mouvements.

Il croise l'étole sur sa poitrine. La croix de bois autour du cou.

Ils sortent ensemble sur le parvis.

Elle regarde avec lui du côté du Chien-Fou.

Il y a du monde devant les portes, les affiches placardées, certaines pendent aux grilles. L'entrée des artistes. À l'étage, les fenêtres du studio, les décors en carton poussés contre les vitres et au-dessus encore, au dernier étage, une pièce particulière, sous les toits. Le plafond est tapissé d'ampoules, plus de cinq cents, serrées les unes contre les autres. Odon les allumait, quelques minutes seulement. Le plafond brillait comme dans un conte des *Mille et Une Nuits*. Parfois, ça faisait tout disjoncter et ils en riaient.

— Comment il va ? elle demande.
— Toujours aussi mécréant.
Elle sourit.
— C'est qu'il va bien alors...

Le soir, la grève se fait plus sauvage. Pendant la nuit, des affiches sont arrachées. Les grévistes taguent « En grève », sur les portes de tous les théâtres.

Sur les volets gris du Chien-Fou, ils écrivent Traîtres ! Théâtre de bourgeois !

La peinture s'imprègne dans le bois.

Odon trouve ça en arrivant le matin. Il nettoie sans un mot, au savon et à l'éponge.

Le visage de Julie est sombre.

— Tu vois ce que font tes copains ? dit Odon.

— C'est pas mes copains.

— C'est avec eux que tu marches.

Pendant la guerre, les comédiens ont joué à la barbe des Allemands ! Et, en 1968, les théâtres n'ont pas fermé.

Il dit ça d'une voix blanche.

Julie est désolée.

— On n'est pas en temps de guerre, papa.

Il écrase l'éponge sur la porte. Les lettres coulent derrière lui, sur le bois.

— Il n'existe que deux choses infinies, l'univers et la bêtise humaine... mais, pour l'univers, je n'ai pas de certitude absolue... C'est Einstein qui a dit ça. C'est peut-être à méditer.

Julie baisse les yeux.

Un passage couvert relie la place des Châtaignes à la place Saint-Pierre. Le sol est pavé, l'endroit sombre, c'est par là qu'arrive Marie.

Elle voit Julie et son père devant la porte. Elle s'arrête, reste dans l'ombre.

La main tient encore l'éponge, les lettres coulent derrière, sur le bois.

Elle prend une photo de la main. Ensuite seulement, elle s'avance vers eux.

Odon lit l'article à haute voix, Une nuit rouge au Chien-Fou, c'est le titre que la journaliste a choisi. Un encadré en bonne place, avec une photo.

Jeff écoute.

« De bons comédiens pour un texte audacieux. Odon Schnadel renoue enfin avec l'archaïsme exigeant qui l'a fait connaître à ses débuts. » C'est plutôt élogieux ? « Des habits et des corps d'argile, un décor original où la poésie équilibre la noirceur du propos. » Suit un résumé de la pièce. Quelques lignes sur Selliès. « Quant à l'écrivain, il est de la race des auteurs maudits que la mort fauche à vingt-cinq ans. Pour notre plus grand bonheur, Odon Schnadel a su braver les conventions et réhabilite, avec cette pièce, la mémoire et le talent d'un véritable auteur. »

Odon reste un moment silencieux. Il referme le journal, des bruits de pages qui se froissent. Finalement, même trop tard, Selliès aura été reconnu.

Il faudra qu'il montre cela à Marie.

Jeff est assis, le dos au mur, il colle des bouts de papier aluminium sur ses bottes. Deux grandes ailes d'ange recouvertes de coton sont posées sur le plancher.

— C'est quoi tout ce bazar ? demande Odon.
— Mon costume...

— Tu vas faire le parvis avec ça ?
Jeff hoche la tête.
Les autres étés, il enfilait une combinaison de Pierrot, un masque blanc. Il n'arrivait pas à rester immobile.
— Tu me laisses rien de ce bordel ici d'accord ?
Il hoche la tête.
Marie arrive sans faire de bruit. Elle reste dans l'encadrement de la porte.
— Elles sont belles vos ailes...
Jeff sourit.
Elle s'avance.
— Vous allez avoir chaud.
— J'ai fait des trous pour l'aération.
Il lui montre, sur les côtés. Il lui montre aussi comment il colle les papiers brillants sur ses bottes.
Elle rejoint Odon dans son bureau.
— J'ai vu la pièce hier... C'était plutôt bien.
Il hoche la tête. Il lui tend l'article.
Elle lit le nom de son frère imprimé. Un écrivain maudit... Maudit, c'est comme puni ? Elle ne sait pas.
— Je peux le garder ?
Elle glisse le journal dans son sac.
— Je pourrais avoir des invits aussi ?
Il contourne son bureau, chausse une paire de petites lunettes rondes, ouvre un tiroir.
— Combien tu en veux ?
— Une sorte de passe ça serait bien.
Il la regarde par-dessus ses lunettes. Il ouvre un autre tiroir, sort un bristol, il griffonne quelques mots, ajoute un coup de tampon.
Il lui tend le carton.
— Il y a quand même d'autres spectacles à voir dans la ville.
— Je m'en fous des autres spectacles.

Elle plie le passe en deux.

Elle caresse le plateau du bureau avec le bout de ses doigts. Ses ongles sont courts, rongés ras. Une mouche bourdonne, elle bute contre la vitre par petits coups secs.

Marie s'avance vers la fenêtre, elle regarde dehors, la place.

Son visage est dans la lumière.

— Et ça se passe comment chez Isabelle ? il demande.

— Ça va...

Il se lève.

Il scrute son visage, la ligne douce des paupières et la lèvre violentée par l'anneau.

— Tu veux autre chose ?

La mouche se cogne toujours contre le carreau.

— Je passais juste, elle dit.

Elle regarde autour d'elle, le désordre, les cartons, les papiers. Des piles de livres qui s'effondrent. Un morceau de lino est glissé sous les étagères. La photo d'un chat roux contre le mur. Sur une vieille chaise, il y a un châle noir. Une araignée a tissé sa toile entre le châle et le mur.

— Pire que chez moi, elle dit.

Elle soupire, referme la fenêtre.

— C'est moi qui lui tapais ses textes d'habitude.

Elle dit ça d'une voix lasse. Les doigts de ses mains se replient à l'intérieur de ses paumes.

— *Nuit rouge*, il a dû le taper tout seul. Ou le faire taper par sa putain...

Elle rigole tout bas.

— Ma mère, elle disait ça, qu'il avait une putain en ville... Mais peut-être qu'il vous l'a envoyé écrit à la main ?

Elle regarde Odon.

— Vous vous souvenez pas ?

Odon écarte les mains.

Il fait non avec la tête.

Marie se retourne.

Des enveloppes lourdes sont posées sur les marches d'un escalier qui monte à l'étage. Au-dessus, une pièce sans porte.

— L'écriture de mon frère, c'étaient des pattes de mouche, on n'y comprenait rien... S'il l'avait écrit à la main, vous vous rappelleriez.

Elle laisse glisser ses doigts sur les livres, des pièces de théâtre, quelques recueils sur papier vélin. Une biographie de Samuel Beckett.

À côté, il y a des petits livres blancs, éditions O. Schnadel. Une vingtaine en tout.

Elle revient vers la porte. Ses doigts effleurent la porcelaine lisse de la poignée.

— *Nuit rouge*, c'est une fable triste quand même... J'y ai pensé toute la journée.

Odon ne répond pas. Il reste assis derrière son bureau. Il attend qu'elle finisse.

La mouche s'est posée sur ses papiers. Il la suit des yeux.

— Vous l'avez gardé cinq ans avant de le faire jouer. Il vous en a fallu du temps...

— Il faut du temps pour tout Marie.

Elle réfléchit à ça. Elle dit que oui, finalement, il doit avoir raison, ça donne de l'espoir aux choses oubliées.

La lumière qui tombe de la fenêtre éclaire aussi les cartons et la poussière.

— Vous l'avez mis où pendant toutes ces années ?

— Dans un tiroir.

Un tiroir, c'est mieux qu'un carton.

Elle reste là. Elle semble capable de rester là longtemps encore, à regarder autour d'elle. Sur sa peau, plusieurs griffures longues et fines, elle se fait ça

avec ses ongles ou des lames. On dirait que le bras est lacéré. Elle détache une croûte.
— Ta mère, elle fait quoi ? demande Odon.
— Des kilos, elle arrive à cent vingt, elle a moins de clients qu'avant.
— Et tes trucs, là, ça ne te gêne pas ? il demande en montrant les anneaux.

Marie sort. Elle ne va pas loin. Sur le parvis, il fait chaud alors elle entre dans l'église, elle s'assoit, les jambes remontées, les pieds sur le banc de devant. Une vieille femme est en prière à quelques chaises de l'autel. À genoux, voûtée, repliée, le chapelet contre la bouche, elle n'a plus de visage mais un corps tout noir.

Un guide redescend la nef suivi d'un groupe fatigué. Il montre tout ce qu'il y a à voir, s'arrête sous la Cène, pointe son doigt.

— Lui, c'est Judas Iscariote.

Marie entend ce nom.

— Un traître, dit le guide.

Ça résonne sous la voûte.

La vieille dodeline de la tête. Elle prie ou elle dort. Quand Paul est mort, il n'y a pas eu de messe mais un chant triste dans une salle blanche. Les copains étaient là, ceux de chez Tony et ceux des ponts. Ils ont fait résonner Bécaud, après, dans les voitures, fenêtres ouvertes, tout le monde chantait la mort du poète.

Marie se glisse derrière la vieille. Elle se plie, même position, la frontale entre les mains. Elle ploie la nuque. Les vieilles connaissent les chemins qui mènent aux dieux, elles en sont familières. Marie met sa prière dans le sillage, ça montera droit, elle pense.

Elle prie fort, les dents serrées.

Son frère s'appelait Paul, comme dans la chanson, *Redeviens Virginie*, sa mère chantait ça sous les arbres, enceinte jusqu'au cou. Marie fredonne, « Pour un jour une nuit redeviens Virginie... » Sa voix monte dans les aigus, ça se transforme vite en massacre.

Une main très blanche se pose sur son bras. Elle relève la tête.

La vieille est partie. Le guide aussi avec son groupe.

— Je suis le curé.

Marie le regarde.

— Je suis le curé, il répète.

— Et moi je suis Marie.

Il croit qu'elle se fiche de lui.

— Tu veux que je sonne les cloches et que je crie au miracle ?

Marie hausse les épaules.

Elle se penche, les bras sur le prie-Dieu. Les manches de sa chemise sont remontées.

Le prêtre encaisse les griffures, les croûtes sur la peau, les zébrures fines des cicatrices.

— Vous pouvez toucher si vous voulez, dit Marie.

Elle dit ça sans colère.

Il ne touche pas.

Elle se lève, elle marche jusqu'à la fresque et elle allume deux grands cierges sous le visage triste de Judas.

La cire fond, coule le long des bougies. Marie regarde les flammes. Elle approche ses mains, son visage. Elle caresse les croûtes sur son bras. Elle ne sait pas où tout ça la mène. Ça, la vie, grandir. Elle ne sait pas ce qu'il y a devant, dans ce temps qu'on appelle avenir et qui est aussi demain. Que peut-elle faire de tout ce temps ? Il lui arrive de regarder comment les autres vivent.

Le savoir remplit peut-être les heures.

Elle se détourne des flammes.

Odon ne l'entend pas arriver.

Quand il lève les yeux, elle est là, sur le pas de la porte.

Sa peau a pris l'odeur de l'église.

— Tu veux autre chose ?

Elle glisse le bout de ses doigts dans les poches étroites de son jean.

— Il vous avait envoyé un autre texte avant. Avant *Nuit rouge*… Avant ou après, je ne sais pas…

Elle baisse la tête, resserre ses épaules, le corps soudain trop vaste.

— Celui-là, c'est moi qui l'ai tapé, elle dit.

Ils étaient ensemble, dans la camionnette, un temps de chien avec des flaques partout. Paul a ouvert la boîte à gants, il a sorti un paquet de feuilles, il a dit, On va taper ça ! *Dernier monologue* ça devait s'appeler. Après, il a changé le titre.

Elle marche jusqu'à la fenêtre, sort une main de sa poche, la plaque contre le punching-ball. C'est une main aux doigts fins, avec une peau fine et blanche.

Les images s'enchaînent dans sa tête. Des fragments. Elle avait quatorze ans, son frère avait acheté un ordinateur qui fonctionnait sur batterie. Marie a posé l'ordinateur sur ses cuisses. Il a dicté. Elle tapait avec deux doigts. Deux heures d'autonomie, la batterie. La veilleuse a grillé, il a éclairé le clavier avec son briquet. Après, ils sont allés se garer sous un lampadaire, au bord de la nationale.

Marie se retourne vers Odon.

— Votre nom, il l'a trouvé dans une revue, un type dans le Sud qui publiait des pièces et qui avait un théâtre. Ça va lui plaire ! il a dit. Il était sûr, il y croyait... Le type du Sud, c'était vous.

Elle se force à sourire, mais c'est plutôt triste. Elle ramène de la poussière sous ses doigts. Toutes ces feuilles, ça faisait un gros tas, il a fallu une grande enveloppe. Il a mis du scotch pour bien refermer. Il a acheté des timbres, toute une rangée, il les a collés, c'était lourd. Si ça marche je suis sauvé ! il a dit ça en la mettant dans la boîte. Il a commencé à attendre dès le lendemain.

Elle revient vers le bureau.

— Vous ne vous en souvenez pas ?
— Souvenir de quoi ?
— De l'autre manuscrit...

Odon tire une longue bouffée sur sa cigarette. Il relâche la fumée doucement. La fumée reste autour de lui. Il respire dans le nuage.

Il se souvient.

Ce deuxième manuscrit que lui a envoyé Selliès ne s'appelait pas *Dernier monologue* mais *Anamorphose*.

Le facteur l'avait déposé avec le reste, pas de lettre à l'intérieur, seulement une adresse et un numéro de téléphone. Il a laissé l'enveloppe sur le bureau, avec d'autres. Il s'est passé plusieurs jours avant qu'il ne l'ouvre. Il a commencé à lire. C'était un long monologue, brutal, une histoire écrite avec une sorte d'urgence qui l'avait laissé sous le choc.

— Je reçois tellement de choses... il répond.

Marie comprend.

— Les textes que vous n'avez pas publiés, vous en avez fait quoi ?

— Je les ai retournés.

— Et ça vous arrive d'en recevoir encore ?

— Ça m'arrive.

— Vous en faites quoi ?

— Je les retourne sans les ouvrir.

Elle hoche la tête. Elle s'attarde, regarde les livres. Ça dure longtemps, ce temps de regard qui glisse.

— J'ai du travail, Marie.

Elle s'excuse, le front rouge, les mains serrées l'une dans l'autre. Elle s'avance jusqu'à la porte. Elle se retourne.

— Monsieur Schnadel ?...

— Mmm...

— Vous avez téléphoné quelques jours après la mort de Paul... Ma mère vous a répondu. Je m'en souviens, parce que, Avignon, elle, ça l'a toujours fait rêver, et vous lui avez dit ça, au téléphone, que vous aviez un théâtre à Avignon.

Elle se tourne vers la fenêtre. Des petits oiseaux volent en rasant les carreaux, ils cherchent les insectes.

— Vous vouliez lui dire quoi, à mon frère ? elle demande sans les lâcher des yeux.

Il tire une dernière taffe, écrase sa cigarette dans un cendrier déjà plein.

— Je voulais lui parler de son texte. Il y avait des choses à reprendre, je voulais voir ça avec lui.
— Vous lui auriez dit quoi ?
— Que ça tenait la route.
— Ça tient la route ! c'est cool ça...

Elle penche la tête de côté, frictionne ses bras comme si elle avait froid.

— Si vous l'aviez appelé plus tôt, il serait peut-être pas mort... On peut réfléchir aussi à ça.
— Tu veux réfléchir à quoi ?

Ses yeux sont bleus, tellement clairs.

— Au destin, elle dit.

Il se lève, marche jusqu'à la fenêtre. Il ne veut plus être coupable. Il l'a été trop longtemps. Et pour rien. La nuit, c'était devenu du poison dans ses rêves.

Il passe sa main sur son visage.

— J'ai téléphoné à ton frère une première fois, mais ça n'a pas répondu. C'était quelques jours avant qu'il ait son accident. J'ai appelé encore quelques jours plus tard et une femme a décroché...
— Ma mère.

Il la regarde.

— Je lui ai dit que j'avais le manuscrit de Paul et que je voulais le publier. Elle m'a répondu qu'il était mort, elle m'a parlé d'un accident avec une grue, une chaîne qui se balançait, il aurait pris ça dans les reins, je n'ai pas tout compris.

Elle sourit doucement.

— Si Paul avait posté son texte un jour avant, vous auriez téléphoné un jour plus vite et ça aurait peut-être changé les choses.
— La mort quand elle passe, elle fauche.

Il regarde par le carreau le plus haut de la fenêtre. Le soleil, derrière les toits. Les cheminées se découpent sur le ciel, les antennes de télé, les tuiles sèches.

Il pense à Mathilde.

Un soir, elle l'a rejoint sur la péniche, elle lui a retiré le manuscrit des mains. Tu travailles trop..., c'est ce qu'elle a murmuré en nouant ses bras autour de son cou.

Elle portait un gros pull de laine, elle venait de jouer *Les Noces de Rosita* au petit théâtre des Amuse-Gueules. Il y avait des bancs de brume sur le fleuve, accrochés aux branches tout autour de la péniche.

Elle s'est glissée contre lui. Et ça parle de quoi, *Anamorphose* ?

Il lui avait expliqué cette histoire étrange dont il n'arrivait pas à se défaire. Elle a susurré contre sa bouche, Tout est désespérance mon amour...

— Alors ils finiront bien par comprendre, dit Marie.

— Comprendre quoi ?

Elle pose ses deux mains à plat contre le cuir du punching-ball. Elle replie. Deux poings fermés.

— Que, mon frère, c'était un grand ! Avec *Nuit rouge*, on fera salle pleine.

Elle frappe. Le punching-ball ne bouge pas.

Odon s'approche.

— Tu cognes en pensant à autre chose. Si tu veux qu'il bouge, il faut le vouloir avec ta tête. Je veux, je frappe, ça bouge.

Il frappe, un grand coup. Le punching-ball valse.

— Mais c'est très con de faire ça sans gants...

Le punching-ball revient, Marie le bloque. Le front appuyé contre.

— Mon frère est mort pendant tous ces jours où vous avez réfléchi.

— Tu crois que je ne le sais pas ?

Odon a parlé fort, presque crié.

Marie pâlit.

Il revient au bureau. Se laisse tomber dans son siège.

— Je ne suis pas responsable des accidents de grue.

Marie passe sa main sur son cou, c'est rapide, les ongles griffent. Une trace rouge reste sur la peau blanche.

Une boule de verre est posée sur le bureau. Une tour Eiffel prise à l'intérieur. Marie soulève la boule, elle la secoue, de la neige vole. Elle attend que la neige tombe et elle recommence.

Paul lisait à haute voix, ça faisait un bruit étrange, parfois il sortait de la camionnette, il gueulait. La mère disait qu'il effrayait les clients. À la fin, ils ne venaient plus, elle disait que c'était sa faute. Quand il est mort, elle a remplacé tous ses reproches par des larmes.

— Des heures de dingue il a passé, enfermé dans le camion, il aurait juste voulu savoir que c'était pas pour rien...

La phrase se finit en murmure.

Odon fait tourner un crayon entre ses doigts.

— Ce n'était pas pour rien.
— Il aurait fallu lui dire alors...
— Tu cèdes jamais toi ?

Il tourne la tête.

Des bruits de pas viennent du couloir, se rapprochent. C'est Julie. Son regard glisse sur Marie, s'arrête sur son père. Elle porte sur la tête un chapeau bizarre à grandes rayures.

— Tu penses à réserver le restau pour ce soir ?
— On sera combien ?
— Huit.

Il note sur un post-it.

Marie retourne la boule de verre.

Les portes du théâtre du Minotaure sont ouvertes mais l'affiche *Sur la route de Madison* est barrée de noir. Les techniciens ont décidé de rejoindre le mouvement, ils ont voté la grève, impossible de jouer sans eux.

Phil Nans s'en va, furieux.

Le public, déjà installé, attend. Des festivaliers, désorientés, se lèvent et sortent. D'autres décident de rester.

La Jogar est dans la loge.

Elle enfile une robe, la coupe collée au corps, couleur turquoise et son corps parfait dessous. Elle rejoint la scène, fait ouvrir le rideau.

Elle s'avance. Le public la suit des yeux. Elle ne jouera pas *Sur la route de Madison*, mais elle va leur parler.

Elle glisse ses doigts sur la nappe froide du décor.

— Mon bel amant de scène fait la révolution dans les rues, il nous manque aussi nos précieux techniciens... et la caissière.

Un silence.

— Mais nous avions rendez-vous...

Elle dit cela, la Jogar.

Ils sont venus pour entendre cette voix.

— Je vais vous dire un court poème de Josean Artze... Nous allons faire cela, je vous confie ce poème et après vous partirez.

Elle les regarde.

— Vous partirez n'est-ce pas ?

Quelques rires fusent dans la salle.

Elle tend la main vers les projecteurs. En l'absence des techniciens, c'est Pablo qui s'occupe des lumières. Il n'a pas l'habitude. Le faisceau tremble, imprécis.

Elle dit, Ce sont des mots de Josean Artze. Et ça la met à nu de dire cela.

Sa voix, à la résonance si profonde, le nom Josean Artze. La salle frissonne.

Elle déclame,

> *Si je lui avais coupé les ailes,*
> *Il aurait été à moi,*
> *Il ne serait pas parti*
> *Mais, ainsi, il n'aurait plus été un oiseau,*
> *Et moi*
> *C'est l'oiseau que j'aimais.*

Elle pense qu'ils vont se lever, s'en aller. Elle laisse passer quelques minutes. Elle revient à la table. Elle dit que la ville est belle en ce moment, qu'il y a des terrasses où on peut s'asseoir et commander des boissons glacées.

Elle attend. Personne ne part.

C'est comme un jeu.

Elle s'en amuse.

— Que pouvons-nous faire à présent ?

Elle fait un signe à Pablo. Il lui apporte un livre, un haut tabouret.

Elle murmure quelques mots. Il disparaît, revient avec un paquet de cigarettes, son briquet.

Dans le silence qui suit, on entend claquer le briquet.

Elle s'assoit tout en haut du tabouret, les jambes croisées.

Elle tire une bouffée, commence à lire.

— « Vers cinq heures le temps fraîchit ; je fermai mes fenêtres et je me remis à écrire. À six heures entra mon grand ami Hubert ; il revenait du manège. »

Dans la salle quelqu'un murmure, C'est *Paludes*.

La Jogar sourit.

— Oui, c'est *Paludes*...

Elle continue, immobile, assise droite, les bras nus dans sa petite robe turquoise. Le souffle de la fumée se mêle aux mots, le claquement du briquet quand elle allume la cigarette suivante.

Les pages qu'elle tourne.

Ça dure une heure.

Elle lit *Paludes* et les mégots tombent sur le plancher, entre les pieds du tabouret et l'ombre de son corps.

De retour dans la loge, elle brosse ses cheveux. Elle verse de la lotion bleue sur du coton, démaquille son visage.

— J'espère que nous pourrons jouer demain. Je ne vais quand même pas leur lire *Paludes* tous les soirs...

Pablo entrebâille le volet. Le public s'attarde sur le trottoir. Des gens parlent ensemble de cette soirée un peu particulière.

Pablo l'aide à dégrafer sa robe. Elle passe un jean, un tee-shirt noir.

Des escarpins à hauts talons, une boucle dorée sur le côté.

— Vous faites quoi ce soir ? elle demande.

— Je vais au Cid.

— Je n'ai pas envie d'être seule. Emmenez-moi.
— Ce n'est pas un bar pour vous.
Elle rit violemment.
— Parce que c'est un bar gay ?

Il met de l'ordre dans le maquillage renversé sur la table, referme le poudrier, range les crayons, glisse tout dans une pochette en tissu.

— Je suis votre coiffeur, votre psy, votre kiné, cela suffit ma brune.

Il regarde sa montre.

— Et j'ai fini mon service...

La Jogar ramasse son sac, le pose sur ses genoux, l'ouvre, en sort son téléphone.

Elle regarde Pablo.

— Vous avez un rendez-vous ? Je le connais ?...

Il sourit.

Elle relève la tête, sonde son visage.

— C'est le pianiste du spectacle de quatorze heures, le beau brun avec les yeux noirs ?... Pablo, dites-moi que ce n'est pas lui !
— Comment le trouvez-vous ?
— Beau comme un dieu, désolant si...
— Eh bien désolez-vous...

Il revient vers la fenêtre, tire le rideau.

— C'est bon, ils lèvent le camp, nous allons pouvoir y aller.

La Jogar s'enfonce dans le dédale des rues étroites. Chemin d'école. Trottoirs d'enfance, murs de colères. Sa petite main dans la main gantée de sa mère. L'hiver, le mistral soufflait, elle allait vêtue de son manteau à carreaux, irréprochable.

Rue de la Croix. Cinq ans qu'elle n'a pas vu Isabelle. Elle lui a téléphoné quelques fois. Elle a pensé à elle, souvent.

Elle lève la tête. Les plantes grasses ont résisté à la chaleur des balcons. La fenêtre de la cuisine est ouverte. Elle pose la main sur le bois de la porte. Elle l'a poussée tant de fois, avec son violon et son habit bleu. Elle montait les marches, détachait ses nattes, changeait d'habits, elle faisait ça à une vitesse incroyable, Isabelle l'aidait. Ensuite, elle dégringolait l'étage dans l'autre sens et courait au théâtre des Trois-Colombes. Elle s'était inscrite en cachette, sous un faux nom. Là, pour deux heures de temps, elle devenait enfin une autre. Au retour, Isabelle devait refaire les nattes. Ça a duré plusieurs semaines.

La Jogar avance. Sa poupée et l'ours brun sont toujours là, à l'abri derrière la fenêtre. On dirait deux sentinelles qui gardent la rue.

Elle viendra embrasser Isabelle plus tard.

Elle longe le trottoir, prend à gauche, la rue étroite du Mont-de-Piété. Le quartier devient un labyrinthe. Une ruelle sinueuse entre deux hauts murs de pierre. Tout au bout, un portail en bois verni. C'est ici qu'elle est née, une belle bâtisse avec un jardin. Des jarres d'Anduze avec des citronniers. L'hiver, le jardinier les rentrait pour qu'ils ne gèlent pas.

La façade est plein sud, les volets sont tirés.

Le rosier grimpant recouvre un pan du mur, des petites roses blanches qui fleurissent en pétales froissés.

La nuit, les rats et les pigeons se battaient pour les mêmes poubelles. Le matin, elle trouvait du sang sur les pavés, des plumes, des traces de lutte, des cadavres aussi parfois.

Son père voulait qu'elle soit notaire. Il l'a mise au pensionnat pour qu'elle dise merci plus tard. Trois ans sans théâtre, un sevrage aussi violent qu'inutile. Elle a appris le latin, le discours, la rigueur. Elle a lu Sénèque, Voltaire et les autres. Beaucoup de par cœur, sa mémoire s'est musclée. À dix-huit ans, elle a claqué la porte.

Elle respire profondément.

Elle sonne.

Elle attend.

Rien ne bouge. C'est la fin de l'après-midi. Des insectes bourdonnent contre les pierres chaudes du mur. Les cigales chantent. Ça sent le miel, la lavande.

Elle sonne encore.

Cinq ans qu'elle n'est pas entrée dans cette maison. La dernière fois, elle était venue leur dire qu'elle s'en allait. Elle avait décroché son premier contrat pour jouer *Ultimes déviances*, à Lyon, dans la prestigieuse salle de la Corbeille. Son père avait suspendu des boules de graisse à la fenêtre, les oiseaux s'approchaient, le chat guettait, il les attrapait, les ramenait dans le salon. Ça le faisait rire.

Elle entend encore son rire.

Sa mère était restée debout près de la porte.

Elle sonne une dernière fois. Le bruit résonne à l'intérieur de la maison. Elle jette un dernier regard aux fenêtres.

Son père doit rentrer tard à présent que la maison est vide.

Odon a choisi une table au fond du patio, un endroit calme, dissimulé aux regards par deux hautes plantes.

Il se fait servir un whisky d'Écosse, un Glenfarclas. Cinq glaçons dans une coupe. Le journal du jour. Les salons sont bondés. Collés au bar, des journalistes rapportent les propos de Didier Bezace. Il n'est question que de cela, la nécessité d'une culture vivante, le retour d'un théâtre plus proche des gens. Ariane Mnouchkine est avec eux, elle parle des heures longues et nécessaires, de toute la persévérance qu'il faut pour monter un spectacle.

Odon attend Mathilde.

Il l'attend sans savoir si elle est dans sa chambre ou dehors, si elle entrera ou sortira, seule ou accompagnée.

Son whisky a un parfum de noix et de chocolat. Un goût de tourbe. Il le boit à petites gorgées. Un journaliste le salue, ils échangent quelques mots. Les glaçons fondent dans la coupe.

Une Anglaise traverse la salle suivie d'un petit chien qui s'essouffle.

Dehors, c'est l'étuve.

Bientôt une heure qu'Odon attend quand des murmures montent près de l'entrée. Il tourne la tête. Les journalistes abandonnent leurs verres. Ça va très vite. Les appareils photo claquent.

Elle vient de la rue, du dehors.

Elle entre dans le patio. Même cachée, même silencieuse, Odon sait que c'est elle.

Elle est dans la meute, invisible.

Les premières questions fusent.

Duras, Pirandello, elle a tout joué mais toujours ailleurs, dans d'autres villes, et, à présent, elle est revenue. Ils veulent savoir pourquoi elle a tant attendu.

Pourquoi ? Invariablement. Comme si c'était la seule question possible.

Pourquoi êtes-vous là ?

Elle répond que seul le travail importe. La tâche d'apprendre, ce fabuleux labeur qui est aussi un plaisir. Elle dit qu'une vie n'y suffirait pas. On lui demande ce que ça lui fait d'être aussi célèbre aujourd'hui.

Elle rit, répond qu'être célèbre n'empêche pas le doute.

Elle avance dans le patio. Odon voit son visage. Il retrouve cette voix aux inflexions chaudes.

— On vous dit secrète, pudique ? Êtes-vous enfin heureuse ?

Elle s'approche des plantes.

— Le succès ajoute à la solitude, lui donne un caractère incontournable.

Elle murmure cela en laissant courir sa main dans le feuillage. Elle leur donne la Jogar, c'est ce qu'ils attendent, ce personnage. Elle balaie l'air de la main, théâtrale, N'écrivez pas cela surtout !

Dans le brouhaha qui suit, Odon n'entend plus les questions mais le rire qui fuse.

— Vous avez écrit et joué *Ultimes déviances*, cette pièce a été très importante pour vous, elle vous

a fait connaître, elle vous a apporté le succès... Avez-vous le projet d'écrire autre chose ?
— Non.
— Pourtant, avec ce texte, vous avez démontré que vous aviez un réel talent d'écriture... Vous ne répondez pas ?

Elle écarte le journaliste de la main.
— C'est parce qu'il n'y a pas de question.
Le journaliste insiste.
— Vous vous contentez désormais des mots des autres ?

Elle s'arrête, toise celui qui a parlé.
— Je m'en contente, oui.
— Quel est votre prochain rôle ?... On parle de Verlaine... On dit que vous serez seule sur scène.
— Seule, oui. Je ne me supporte plus avec personne.

Elle éclate de rire.

Dans le miroir, Odon croise ses yeux brûlants. Dans ce regard qu'ils échangent, rapide, c'est toute leur histoire.

Odon lui sourit.

Elle est belle. Troublante. Il n'a jamais connu de désir plus intense pour aucune autre femme.

Elle glissait ses mains dans son dos, quelques mots, J'ai des envies pour ce soir, des envies inavouables... Elle collait la bouche à son oreille, Sais-tu que l'on appelle phase plateau le dernier niveau d'excitation avant l'orgasme ?

Elle disait des choses comme celles-là.

Elle riait.

Elle réenchantait ses jours.

L'aimer était facile.

Elle lui rend son sourire.

Et puis elle s'échappe, quitte la meute, rejoint les étages, sa chambre.

Marie traîne sur le parvis du palais. Devant elle, un garçon en tee-shirt prend son élan, il court sur trente mètres et s'écrase contre le mur. D'autres l'imitent. Ils sont plus de cinquante à faire cela. Ils le font et ils recommencent, sur la place accablée de soleil.

Marie prend des photos. C'est une scène étrange. Une caméra les filme pour les informations du soir.

Une fille tombe d'épuisement. À genoux, les mains contre la pierre. Il y a du sang sur le mur. La lumière est vive, les ombres noires. Le visage de la fille, si pâle.

Marie s'approche.

La fille a les yeux ouverts, de longs cheveux noirs. Trop épuisée pour se relever, elle reste, le bras tendu, la main contre le mur, grande ouverte.

— Jouer n'est pas un travail, c'est une passion et on nous tue !

Plus de cent compagnies ont déjà quitté la ville. Une réunion s'improvise chez Isabelle, des comédiens, des techniciens, quelques festivaliers se mêlent au groupe. Il n'y a pas de chaises pour tout le monde, les derniers arrivés s'assoient par terre.

Marie est dans sa chambre quand elle entend le bruit. Elle se lève.

Isabelle est à l'écart, assise sur le sofa près de la fenêtre, dans une robe en strass mauve et or. Des franges au bas de la robe, une ceinture sur les hanches, années 1930, un bandeau de perles autour du front.

Elle fait un signe à Marie.

Déjà du temps de Jean Vilar c'était comme ça, ils se retrouvaient tous chez elle. Sans prévenir, ça déboulait, Gérard Philipe avec Anne, Agnès Varda, René Char et tous les autres.

Elle préparait des paellas géantes, des soupes au pistou, ça sentait l'anchois, l'olive, ils écrasaient de la tapenade sur du pain, ils buvaient des vins aux goûts formidables, tout le monde était très gai.

Et puis Gérard Philipe est mort et Jean Vilar et René Char. Isabelle a gardé ses beaux habits dans son armoire.

Greg rejoint Marie.

— Moi, je vis en imaginant, il dit à voix basse.

Elle ne sait pas pourquoi il dit cela.

Elle, elle imagine comment vivre.

Julie est là, elle aussi, à l'autre bout de la pièce. Des comédiens, obligés de jouer dans la rue ou dans des caves, réclament une scène pour tous. Pour d'autres, ce n'est pas l'argent qui importe, mais parler, échanger, être là ensemble. Une troupe venue de Bretagne va reprendre la route. Un an qu'ils se préparent, des soirées entières à répéter, de l'argent économisé, leur village s'est cotisé pour qu'ils puissent venir jouer entre les remparts. Le garagiste leur a prêté une voiture. Ils n'ont plus rien. Des mimes venus de Chine s'en vont également. De leur côté, les festivaliers refusent d'être considérés comme de simples consommateurs. Ça devient passionné, un peu hystérique, quelqu'un pleure.

Odon arrive, il contourne le groupe, embrasse les mains d'Isabelle.

Il râle parce que ça sent le shit.

— Tu devrais pas les laisser fumer leurs saloperies.

— Comment tu veux que je sache ce qu'ils fument ?

Il hausse les épaules.

Le mouvement s'essouffle. Les plus durs proposent de se regrouper le lendemain à cinq heures, pour défiler dans les rues et montrer qu'ils sont toujours là, bien réveillés.

Ils votent.

Marie prend une photo de toutes les mains levées.

— Vous vous tirez une balle dans le pied, voilà ce que vous faites, dit Odon.

— Tant que c'est dans le pied... dit une fille aux cheveux rouges.

Il se retourne.

Elle a des yeux verts. Des dizaines de colliers enroulés autour du cou, des perles de pacotille.
— C'est ça, marre-toi.
— Vous connaissez les conditions dans lesquelles on nous fait travailler ? Vous savez ce que ça gagne un technicien ?
Un garçon aux cheveux presque blancs grimpe sur une chaise.
— Ce n'est pas la culture qui est en danger, c'est nous, les artistes ! On va crever !
Il brandit le poing.
Ils se donnent rendez-vous le soir, place Pasteur, un peu avant vingt heures, pour écouter le discours de Chirac à la télé.
La scène est le seul ring possible, Odon croit cela avec l'espoir fou que le théâtre pourra un jour apaiser le monde.
La fille aux cheveux rouges lève son verre. Elle le provoque du regard.
— À l'espoir, l'opium des saltimbanques.
Il se détourne.
Isabelle lui prend le bras.
— Ils sont tellement beaux, nous devons leur pardonner.

Isabelle sort du frigo un pichet en faïence rose empli de citronnade. Elle essuie deux verres, les pose sur la table.

À côté, ça gronde. La troupe de Rennes part en claquant la porte.

Elle sourit.

— Je les aime, je les aime tellement...

— Moi aussi je les aime, ce n'est pas une raison.

Elle lève les yeux sur Odon.

— Ce n'est pas eux que tu aimes. Ce n'est pas cela.

Elle sert la citronnade.

— Tu aimes le théâtre et les artistes qui le servent. Tu es un amoureux des textes... Moi, je les aime eux. Qu'ils aient du talent ou pas, je m'en moque. C'est leur jeunesse qui me plaît, leur énergie.

Elle boit une gorgée de citronnade.

— Mais les aimer ne fait pas de moi un être meilleur.

Elle détache un cachet d'une plaquette de médicaments. Pour le cœur et les oublis, trois fois par jour. Une quatrième, en cas de besoin. Elle l'avale avec un peu d'eau, repose la boîte sur la table, avec le pain et tout ce qui encombre.

Trois générations d'une même famille se sont succédé dans cette maison. Il reste les traces, bols, placards, lampes.

Il reste Isabelle.

Une chaleur épaisse filtre par la fenêtre entrouverte.

Elle regarde Odon, elle connaît tout de lui, son visage, ses émotions.

— Tu l'as revue...

Elle n'a pas besoin d'en dire davantage.

Il s'assoit.

— À peine... Dans les salons de la Mirande, il y avait du monde, on ne s'est pas parlé.

Les yeux d'Isabelle brillent.

— Comment est-elle ?

— Très belle.

— Je voudrais la revoir...

— Elle viendra.

— Elle doit être occupée ?

Odon lui prend les mains, les presse doucement entre les siennes.

— Pour toi, elle trouvera du temps.

Ils parlent de Mathilde, à voix basse, de ce temps où elle vivait ici, elle apprenait *Ultimes déviances* dans la chambre à l'étage.

— Je ne parvenais pas à la déloger... dit Isabelle.

La lampe restait allumée tard le soir. Odon l'attendait à la péniche. Au plus fort de sa fatigue, elle venait le rejoindre. Elle se jetait contre lui, Fais-moi l'amour ! Elle repartait avant le matin.

Elle ne lui disait pas ce qu'elle faisait, elle disait juste, Je travaille. Quand il insistait, elle appuyait son front contre son épaule, Plus tard...

Isabelle pose une main sur la table.

— Un matin, elle est descendue de la chambre, elle s'est assise là, à cette place, elle a poussé un paquet de feuilles devant moi et elle m'a demandé de tout lui faire réciter...

Odon hoche la tête.

Ils parlent encore de Mathilde.

Marie s'avance. Elle marque un temps d'arrêt sur le pas de la porte.

— Je peux ?

Isabelle sourit.

— Oui Marie, tu peux...

Marie se sert un verre d'eau qu'elle boit debout, le dos contre l'évier. Un ordinateur est posé sur une table contre le mur. Elle le regarde.

— Tu peux l'utiliser, dit Isabelle.

Marie tire le tabouret. Elle bouge le curseur, un paysage de mer s'affiche.

Elle sort la carte numérique de son appareil photo, l'insère. Ses doigts glissent sur les touches, l'instant suivant un kaléidoscope de photos s'affiche.

Elle passe d'une photo à l'autre, en agrandit certaines, en efface d'autres.

La lumière qui vient de la fenêtre éclaire sa nuque, les deux lanières de cuir qui retiennent la bourse autour de son cou. L'encolure lâche du tee-shirt dessine une ombre sur sa peau.

Isabelle s'approche.

— Je peux voir ?

Elle s'assoit à côté de Marie. Sur l'écran, des objets, un lavabo, une vieille lampe, un verre fendu... Marie dit qu'elle a trouvé ces objets sur des trottoirs, ils étaient abandonnés, cassés ou perdus.

D'autres photos. Des gens, des rues, des affiches. Un technicien pendu à un arbre, la photo en noir et blanc d'un spectateur solitaire, une manifestation sur fond de fumée.

Le bourdonnement de l'ordinateur se mêle à leurs murmures, au claquement léger des touches.

Odon, devant son théâtre, une éponge à la main.

— Viens voir ! dit Isabelle.

Il s'avance.

Sur la porte, la peinture coule.

Marie laisse défiler d'autres photos, un lampadaire, un terrain vague.

— Mon frère travaillait sur des chantiers. Le matin, il attendait sous cet abri avec des types plus costauds que lui, un fourgon passait. Quand il n'était pas choisi, il allait au bar chez Tony.

Elle clique sur une photo.

— C'est ça, le bistrot des Aristos.

Elle gratte la peau de son bras avec ses ongles.

— Il se battait aussi parfois, de drôles de bagarres, il prenait des coups mon frère, il n'en donnait pas.

Elle gratte, toujours au même endroit. Elle ne doit pas se rendre compte qu'elle fait cela.

Odon revient vers la fenêtre, il regarde le ciel, écoute les mots.

— Il faisait des paris, il gagnait, il perdait. Quand il gagnait, il planquait l'argent sous le siège de la camionnette. Il voulait m'emmener au Viêtnam, un endroit là-bas il paraît qu'il faut le voir avant de mourir.

— La baie d'Along... dit Odon.

Marie se retourne, un bras sur le dossier de la chaise.

— Peut-être oui.

— Sûr ! L'eau plate, les jonques et les gros cailloux, tout le monde veut aller là-bas.

Isabelle pose une main apaisante sur le bras de Marie. Une photo glisse sur une autre. Après, le téléphone sonne, Isabelle s'excuse, elle sort de la pièce, prend l'appel dans sa chambre.

Marie fait défiler d'autres photos.

— C'est de ce ventre-là que je viens.

Odon s'avance.

Une femme en robe de chambre rose est assise sur une chaise, les mules déformées, la robe remontée sur des cuisses énormes. On ne voit pas le visage.

— C'est toi qui l'as prise ?

— Si elle vous plaît, je vous la vends.

Il se marre.

— Une bonne fille ne vend pas la photo de sa mère.

Elle hausse les épaules.

Elle passe à une autre photo. Le visage de Paul sur un fond de béton. Le même regard bleu. La ressemblance est frappante.

— Le soir, quand il rentrait, il demandait si vous aviez téléphoné. Trois semaines ça a duré. À la fin, il demandait plus et il a repris ses paris à la con.

Elle tire un carnet de son sac, le jette sur la table.

Le carnet glisse, finit sa course contre les verres.

— Vous pouvez regarder, il parle de vous quelque part.

Julie et les garçons se regroupent avec les autres, place Pasteur. Ils sont plus de cent autour de la télé à attendre que Chirac parle. Ce discours, personne n'y croit. Avec raison. Les propos sont décevants.

Après, la colère gronde. Chacun prend ce qu'il trouve, des casseroles, des boîtes, et ça cogne dessus aussi fort que possible. Bruits de fer et cris humains. Une rage qui emporte.

Les portes du Chien-Fou sont ouvertes. Ils ne jouent pas *Nuit rouge* mais ils racontent des sketches et des histoires. L'entrée est libre. Greg enfile un vieux costume pris dans une malle à l'étage.

Julie tire d'un carton deux marionnettes, elle parodie le discours du président. Elle le tourne en dérision, ça fait rire la salle.

Damien monte sur scène, il porte le nez rouge d'un clown. Il dit que Jack Lang est là, quelque part dans le public. Il fait éclairer la salle. Il cherche dans les premiers rangs, « Monsieur le ministre »... Tous les regards se tournent vers un homme grand assis au deuxième rang. Damien plonge alors sa main dans sa poche, il sort un revolver, il vise, ça va très vite, le coup déchire l'air et l'homme tombe.

— On va parler de nous maintenant !
Il y a des cris dans le fond de la salle. Un rire fuse. L'homme se relève.
Damien tend la main à Julie.
— Tu n'y crois pas, toi, à la colère des clowns ?
Julie tremble tellement qu'elle est incapable de répondre.

La Jogar entend les bruits de casseroles, les cris et toute cette révolte qui monte. Elle referme la fenêtre, s'assoit sur le bord de son lit. C'est une belle chambre avec des murs recouverts de toile de Jouy. Des rideaux accrochés aux fenêtres, ils sont lourds, doublés de soie, les plis retombent sur le plancher.

Au-dessus du lit, un lustre de Venise.

Des amis l'attendent pour le dîner. Elle n'a pas envie de parler.

Elle s'assoit sur le lit, masse ses pieds. Elle se couche, regarde le lustre.

Elle lit quelques pages du texte qu'elle doit apprendre pour le prochain hiver, *Verlaine d'ardoise et de pluie*[1].

Elle referme le livre.

Feuillette des magazines.

Sa valise est ouverte, les robes sur les portants. Le soir tombe. Les lampes du jardin sont allumées. Elle téléphone à ses amis pour dire qu'elle ne viendra pas. Elle pense sortir. Elle pourrait traverser le Rhône, rejoindre Odon sur la péniche. Elle se fait monter un thé. On le lui sert sur un plateau avec des mignardises.

---

1. Guy Goffette.

Les cloches de l'église sonnent.
Elle pense à lui. Elle l'a vu dans le patio, elle savait qu'il viendrait, qu'à un moment il serait là, pour elle, à l'attendre.
Elle boit son thé.
Le dernier été, ils sont partis en Bretagne. Arrivés à Saint-Malo, ils ont eu envie de Guernesey. La lande, les rochers avec les vagues qui se fracassent, et les phares et la nuit. Il a recopié pour elle une phrase de Baudelaire, « On ne peut oublier le temps qu'en s'en servant ». Elle l'a scotchée à son retour, au-dessus de son bureau, dans la chambre bleue chez Isabelle.
L'amour ne dure pas. C'est une impulsion brûlante, un feu. Elle ne veut pas être nostalgique. Ni de ça, ni de rien.
Elle finit son thé, repose la tasse.
Elle cale son dos contre les deux oreillers.
Elle reprend *Verlaine d'ardoise et de pluie*.

Une ruelle à putes, un bar à vin, c'est là-dedans qu'Odon s'enfonce. Les mains dans les poches. Un club de jazz au fond d'une impasse sombre. Il a ses habitudes. Au bar, quelques silhouettes solitaires. Sur les tables, des boules en verre laiteux répandent une lumière glauque. Les banquettes n'ont pas été changées depuis longtemps, le skaï est usé, fendu. Un juke-box passe une chanson de Ray Charles.

Sur la scène, un piano.

Il s'accoude au bar, commande un café bien serré. Il sort le carnet, le pose à côté de la tasse.

Il boit une gorgée en regardant le piano. Il venait là avec Mathilde, après les répétitions du soir, ils mangeaient des tapas et ils buvaient du vin. Toujours à la même table. Ils nouaient leurs jambes. Ils parlaient de théâtre et des auteurs qu'ils aimaient. Un soir, ils ont parlé de ce qu'ils feraient quand ils seraient vieux.

Odon finit son café.

Il ouvre le carnet.

Le nom de Selliès est écrit en haut de la première page. Une écriture irrégulière, presque malhabile.

« 6 h 30 – Le bitume glacé me remonte dans les godasses. Une vieille en robe de chambre sort de sa maison, une écuelle pleine de bouffe, un moment on a cru que c'était pour nous mais elle a jeté ça aux chats. Après, le camion est arrivé avec ses gros phares jaunes dans la brume. »

En face, il y a un dessin au crayon gris, des soldats de l'armée de Xian. D'autres dessins remplissent les pages suivantes, un casque, le détail d'un ceinturon.

D'autres phrases. « Le monde me dit, prends garde à toi, mais je ne m'inquiète pas, les règles du jeu m'appartiennent. »

Sur certaines pages, les dessins se mêlent aux écrits, des notes prises pour un début d'histoire. Le lieu et la date sont inscrits en bas de chaque page.

« Je vois la vie à travers les vitres de la camionnette, le regard de la petite Marie. Elle a mis sa jolie robe rouge. Il est sept heures. Elle toque à la fenêtre, m'apporte un café. Cette illusion folle ! On va enfin partir ! Je chuchote à son oreille, nos ennuis s'en iront si nous rêvons de liberté. »

Il a souligné cette phrase, nos ennuis s'en iront si nous rêvons de liberté.

Une banquette se libère à l'écart. Odon commande un cognac, il emporte son verre.

Il reprend sa lecture.

« Je n'ai plus de chiens, plus de coqs à faire combattre. Tony veut que je remonte sur le bouclier. Je l'ai déjà fait deux fois, au jeu de la flanche, personne ne passe les trois.

Je le ferai seulement si la neige tombe. »

Il y a des pages encore.

« J'en ai marre de voir la petite Marie grandir dans les flaques. J'ai envie de me déloger de là et de l'emmener voir les jonques. »

Plus loin :

« Ça fait bientôt trois semaines que j'ai fait partir *Anamorphose*, toujours pas de réponse. Je garde quand même espoir. »

Suit une page sans dessin.

« Ce matin, je pissais sous les arbres, c'était pas le grand froid, y avait pas de vent, y avait rien juste le chemin un peu noir et le sol qui puait. J'avais la bite à la main quand je les ai vus, une poignée de flocons qui semblaient peser rien. La météo avait dit du froid pas du gel, encore moins de la neige, j'ai pensé y a plus rien de fiable et j'ai entendu la petite Marie qui chantait. »

Odon repose le carnet.

Il avale une gorgée de cognac.

Il termine sa lecture.

« La neige a tenu quelques heures, on a pu courir dedans et laisser nos traces. Marie est revenue de l'école avec la honte pour une histoire de tickets. Je voulais brûler son école. La mère a dit va donc travailler. La petite Marie pleurait.

Je vais t'arracher de là, je lui ai promis. Toujours pas de nouvelles d'*Anamorphose*. »

Le jour se lève. Le crapaud est quelque part sur la péniche, Odon l'entend sauter sur le plancher. C'est un bruit de pattes et de corps.

Jeff est dans la cuisine. Il prépare le café. Il a décidé de commencer à vernir le pont, les premières lattes en partant de l'avant. Il faut qu'il enlève les pots, la poussière et toutes les feuilles accumulées.

— Demain, quand je viendrai, tu seras là ?
— Je ne sais pas.
— Mais, sur les péniches à côté, il y aura quelqu'un ?
— Il y a toujours quelqu'un sur les péniches à côté.
— Pas toujours.
— Essaie de te taire Jeff...

Jeff se tourne vers les hublots.

— J'aime bien les gens des autres péniches aussi.

Il frotte du doigt sur le carreau.

— Et s'il n'y a personne sur les péniches ?
— Il y aura.

Et, comme à regret, Odon ajoute, Il y a toujours quelqu'un quelque part.

Les intermittents ont fermé les quatorze portes des remparts. Pendant quelques minutes, Avignon devient une île.

Plus personne ne peut ni entrer ni sortir.

Avignon, ville close.

Julie grimpe sur une barricade. Écartelée entre l'envie de jouer et le désir d'en découdre avec le pouvoir. Elle compte cinq cents secondes avant que les flics les délogent.

Les plus virulents envisagent d'attaquer le palais des Papes.

Odon les regarde passer sur la place. Il tente de rester calme, il n'y arrive pas. Il a mis en scène des textes de Beckett, Tchekhov, son théâtre a longtemps été un incontournable du festival. Il sait que créer ne suffit pas, il faut transmettre.

Une réunion a lieu dans son bureau. La troupe qui joue *L'Enfer* les rejoint. Il ne s'agit pas de courber l'échine mais de composer. La grève du off n'est plus à l'ordre du jour. Julie dit que toutes les avancées sociales se gagnent avec de la violence.

— Comment tu veux qu'on vive ? Debout ? Ou courbé, à genoux ?

Odon sort sa licence.

— Tu veux que je la déchire ?
— Ça n'a rien à voir papa !

Elle a raison. Il se détourne. Il regarde l'affiche de *Nuit rouge*, le nom de Paul Selliès. Jouer, c'est lui rendre sa légitimité d'auteur, c'est lui donner sa chance d'être vu, entendu, qu'il cesse enfin d'être une ombre morte derrière un texte.

Il y a toujours une multitude de raisons de faire ou de ne pas faire les choses.

— Il y a d'autres chemins, il dit, d'autres façons.

Julie n'en démord pas.

— Renoncer n'est pas un chemin !

Odon ne l'écoute plus.

La grève ne fait plus événement, ils vont devoir contester autrement.

Julie ne lâche pas.

— Il faut réunir le in et le off, faire d'Avignon une ville morte ! Ce serait le mouvement culturel du siècle !

Odon balaie ses arguments de la main.

Les techniciens sont fatigués. Les garçons aussi.

Julie cède.

Après quelques rapides discussions, ils votent la reprise.

Marie les entend. Elle est assise au bord de la scène. La salle est vide. Les décors sont entassés dans le couloir, un costume, une chaise, un grand paravent en tissu.

Les fauteuils de la salle sont recouverts d'un tissu de velours rouge qui brille à la lumière.

Ça sent la poussière, la chaleur.

— Pas ce polo dans un théâtre ! dit Odon quand il la voit.

Son polo, du jersey coton, les mailles légères.

— Il est vert, il explique, le ton bougon, le vert ça porte malheur dans un théâtre.

Molière est mort sur scène en habit vert. Judas portait une tunique verte. La camionnette de son frère était verte aussi... Elle pense à tout ça.

— Seuls les clowns y ont droit, et t'es pas un clown... dit Odon.

Marie reste assise sur le bord de la scène.

Il s'approche d'elle par la salle. Il la regarde de près. Le carnet de son frère est dans sa main. Il le lui tend.

— C'est quoi *la flanche* ? il demande.
— Un pari à la con, elle répond.
— Et le bouclier ?
— Une plaque d'égout.
— Ça consiste en quoi ?

— En rien.

Il lui rend le carnet, se laisse tomber dans un fauteuil au premier rang.

Les pieds de Marie se balancent à hauteur de ses yeux. Elle porte des baskets, les lacets défaits.

— Et cette fascination pour les soldats de Xian, ça lui venait d'où ?

— La bibliothèque du quartier, il était amoureux d'une fille, une pétasse intello qui se croyait forte parce qu'elle avait des connaissances en lecture.

Il allume une cigarette, souffle la fumée.

— Fais pas la vulgaire, ça ne te va pas. Tu as quel âge ? il demande.

— Presque vingt... Et vous ?

— Juste un peu plus.

Il glisse la main dans ses cheveux. Il n'est pas vieux, il a moins d'espace devant.

Marie bat des jambes, les talons contre le rideau. Derrière, il y a des planches, ça cogne.

— Tu fais chier Marie.

— Soyez pas vulgaire, elle dit.

— C'est pas ça être vulgaire.

— C'est quoi ?

— Vulgaire c'est toi... Tes cheveux, tes trucs cloués partout, ta façon de parler.

Elle ne répond pas. Parfois c'est comme ça, elle énerve les gens. Elle se renverse pour voir au-dessus de la scène, les grandes lampes et les décors accrochés. Le rideau à lanières pour *Nuit rouge* est suspendu avec les autres.

Elle reprend sa place, assise en tailleur.

— Comment on fait pour bien jouer ? elle demande.

— On lève la tête, on regarde le lustre et on articule.

Elle cherche dans le plafond.

— Y a pas de lustre.

Il se marre.

— Non, il n'y en a pas. Mais il y en avait un avant.

Il lui montre au milieu de la salle un crochet planté.

— Du beau cristal de Bohême tout en larmes ciselées, très lourd... Trop lourd. Il s'est détaché en plein spectacle, il y avait trois vieillards dessous.

Marie enlève une chaussure, ramène son pied contre son ventre, masse la plante avec les pouces.

Elle fixe le crochet, les sièges juste dessous.

— Il est où maintenant ?
— Le lustre ? Quelque part dans les combles.

Odon l'observe. Il ne sait pas si elle croit vraiment à ce qu'il vient de lui raconter. Il semble que oui.

— Il n'est pas tombé tout seul... il finit par dire. On l'a décroché, la fixation montrait des signes de faiblesse.

Elle regarde à nouveau le crochet.

— Les vieillards ne sont pas morts alors ?
— Non.

Elle remet sa chaussure, noue le lacet.

— Vous avez tout lu ? elle demande en montrant le carnet.
— Tout.
— Et alors ?
— Il écrivait bien...
— C'est tout ?
— Qu'est-ce que tu veux que je te dise ?

Elle se lève, ramasse son sac. Elle revient tout au bord de la scène, la pointe des pieds dans le vide. Son appareil photo bute contre son flanc.

— En fait, mon frère, vous l'avez raté que de quelques jours. C'est pour ça, parce que vous l'avez raté, que vous avez arrêté de publier des livres ?
— Peut-être...

Elle s'en va, disparaît derrière le rideau.

Il entend son pas qui s'éloigne, la porte du couloir qui s'ouvre et se referme.

Il reste seul, un long moment, dans le fauteuil. *Anamorphose* était un texte obsédant. Quand il a appris la mort de Selliès, il est resté figé à côté du téléphone. Le manuscrit était là, sur son bureau, il en tournait les pages, il ne savait plus ce qu'il devait en faire. Le publier était devenu impossible. On ne publie pas le texte d'un auteur mort. Il a pensé le garder dans un tiroir. Il l'a relu. Il n'arrivait pas à passer à autre chose.

Il a décidé de le rendre à sa mère. Il l'a appelée. Elle a dit qu'elle s'en fichait, qu'il pouvait le brûler.

Il le lui a retourné quand même. Dans une enveloppe, l'enveloppe dans le bac à courrier, elle en ferait ce qu'elle voudrait, de l'oubli ou bien du feu, ça serait son problème.

Le spectacle a commencé depuis une demi-heure quand les manifestants font irruption sur la scène du Chien-Fou. Ils sont plus de vingt et autant dehors.

Ils parlent de solidarité.

Odon est furieux.

— On est déjà solidaires !

Il s'en veut. Il aurait dû fermer les portes à clé, mais son théâtre a toujours été un espace libre, ouvert.

Le ton monte.

Des spectateurs sifflent. Certains se lèvent, veulent partir, qu'on les rembourse. D'autres restent, désolés, fatalistes.

— On fait quoi ? demande Jeff.

— Qu'est-ce que tu veux qu'on fasse ?

Julie et les garçons passent sous la douche.

— Pour ce soir, c'est fichu, mais demain on joue portes fermées, dit Odon quand ils reviennent.

Julie s'engueule avec Damien.

Damien s'en va, il ne dit pas où. Julie le suit des yeux.

— C'est fini pour aujourd'hui, elle dit.

Une fille aux longs cheveux attend Yann sur la place.

Odon a retenu une table au restaurant de la Manutention. Marie a dit qu'elle viendrait, elle n'est pas là, il reste son assiette en bout de table.

— Elle est bizarre cette fille, dit Julie en regardant la place vide de Marie.

Greg refuse que le serveur enlève son assiette.

Yann parle au téléphone, il donne son avis sur le hasard, reprend un message.

Damien n'est pas là.

Des intermittents passent entre les tables, ils portent des brassards noirs. Julie dit qu'elle ira à leur assemblée le lendemain.

— Demain, on essaie de jouer, dit Odon.

Tracter, répéter, et vivre s'il reste un peu d'espace.

Ils s'engueulent à cause de ça. C'est un festival où le pire est possible, des pièces excellentes prennent des bides formidables et des spectacles minables font carton plein.

Ils essaient de parler d'autre chose. D'avenir. Des pièces qu'ils pourraient jouer pour le prochain festival. Yann dit que le porno marche bien.

Marie arrive sans faire de bruit, elle prend sa place. Elle commande une salade. La conversation continue. Sur la nappe, une mante religieuse décroche la tête ronde de son mâle. Elle la mastique. Le mâle est toujours derrière elle, accroché.

Greg est dégoûté.

Marie se penche.

— C'est l'instinct, elle chuchote. Si on suit son instinct, on n'est jamais coupable.

— Quand même...

— Elle fait ça pour ses petits, ça leur donne des protéines.

Elle parle à voix très basse.

— Et, lui, il est d'accord, se faire bouffer pour qu'ils aient leur dose ?

— Il est d'accord... mais, s'il a le choix, il choisit une femelle qui n'a plus faim.

Il entend le bruit des mandibules qui écrasent.

— Le risque, c'est au départ, l'approche... dit Marie.

Ça les fait rire.

Les autres veulent savoir de quoi ils parlent. Greg raconte. Chatt' croit en la réincarnation, il dit qu'il n'aimerait pas avoir un destin d'insecte.

Le serveur pose la salade devant Marie.

Ils parlent de *Nuit rouge*.

Odon dit qu'aucune philosophie ne peut traduire l'amour, le manque, l'espoir, aussi bien que ces hommes de terre.

Yann voudrait qu'un programmateur achète leur spectacle, quitte à le brader, ils partiraient jouer dans d'autres villes. Pourquoi pas dans un pays étranger, São Paulo, Barcelone, New York...

Ils parlent de ça. Ils commencent à rêver.

Jeff dit, Si vous décrochez le Michigan, je pars avec vous.

Chatt' a le nez dans son assiette. Il n'aime pas cette idée de se vendre. Que ce festival soit un marché. C'en est un pourtant, et incontournable.

— Une vraie foire du spectacle vivant, et on est le bétail...

Odon raconte que, pendant une révolution, il ne se souvient plus laquelle, les théâtres n'ont pas fermé. Les troupes jouaient tous les soirs alors que dehors dans les rues, partout c'étaient les émeutes. Il dit que ça a duré six ans.

— Preuve qu'on peut râler et jouer en même temps.

— On s'en fout d'avant, dit Julie.

— Si tu vois ça comme ça.

Chatt' raye la nappe avec la pointe de son couteau, des sillons blancs qui se creusent et arrachent des lambeaux de papier.

— En septembre, quand les répétitions ont repris, tu aurais dû être solidaire.

— Qu'est-ce que tu veux dire ?

Odon le sait, il leur a imposé *Nuit rouge*. Les autres années, la troupe pariait sur le nombre d'entrées, cette année ils n'osent même pas.

— De toute façon, c'est trop tard, on a commencé, on continue ! dit Julie.

Odon pique plusieurs frites dans les dents de sa fourchette.

— On est dans le court terme, dans la vie, en amour, pour tout. Si on veut faire du théâtre, il faut prendre des risques.

— C'est pas une question de risques... dit Chatt'.

Odon hésite. Il a raison, c'est une question de courage, et le courage c'est de jouer.

En bout de table, Marie décortique ses crevettes.

— Beckett, il est mort ? elle demande.

Ça fait tourner les têtes.

C'est Julie qui répond. Elle dit qu'il est mort il y a longtemps.

Marie essuie ses mains sur sa serviette, elle fouille dans son sac, sort une photo, une camionnette verte avec des plaques de rouille.

Elle fait circuler la photo.

— Mon frère, il disait, Beckett c'est un grand.

Les garçons de la Grande Odile jouent dans la cour, autour de la baignoire, leurs jambes bronzées dans leur short de coton. Ils ont sorti le tuyau d'arrosage. Le bac est plein d'eau, il y a des bassines autour.

— Elle est où votre mère ? demande Jeff.

Ils haussent les épaules, ils n'en savent rien.

Jeff leur propose des meringues place des Châtaignes, alors ils remettent les tee-shirts et ils courent à la boulangerie.

Ce sont de grosses meringues blanches. Ils mangent assis sur le trottoir, côté ombre en face du Chien-Fou.

Ils mordent et ça éclate, des morceaux qui volent comme des voiles de bateaux. Ils récupèrent les bouts dans leurs mains. Leurs doigts collent, le sucre les assoiffe.

Ils sont là, rangés tous les quatre, du plus grand au plus petit, avec Jeff tout au bout.

La Grande Odile entre à l'hôtel de la Mirande. Timide, empruntée, elle n'ose pas avancer.

La Jogar lui a téléphoné, Je t'attends à l'hôtel.

Sans dire pourquoi.

Odile a juste eu le temps d'enfiler sa plus belle robe. Elle a laissé les garçons, dehors, à jouer avec l'eau, elle est venue aussi vite qu'elle a pu.

La Jogar l'attend. Elle lui fait signe, un sourire, elle lui prend la main, la guide vers le patio.

— Je voulais te montrer cela, que tu le voies.

Odile lève les yeux. C'est une cour fermée avec un toit de verre, des fauteuils, des tables. Une pièce pleine de lumière, avec, par l'ouverture en vitre, la vue sur le palais.

Elles font le tour des salons, visitent les cuisines.

Les jardins, la façade, les fleurs, les tables avec des nappes blanches sous les parasols. C'est une heure calme, l'hôtel est tranquille.

Odile regarde autour d'elle, les vases, les bouquets.

— On n'imagine pas ce qu'il y a derrière les murs... elle dit, rêveuse.

Elle s'émerveille de tout, un peu gênée, la belle entrée qu'elle a souvent vue de la rue sans jamais oser s'avancer.

— Maintenant, je vais te montrer ma chambre.

Elles montent à l'étage par l'escalier.

La Jogar ouvre la porte.

Odile entre la première. La fenêtre donne sur le palais et les jardins tout en bas.

La salle de bains est ouverte, les serviettes blanches soigneusement rangées.

Ça lui fait envie, un instant, cette grande baignoire avec tous les produits moussants, et les crèmes et le shampooing. Elle respire les parfums.

Sur une table, il y a des lys et des glaïeuls dans un vase, des bonbons sur l'oreiller.

Elle s'assoit sur le lit.

— Tu es célèbre, elle dit.

— Être célèbre ne restreint pas les soucis.

Elle téléphone, fait monter deux plateaux avec des choses à grignoter. Du salé, du sucré, et des boissons. Le plateau sur le lit. Elles s'assoient l'une en face de l'autre.

— Cinq ans, ça passe vite, dit Odile.

Elle pioche la nourriture en regardant le plafond et le lustre en verre de couleur. Les yeux grands ouverts.

— Je ne pourrais pas dormir là, c'est trop beau !

Elle engloutit un petit-four.

— C'est toi qui paies la chambre ?

La Jogar éclate de rire.

— Même pas.

— Si mes mômes voyaient ça ! Tu pars où en vacances ?

— Un lac en Italie. Les vacances m'ennuient, les congés, tout ça...

— Il s'appelle comment, le lac ?

— Majeur.

Odile regarde le visage, les yeux de la Jogar. Elle fronce les sourcils.

— Tu te rappelles, tu étais toujours triste les dimanches et malade à Noël.

— Ça n'a pas changé.

Odile hoche la tête.

La Jogar allume une cigarette, elle fume en regardant le plafond.

— Et mon père ?

— Quoi, ton père ?

— Tu l'as revu ?

— Non, ça fait longtemps.

— Tu as des nouvelles ?

— Je n'ai pas entendu dire qu'il allait mal. Tu vas aller le voir ?

— Je suis passée devant sa maison, j'ai sonné, il n'y était pas.

Odile s'étend sur le lit. Côte à côte. Elles se passent la cigarette.

— Je croyais que c'était interdit de fumer dans les chambres...

— Ça l'est.

Elles continuent de fumer. Tout est calme. À peine si elles entendent les bruits de la rue.

— Quand ma mère est morte, j'étais en Amérique... dit la Jogar.

— Tu n'es pas obligée de parler de ça.

— Je voulais juste te le dire. J'ai appris la nouvelle à mon retour. C'est pour ça que je n'étais pas à l'enterrement.

Elle se souvient du message que son père a laissé sur le répondeur, « Ta mère est morte aujourd'hui ».

Un autre message deux jours plus tard, « Nous avons enterré ta mère ce matin ».

Une voix froide, distante. Un appel à l'appartement. Il aurait pu le faire sur son portable, elle aurait répondu, elle aurait su. Elle serait venue.

— Odile ?

— Oui...

— Je crois qu'il l'a fait exprès... Il devait se douter que je ne serais pas là, que j'apprendrais la nouvelle trop tard. Je le crois capable de ça.

Odile ne répond pas.

La Jogar a passé sa vie à aimer son père et à le haïr. À se sentir avec lui coupable de tout.

— Quand je suis loin d'ici, je vais bien, c'est quand je reviens... elle dit.

Elles restent encore un long moment ensemble, elles parlent, se taisent, finissent par se moquer d'elles et par chanter *Le Lac Majeur* en riant des yeux.

Et puis la Jogar se lève. Elle ramasse son sac. La troupe a décidé la reprise, un vote à l'unanimité.

— Je dois y aller !

Elle avance jusqu'à la porte, elle revient, embrasse Odile. Un baiser fort.

— Tu peux prendre un bain, finir la nourriture, il y a des boissons dans le frigo... Prends aussi les bonbons pour tes gamins, emporte les fleurs ! Fais tout ce que tu veux, tu tires juste la porte en partant.

La Jogar joue à dix-sept heures.

Ensuite, elle rentre à l'hôtel.

La chambre a été refaite. Il n'y a plus de traces d'Odile.

Des fleurs nouvelles dans le vase.

Elle demande qu'on lui serve un alcool fort, peu importe lequel. Le serveur monte un plateau, un whisky, du courrier.

Elle s'assoit au bord du lit, les pieds nus sur le plancher.

Elle allume la télé, passe d'une chaîne à l'autre, éteint. Ouvre un livre, tourne quelques pages. Incapable de lire, elle se relève, regarde son corps nu dans la glace.

Elle prend un bain presque froid.

Elle dort. Quand elle se réveille, il fait nuit. Elle enfile un pantalon de toile beige, une chemise à manches courtes. Quelques journalistes traînent dans les salons. Il y a du monde dans la rue. Deux clowns sur l'esplanade.

Léo Ferré chantait là, au théâtre du Chêne-Noir. Il arrivait sur scène. Sa voix. Le piano. Elle venait l'écouter chaque année. Après, il y a eu l'enterrement à Monaco, avec Isabelle elles ont fait la route, une tombe à côté de celle de Joséphine Baker. Elles ont pleuré. Léo était parti faire chanter les morts.

Place des Halles, elle attend un taxi. Le chauffeur la dévisage dans le rétroviseur.

— Vous êtes comédienne ? il demande.

Elle dit non, qu'elle est une passante.

— Vous ressemblez à quelqu'un pourtant...

— On ressemble tous à quelqu'un.

— Oui mais vous...

Elle détourne la tête.

Il n'insiste pas. Il la laisse après le pont. Les bras le long du corps, le sac au bout de la main. Elle avance dans le halo jaune d'un lampadaire. La péniche est tapie sous les arbres. Une corde à linge tendue, une serviette par-dessus.

Une estafette est garée au bord du fleuve. Des jeunes assis en cercle ont allumé un feu, l'un d'eux joue les notes hésitantes de *Jeux interdits*.

Elle s'approche de la rive.

Le matelas est toujours sur la berge. Avant de se quitter, ils se sont aimés, ils savaient que c'était la dernière fois, Odon est resté étendu sur elle, de tout son poids, elle lui a demandé cela, écrase-moi...

Le fleuve soulève quelques remous de vase qui cognent contre la coque. L'endroit sent la terre humide, un mélange d'herbes et de feuilles, une odeur qui rappelle leurs nuits.

Le crapaud est sur la passerelle, de loin on dirait une pierre un peu verte.

— Monsieur Big Mac...

Elle le prend entre ses mains.

La lampe au-dessus de la porte est allumée. Elle se souvient, une phrase comme une promesse. Se peut-il que, pendant cinq ans, il ne l'ait pas éteinte...

Elle repose Big Mac.

Odon est assis dans un fauteuil, sur le pont. Le dos tourné. Elle s'avance. Elle l'effleure, une caresse des doigts sur le col de la chemise.

— Il fait chaud au bord de ton fleuve, on se croirait dans l'Iowa.

Il sourit sans se retourner.

Il prend sa main, pose un baiser dans le creux chaud de la paume. Ses lèvres retrouvent le goût de la peau.

— Mais je ne suis pas Phil Nans...

Elle laisse glisser ses doigts le long de l'épaule.

— Ni Clint Eastwood. Et je ne suis pas Meryl Streep.

Elle referme les doigts.

Il se lève.

Il dit, Je t'attendais, j'ai fait du café.

Il lui sert un arabica fort, brûlant, sans sucre. Il apporte aussi de l'eau et des carrés de chocolat.

Elle le regarde.

— Tu n'as pas changé.
— Mon physique s'adapte, mais l'intérieur...
— Il a quoi ton intérieur ?
— C'est mon enfer.

Elle sourit.

— Moi, c'est toi mon enfer.

L'air est humide et chaud, le fleuve lourd. Elle s'assoit sur le divan, la tête calée contre le dossier.

— On ne pouvait pas se retrouver par hasard... se croiser comme ça dans la rue...

Deux anneaux d'argent enserrent son poignet. Quand elle bouge, les bracelets se frottent. Ses bras sont nus, le bronzage doré.

Il allume une autre cigarette. Un brin de tabac se colle à sa lèvre, il le détache.

Elle tend la main, prend sa cigarette, fume après lui.

— On dit que tu vis seul sur ta péniche et que tu as des amies parmi les filles des rues ?

— Tu écoutes la rumeur ?

— J'écoute tout quand ça parle de toi.

Elle demande des nouvelles d'Isabelle. Elle dit qu'elle est passée rue de la Croix mais qu'elle n'est pas montée. Que ça lui fait peur de revoir les gens après si longtemps.

— J'ai vu ta sœur et j'ai vu le curé.

Ils parlent de Julie, de Jeff.

— Tu as toujours cette photo ? L'oiseau qui vole entre les balles ?

— Je l'ai toujours.

— Et le plafond d'ampoules ?

Une ampoule qu'ils ajoutaient à une autre. Doucement, ils se remémorent des détails, des fous rires.

Elle renverse la tête, ouvre grands les yeux, tend une main longue vers le ciel.

— Tu as vu la lune, on dirait qu'elle pleure...

Elle se souvient de choses qu'il a oubliées.

— Tu es ma part la plus belle...

Elle dit cela.

Elle peut tout lui dire.

Ils ne parlent pas d'*Anamorphose*. Et pourtant, *Anamorphose* est là, entre eux, noué à l'intime de leur histoire.

Ils échangent un long regard.

Il y a cinq ans, il a déposé le manuscrit dans le bac à courrier et elle l'a récupéré avant le passage du facteur. Elle a fait cela sans le lui dire, elle pensait le lui rendre plus tard, qu'il serait heureux de le retrouver. La veille encore, il lui avait parlé de cette histoire si belle et de ce destin d'auteur qui écrit et qui meurt. Il était troublé, indécis. Il avait un texte mais plus d'auteur. La mère de

Selliès s'en fichait et il avait décidé de le lui rendre. Pour en faire quoi ?

Mathilde a rapporté le manuscrit dans la chambre bleue.

Elle ne l'avait pas encore lu.

C'était une enveloppe de kraft marron comme il y en a tant d'autres.

Elle l'a posée sur la table.

— Tu m'en veux ? elle demande.

Il ne répond pas.

Il se lève, pose sa main sur sa nuque, une douce caresse.

— Je vais faire quelque chose pour toi.

Il disparaît dans la péniche.

Elle le rejoint. Il a pris des figues dans une coupe, il les partage en deux avec un couteau à lame fine.

Elle s'assoit à la table. Il a les gestes lents de ceux qui vivent sur les bateaux.

Il met du beurre à fondre dans une poêle et dépose les fruits dans le beurre chaud. Dans une autre poêle, il fait chauffer du miel et du citron, et, par-dessus, les figues. Quelques minutes suffisent.

Deux boules de glace à la vanille, une par assiette.

Ils reviennent sur le pont. Ils mangent en silence. Les figues sont tièdes et la vanille glacée. Après, sur la table, il reste les assiettes vides, les deux cuillères.

La Jogar s'appuie à la rambarde, elle regarde le fleuve, la ville en face, les lumières.

Odon lui a appris à reconnaître les étoiles, leur position exacte dans la nuit d'été de la péniche.

Elle pointe un doigt, elle les nomme.

— Je connais ton corps comme je connais le ciel.

Elle dit cela à voix très basse.

Il s'approche de son dos, respire l'odeur douce de sa nuque.

— Le fleuve n'a jamais été aussi beau que cette année-là, parce que j'étais avec toi.

Il la sent sourire.

— Est-ce que je peux dormir ici ? elle demande.

Il pose ses mains sur ses épaules, l'enlace tout entière.

Il fait non avec la tête.

Il se détache d'elle, pose le cendrier sur la table, la cigarette entre les lèvres, il entame au piano une vieille rengaine de Bob Dylan.

La table était poussée contre la fenêtre, dans la chambre bleue. Une lampe à abat-jour de verre.

Mathilde se souvient. Elle s'était assise, elle avait ouvert *Anamorphose*, en avait lu le début.

La première phrase avait entraîné les autres.

Le soir était tombé. Elle avait allumé la lampe.

L'histoire était brutale, ça lui plaisait. Elle avait terminé la lecture le matin.

Elle ne se souvient pas comment lui est venue l'envie de corriger. Cette pensée-là. Quand est-ce qu'elle a fait cela pour la première fois ? Ce geste de prendre un crayon et de raturer ? Sur quel mot ?

Et pour quel dessein ?

Elle sait qu'elle n'a rien corrigé le premier soir. Ça a commencé seulement le lendemain.

Le crayon gris était dans le tiroir. Elle l'a sorti. L'a roulé entre ses doigts. Il était presque neuf. C'était du papier de mauvaise qualité, le crayon marquait mal.

Elle a souligné un premier mot, l'a remplacé par un autre. Ça a continué. Des jours. Elle ne s'est pas demandé si elle faisait le bien ou le mal. C'était une sorte de nécessité. Elle a creusé le texte, a su voir ce qui lui manquait et le lui a rendu, ses nuances, son intériorité. Quand elle levait la tête, il y avait la nuit derrière la vitre. Elle ne savait pas pourquoi elle faisait cela ni vers quoi ça la portait.

Le jour, elle attendait le soir pour se remettre au travail. Sa vie avait pris ce sens.

Il lui est arrivé de vomir.

Elle voyait les jours passer, les heures s'enfuir. Elle s'endormait, épuisée, avec l'impression que rien jamais ne se terminerait.

Elle ne parlait de cela avec personne.

Un jour, elle a relu le texte et elle a su que c'était fini.

Anamorphose était écrit.

Comme il devait l'être.

Elle a refermé les pages. Les mains, à plat, dessus. Consciente qu'une chose était faite.

Et maintenant ?

Il lui a fallu des semaines pour apprendre *Anamorphose*. Elle lisait à haute voix, des phrases entières qu'elle répétait et qu'elle enchaînait les unes aux autres.

Ça se passait dans sa chambre ou bien dehors. Elle marchait. Elle récitait, une psalmodie triste et lugubre. Il s'agissait pour elle de retenir les mots. Le ton viendrait plus tard.

Elle restait des jours sans voir personne. Elle ne faisait plus attention à elle, ne se maquillait plus, portait invariablement les mêmes robes informes. Odon lui téléphonait, il l'attendait, elle ne venait pas ou arrivait en retard.

Elle oubliait.

Un soir, elle est arrivée sur la péniche et elle a posé le manuscrit sur la table.

Elle n'a rien dit. Plus la force.

Elle avait maigri.

Il l'a regardée. Sa bouche était fatiguée, elle avait les bras ballants.

Il a pris le manuscrit. La première page était blanche. Il a lu le titre, *Anamorphose*.

Il a compris. Tout de suite. Il a revu le bac à courrier, l'enveloppe de kraft.

Il a commencé à lire. Elle est restée de l'autre côté du bureau, immobile.

Elle n'a pas bougé.

Il a continué à lire.

Ses lèvres sont devenues très sèches. Il a reconnu les mots de Selliès. Très vite. Il a su que c'était son texte, mais c'était devenu autre chose.

De tout le temps qu'il a lu, Mathilde est restée debout. Il ne lui a pas dit de s'asseoir. Elle aurait pu le faire.

La lecture a pris bien plus d'une heure.

La dernière page était blanche.

Il a refermé le manuscrit.

Il a levé les yeux sur Mathilde. Un peu d'air frais entrait dans la péniche par le hublot laissé ouvert.

Il l'a regardée encore.

Elle a relevé le front. Elle était livide.

Et maintenant, que vas-tu faire ?

Le jouer, c'est ce qu'elle a dit.

Il savait que ce serait sa réponse. Qu'il ne pouvait pas y en avoir une autre.

Il a tiré une cigarette de son paquet.

Avant de penser à jouer, il faut apprendre.

Elle a mis une main sur son ventre, les mots étaient là, ils avaient déjà tissé leur matière. Les mots, dans sa chair et dans sa tête.

J'ai appris.
Elle lui a laissé le temps de bien comprendre.
Tu es folle.
Folle de quoi ?
Il a secoué la tête, lentement.
Tu n'avais pas le droit... c'est tout ce qu'il a pu s'arracher.
Elle a dénoué ses mains.
Ce texte ne pouvait pas être détruit.
L'avoir appris ne suffisait pas. Ce qui lui restait à accomplir était plus vaste. Il fallait oublier. Faire le chemin à l'envers pour que le texte ne soit plus un savoir. Alors seulement elle pourrait le jouer.
Où mettre le pied, comment placer la voix ? Elle ne pouvait pas prendre ce chemin toute seule.
Elle avait besoin de lui.
J'ai besoin de toi, c'est ce qu'elle a dit.

Odon lui a appris. Pour ne pas la perdre ou pour la garder encore. Quelques mois. Une semaine.
Ils se retrouvaient au théâtre, le soir, seuls, quand tout le monde était parti. Des répétitions acharnées qui duraient des heures.
Elle récitait. Quand elle n'en pouvait plus, il l'obligeait à continuer. C'est dans l'épuisement qu'elle donnait le meilleur.
Il leur arrivait d'être trop fatigués pour rentrer, ils montaient à l'étage, dormaient dans la chambre. Quelques heures. Mathilde se réveillait, elle faisait du café, elle reprenait le texte. Sa voix la désolait. C'était la nuit ou le matin. Il la retrouvait sur scène.
Ils faisaient l'amour pour oublier leur fatigue.
Pour oublier que ce qu'ils faisaient allait aussi les séparer.

Il était son maître et son amant. Quand il s'enfonçait en elle, il sentait pulser *Anamorphose*.

Ça a continué des semaines. Leurs répétitions prenaient des odeurs de sueur et de sperme.

Tout ce qu'il lui apprenait, elle le retenait. Elle savait entendre ce qu'il disait, ses colères, ses conseils.

Elle travaillait sa voix, seule, quand il n'était pas là.

Un soir, il est arrivé au théâtre, elle était sur la scène, la salle vide, elle récitait *Anamorphose*.

Il s'est avancé sans faire de bruit. Elle ne l'a pas entendu entrer.

Il l'a écoutée, le dos au mur.

C'était beau, plein d'énergie. Elle n'avait plus besoin de lui. Il venait de la perdre. C'était une évidence qui a pénétré en lui comme une lame. Elle allait partir.

Il est sorti de l'ombre. Il a ouvert ses bras. Pour ne pas geindre, il a souri. Elle a compris ce qu'il venait de comprendre et elle a pleuré contre lui.

Plus tard, elle changera le titre, *Anamorphose*. Elle l'appellera *Ultimes déviances*.

Un public nombreux a envahi la cour du cloître Saint-Louis. Odon est là, il parle avec Julie Brochen et Bruno Tackels. Elle est comédienne, metteur en scène, lui est auteur et dramaturge. Tous regroupés pour participer aux états généraux de la culture. Les habitants de la ville, d'habitude en retrait, se sont déplacés. Pour les intermittents, il s'agit de trouver d'autres idées et d'avancer dans le mouvement. Tout est à reprendre. Il faut inventer, créer, retrouver le chemin du théâtre, un autre festival pour l'an prochain.

Marie se glisse dans la foule. Elle la parcourt.

Sur la grand-place, des festivaliers en colère refusent de prendre les tracts d'une troupe qui joue. Ils brandissent des pancartes, se disent spectacteurs.

Pourtant, la routine s'installe. Le cœur n'y est plus. Des compagnies lâchent le festival, quittent la ville en remontant la grand-rue. C'est l'exil. Marie prend des photos, elle cadre les slogans. Elle écoute. La culture doit bruire, devenir quelque chose de vivant où tout se mélange et se contredit.

Elle se perd dans la ville.

Trop de monde, trop de peaux. Les visages brillent, suintent. Les corps qu'elle croise laissent dans leur sillage des odeurs fortes. Tout se mêle, les larmes, les sueurs. Un homme, assis, en short à rayures. Une femme aux joues rouges, le sac au bout de la main, les semelles qui traînent.

Marie ne veut pas qu'on la touche. Elle rase les murs, cherche les ombres.

Elle prend des photos qui montrent l'accablement des corps.

Elle prend aussi les déchets que la ville abandonne sur ses trottoirs.

Rue des Teinturiers. Le quartier des roues. Des fleurs aux fenêtres, volets de bois, des bancs de pierre sculptée.

Une chemise rouge est suspendue à un cintre derrière une fenêtre fermée. Des chaussures de toile sèchent sur un balcon.

Les platanes à cet endroit ont des troncs courts.

La salle Benoît-XII.

La chapelle des Pénitents gris.

Julie et les garçons mangent des pizzas assis sur le rebord d'un trottoir. Ils ont tracté des heures. Julie a encore des *flyers*. Greg râle à cause des saloperies que l'on met sur les pizzas.

— Du taureau de corrida ! Vous savez comment ça meurt ces bêtes-là ?

Damien s'accoude au parapet, il regarde couler le filet d'eau saumâtre de la Sorgue.

Julie s'accoude à côté de lui.

— Ça va ?

— Ça va...

Ils se sont encore disputés. Elle veut lui parler, ou en finir avec une conversation qui a commencé la veille. Le ton est distant. Julie se crispe. Ils s'en vont chacun de leur côté.

Le soir, le public vient nombreux au Chien-Fou. Odon ferme les portes à clé. Peine inutile, les grévistes sont ailleurs.

Le spectacle commence.

La Jogar est là, discrète, elle a choisi un fauteuil en fond de salle. Elle veut voir le travail d'Odon. Elle sait aussi que sa fille joue.

Deux personnes s'en vont en faisant claquer leur siège.

À la fin, Julie prend la main des garçons.

— C'était une pièce de Paul Selliès !

Elle dit cela.

Toute la salle applaudit.

Marie frémit de bonheur.

La Jogar quitte le théâtre sans que personne la remarque.

Les garçons passent sous la douche.

Julie rapporte les fleurs de digitales. Elle les plie dans un journal, les jette dans la poubelle.

— Pourquoi tu as dit ça ? demande Odon quand il la retrouve dans la loge.

— Ça quoi ?

— Que c'était une pièce de Selliès.

Elle hausse les épaules. Elle ne sait pas.

— Ça m'est venu, elle dit.

Marie s'avance. Elle a fait des photos du spectacle, elle leur montre sur l'écran de son appareil.

Odon se penche. Les garçons. Même Jeff. L'ouvreuse arrive, avec un bouquet de roses pour Julie.

Les roses sont jaunes, fraîches. Une enveloppe est glissée entre les feuilles. C'est la première fois que Julie reçoit des fleurs. Elle ouvre l'enveloppe. Son visage devient sombre. Elle laisse le bouquet sur la table.

Elle pointe un doigt sur le polo vert de Marie.

— Tu ne devrais pas mettre ça toi !

Personne ne comprend.

— Je sais... balbutie Marie.

— Si tu le sais, pourquoi tu le mets ?

— Je ne le sais pas depuis longtemps...

Julie hausse les épaules. D'un mouvement de menton, elle montre le bouquet à son père.

— Si tu veux des fleurs...

La carte de visite a glissé sur le sol. Odon se baisse, la ramasse.

Il la retourne. Quelques mots écrits à l'encre bleue : Tu étais très émouvante, très belle, merci ! Suit la signature haute et large de la Jogar.

Odon n'a pas vu Mathilde dans la salle mais l'ouvreuse lui a dit qu'elle était là et qu'elle avait déposé le bouquet à l'accueil.

Il l'a cherchée sur la place.

Il rentre sur la péniche.

Pas envie de dormir. Il reste sur le pont. Il pense à elle.

Il descend dans la cale, cinq marches. La sixième est défoncée. Depuis le temps que Jeff doit la réparer.

La cale, c'est son antre. Deux fauteuils. Des livres.

Il pose un disque sur la piste, décroche la boule de poussière prise dans le saphir, ça craque dans les haut-parleurs.

Il repose la branche, la voix frotte, les accents douloureusement arrachés, Maria Bethânia. *Soledad*.

Une voix comme une seconde peau.

Le chant de la souffrance sublimée. L'amour et ses déchirures.

Ils écoutaient ça ensemble.

Une photo de Mathilde est punaisée contre la porte. Assise sur le lit, dans la lumière rouge des bougies, la beauté d'une mendiante. Il a enlevé toutes les autres. Celle-ci, il n'a pas pu.

Il se laisse tomber dans un fauteuil. Avec les années, le dossier a pris la forme de son corps, une empreinte large dans le velours usé et les brûlures de cigarettes sur l'accoudoir.

Ils ont bu ensemble, sur la péniche, ici, la dernière nuit, avec Mathilde, bu pour pouvoir se quitter.

Lui, tout seul, après, les nuits suivantes. Il a obstrué les hublots avec des bouts de carton. Elle avait emporté ses habits, ses rires, la lumière. Elle a vidé la péniche de son corps. Il voulait que l'alcool assomme son amour, lui mette une gueule de bois, il pensait que ça pourrait suffire, l'alcool, et qu'après il pourrait vivre.

Il ne pouvait pas.

La nuit, il la cherchait. Son corps devenait fou. Il serrait ses poings, les écrasait contre son ventre. Il se caressait pour retrouver ses caresses, il se faisait jouir, c'était de la douleur, il pensait en crever.

Il n'est pas mort. Il est devenu une ombre.

Un homme amputé.

Un veuf.

Un jour, le téléphone a sonné, c'était elle. Elle a dit, Je voudrais que tu publies *Anamorphose*.

Il est midi sur la place des Corps-Saints, le soleil plombe à la verticale. Les tables sont à l'ombre des platanes. La Jogar déjeune avec Phil Nans, le directeur du Minotaure et trois autres comédiens.

Des touristes traînent, avachis, dans un air toujours insupportablement chaud.

Des comédiens vêtus de manteaux lourds, de gants et de bonnets, surgissent d'une porte, appellent la pluie, la neige, qu'il tombe du ciel quelque chose d'enfin froid. Ils sortent de leurs poches des sacs pleins de confettis qu'ils lancent au-dessus d'eux.

L'eau de la fontaine se recouvre de confettis. Quelques tracts aussi, des plastiques qui flottent. Des badauds reconnaissent la Jogar et la prennent en photo. Elle laisse faire. Une signature, quelques mots ? Que peut-elle écrire ? Amitiés ? Elle ne peut pas cela. Elle peut écrire Merci. Merci d'être là.

Les badauds restent. Ils s'attardent. Qu'est-ce qu'ils cherchent en elle ? Est-ce qu'ils puisent leurs rêves dans ce qu'elle leur donne ? Les hommes la désirent.

— Quand je suis dehors, je leur appartiens.

Phil Nans se penche, murmure à son oreille, Ils pensent peut-être que nous sommes amants...

Elle reste grave.

— Mais nous le sommes, puisque nous jouons à l'être !

Elle le regarde. Il est beau, la bouche sensuelle. Elle devrait passer une nuit avec lui, l'aimer pour un soir, à la légère. Elle n'a jamais su faire ça.

— Et le reste ?... demande Phil.

— Quel reste ?

— Ce que nous sommes quand nous ne jouons pas ?

Elle gratte du bout du doigt l'ombre sur la nappe. Ses ongles sont recouverts d'une épaisseur de laque rose. Un chiffon au vent, c'est ce qui lui vient comme image pour dire ce qu'elle est quand elle ne joue pas.

— Quand je ne joue pas, je ne suis rien.

Elle détourne la tête, regarde les nuques grasses, les chemises froissées, un gosse qui pleure près de la fontaine.

Des festivaliers s'impatientent devant le théâtre des Corps-Saints. Un comédien vêtu comme un lad sort par une porte, il se heurte à la chaleur. Une onde de colère enfle dans la foule.

La chaleur assoit les corps sur les trottoirs, elle vide les regards. Un homme au ventre mou déambule, le tee-shirt remonté sous les aisselles.

La Jogar se détourne.

Elle se lève, s'excuse.

— Je rentre à l'hôtel.

Un maigre défilé traverse la place. Des grévistes avec des bandeaux sur la bouche. Un chant lugubre monte de leurs lèvres muselées.

Jeff a trouvé un poisson dans un bocal, une simple étiquette, s'appelle Nicky.

Abandonné sur les marches du théâtre.

Les parois du bocal sont opaques.

— Il ne veut pas nager, dit Jeff.

— Tous les poissons nagent, dit Marie.

Celui-là flotte.

Jeff approche un doigt de la bouche, touche l'anneau dans la lèvre de Marie.

— Ça sert à quoi ?

— À rien.

— C'est comme l'énigme d'Einstein alors...

Il lui explique, dessine cinq maisons sur sa cuisse, avec son doigt, il pointe chacun des toits.

— Ces cinq maisons n'ont pas la même couleur. Dans chacune, vit une personne de nationalité différente. Chaque propriétaire a une boisson préférée, une marque de tabac et un animal de compagnie. Aucun n'a le même animal ni ne fume le même tabac ni ne boit la même boisson.

Il sort un papier de son portefeuille. Une grande page de cahier à petits carreaux.

Il regarde Marie.

— On continue ?

Elle fait oui.

Il lit ce qui est écrit.

— Le Britannique vit dans la maison rouge. Le Suisse a un chien. Le Danois boit du thé. La maison verte est située à gauche de la blanche. Le propriétaire de la maison verte boit du café.

Il lit cela lentement.

Julie et les garçons arrivent et tournent autour du poisson. Odon se cale contre le mur, les bras croisés.

Jeff passe le papier à Marie.

La suite de l'énigme est longue. Elle la lit dans sa tête.

La personne qui fume des Pall Mall a un oiseau. Le propriétaire de la maison jaune fume des Dunhill. Celui qui vit dans la maison du centre boit du lait. Le Norvégien vit dans la première maison. La personne qui fume des Blends vit à côté de celle qui a un chat. La personne qui a un cheval vit à côté de celle qui fume des Dunhill. Celui qui fume des Blue Master boit de la bière. L'Allemand fume des Prince. Le Norvégien vit à côté de la maison bleue. Celui qui fume des Blends a un voisin qui boit de l'eau.

— Il faut trouver à qui appartient le poisson, dit Odon de sa voix lasse.

Julie hausse les épaules.

— Il nous a promis Luculus si on trouve la réponse.

Greg s'assoit à côté de Marie.

Il dit que Luculus est l'un des restaurants les plus fameux d'Avignon.

— Il promet parce qu'il sait que personne ne trouvera...

Marie sourit, glisse le papier dans sa poche.

Mathilde est arrivée il y a un peu plus d'une heure. Elle a téléphoné avant de venir.

Isabelle presse des oranges dans des verres. Elle a mis du fard sur ses yeux, du rimmel sec qui se finit en poussière sur ses joues.

Dans le salon, ça sent le pain perdu, le miel, le sucre. Les tranches sont posées sur des petites assiettes avec des grappes de groseilles. Les sept nains sont dessinés dans le fond des assiettes. Ils ont disparu sous les tranches.

Il y a des fruits dans une coupe, des pêches, des abricots, des mirabelles.

Elles parlent à voix basse. Une conversation lente, faite de regards, de patience. De retrouvailles.

Mathilde a laissé ses cheveux libres.

Ici, tout lui est familier, les odeurs, les objets, même le visage vieilli d'Isabelle.

— Ta maison a toujours été mon refuge...

Isabelle sourit.

— Quand tu es partie de chez toi, tu es venue ici.

Ensuite, elle est allée à Lyon et elle est revenue dix ans plus tard... Pour Odon. Elle avait trente ans.

— C'est toi qui as cousu mon premier costume de scène.

— Quand ton père a su cela, il n'a plus voulu que tu reviennes chez moi.

— Mais je suis revenue...

Elle parle des années de pensionnat.

Isabelle frotte ses mains l'une contre l'autre.

— Ta mère savait que tu prenais des cours de théâtre.

Mathilde lève les yeux.

— Comment ça, elle savait ? C'est toi qui lui as dit ?

— Non. Elle a deviné. Je peux même te dire qu'elle était fière de te voir tenir tête à ton père.

Mathilde reste silencieuse un long moment. Elle revoit le visage de sa mère, son regard distant, toujours en accord avec son père.

— Je mentais et elle le savait...

— Tu ne mentais pas, tu résistais, dit Isabelle.

Il faut donc que les mères meurent...

C'était une mère pas très marrante. Mathilde ne lui a jamais dit je t'aime. Est-ce qu'elle l'aimait ? Un soir, elle est rentrée chez elle, son père était dans le salon. Sur le dossier d'une chaise, il y avait un uniforme neuf pour la pension. Il n'a rien dit. Il l'a juste pointé du doigt. Il n'a pas levé les yeux de son journal.

Ce n'était pas facile de grandir entre eux. Ça donnait forcément des envies d'ailleurs.

— Il m'a fait payer cher mes cours de théâtre.

Isabelle pose sa main sur le bras de Mathilde.

— Quand tu es arrivée, tu as mis ton sac là, près de la porte, et tu as juré que tu ne te laisserais plus jamais rien imposer.

Elles parlent de l'ours en peluche et de la poupée. Isabelle les a placés derrière cette vitre quand Mathilde est partie à Lyon. Elle avait vingt ans. Elle voulait que Monsols ait honte quand il passe dans la rue.

— Tu crois qu'il passe ?

Isabelle n'en sait rien.

Elle lui touche à nouveau la main comme si cela l'aidait pour dire d'autres choses.

— Je t'entendais marcher le soir, jusque tard dans la nuit, dans le couloir aussi et tu recommençais tôt le matin. C'est la faim qui te faisait sortir.

— J'étais complètement cinglée avec ce texte, dit Mathilde.

Cinglée peut-être, mais travailler la nourrissait. Ça comblait ses blessures.

Isabelle avance la main vers le visage.

Elle a envie de parler d'Odon. C'est là, dans ses silences. Dans ses regards aussi de paupières baissées. Jusque dans la façon hésitante de caresser les parois de son verre.

— Odon va mieux... elle finit par dire.

Mathilde sourit doucement.

— Je l'ai vu.

Elle raconte quelques instants de la soirée sur la péniche, les gestes, cette tendresse entre eux, toujours ancrée.

— C'était une si belle histoire vous deux, dit Isabelle. Tu ne regrettes pas ?

Un sourire passe sur le visage de Mathilde. Parfois, Odon lui manque, sa tendresse, son amour aussi, les étreintes de son corps lourd.

Elle laisse glisser sa cuillère sur la tranche de pain perdu.

— L'amour est une île, quand on part on ne revient pas.

Elle se lève, s'approche de la fenêtre. Des insectes bruissent furieusement dans les plantes du balcon. Les feuilles brûlent de tant de soleil.

Isabelle vient la rejoindre.

— Tu aimes encore ?

— Oui... J'aime mon métier, j'aime les mots, mes amis. J'aime la terre, la nature...

— Et les hommes ?

— Les hommes aussi quelquefois. Je les aime tellement que je ne les aime qu'avec passion... Mais je m'ennuie vite avec eux. Ils me font perdre mon temps, me prennent mon énergie.

Elle soupire. La passion est un fruit à croissance rapide, il retombe vite et... pourrit.

Elle dit ça en riant fort.

Elle soulève le petit arrosoir, verse un peu d'eau dans les pots. L'humidité, aussitôt bue, elle semble arrachée de terre, évaporée.

Elle revient à l'intérieur de la pièce, repousse la fenêtre pour bloquer la chaleur.

— Il y a encore tes affaires à l'étage... dit Isabelle.

— Ça t'ennuie de les garder encore un peu ?

— Ça ne m'ennuie pas... Tu veux revoir ta chambre ?

— Non, plus tard, un autre jour... Je reviendrai.

Mathilde fait le tour de la cuisine, elle retrouve ce qu'elle a connu, les objets, certains ont disparu. Le grand miroir piqué de rouille.

Elle regarde la vue sur les toits.

— Je peux ? elle demande en s'arrêtant devant la chambre d'Isabelle.

Elle pousse la porte. Les meubles sont regroupés autour du lit, entassés, un fauteuil, une commode, le tapis, la table, tout est resserré. Un grand lit à baldaquin. Le reste de la pièce est vide. Le parquet nu, sans rien.

Sur la table de nuit, il y a des livres. Un manuel de chinois.

— Tu apprends le chinois ?

— J'en connais plus de cent signes, répond Isabelle.

Un oiseau est suspendu à un fil, près du lit. Mathilde le tourne dans sa main.

Le mobile de Calder...

Le sculpteur l'a offert à Isabelle quand elle l'a hébergé quelques jours en 1961. Il avait rapporté une boîte de conserve de la rue. Il disait qu'une forme était prisonnière dans la ferraille. Il a pris les tenailles et il l'a déchiquetée. Quelques disques rouges, des palets arrondis, un équilibre parfait. Et dans l'ovale blanc d'une aile, il a écrit, pour Isabelle.

La Jogar fixe son visage dans le miroir de sa loge. Sa gorge humide. Elle glisse sa main sur son cou, laisse rouler sa tête contre le dossier du fauteuil. Odon écartait ses cuisses, il les soulevait, faisait couler d'elle des effluves forts.

Pablo s'approche, il remonte ses cheveux, les maintient avec des épingles noires.

— À quoi pensez-vous ?
— À rien...

Dans quelques minutes, elle entre en scène. Il semble que, ce soir, les grévistes se lassent et qu'il soit possible de jouer.

Pablo chauffe ses mains l'une contre l'autre, fait couler dans leur creux quelques gouttes d'huile. Odeur d'eucalyptus.

Il lui masse sa nuque.

Elle ferme les yeux.

— Pablo... Croyez-vous à l'amour pour la vie ?
— Non, ma brune. On nous raconte ça depuis l'enfance mais ce que vous avez aimé hier sera fade demain.

Il l'appelle comme cela parfois, ma brune. Elle gémit. Le corps vieillit, les sentiments s'usent et se racornissent.

— Ce qui nous attend est donc désespérant ?

Il remet son col en place.

— Oui... Le temps passe, nous devenons piteux et nous allons finir seuls. Nous, les pédés, nous apprenons cela très tôt.

— Que faire alors ?

Il masse ses tempes, le dessus du crâne.

— Prenez des amants, passez de l'un à l'autre, et vivez des choses légères pendant qu'il est encore temps.

Elle pense aux amants qu'elle aurait pu avoir.

Elle pense à Isabelle.

— J'ai revu une vieille amie aujourd'hui, j'habitais chez elle avant.

— *Avant* est un pays magique, dit Pablo.

Il essuie ses mains sur une serviette, jette un coup d'œil à la pendule, met de l'ordre dans les poudres et les fards qui encombrent la table.

Est-ce d'être dans cette ville ? Elle a l'impression de ne plus parvenir à rien.

Elle pense à Jeff qui ne lui dit pas bonjour. À son père qui attend qu'elle fasse le premier pas.

— Pablo, dites-moi... est-ce que je deviens larmoyante ?

Il se cale, le dos à la table, les bras croisés sur sa poitrine.

— Pas encore.

Elle sourit. Larmoyante, elle n'aurait pas supporté.

— Et que devient votre beau batelier ? il demande.

La Jogar se lève.

— Il n'est pas batelier.

— Mais il est beau ?

Elle étire ses bras, loin au-dessus d'elle et puis derrière, elle fait craquer ses articulations.

Elle pousse un grand soupir.

— Bien plus que ça...

Marie ouvre le réfrigérateur, elle choisit un yaourt qu'elle mange debout contre l'évier.

— Vous ne devriez plus faire ça, elle dit en regardant Isabelle.

— Ça ? De quoi tu parles ?

Elle hausse les épaules.

— La nuit, vous passez dans les chambres, vous dessinez des croix sur les fronts...

Isabelle grimace.

— Pourquoi je ne le ferais pas ?

— Un jour, ils vous attacheront à un poteau et ils vous brûleront.

Isabelle penche la tête sur le côté, amusée.

— Ils ne feront pas ça.

Sur la table, il y a une boîte à couture, des aiguilles et du fil. Ses robes sont vieilles, les ourlets se défont. Parfois ce sont les boutons. Elle fouille dans la boîte des bobines, sort un fil dans les tons gris.

— Je vous aurai prévenue, dit Marie.

Isabelle pense que les croix de la nuit protègent ceux qui dorment dans sa maison.

Elle passe la main sur le tissu, fait s'envoler quelques poussières. Ses mains n'ont plus d'âge. Depuis quelque temps, elles sont froides et humides.

— Comment as-tu trouvé la pièce d'Odon ?

— Plutôt pas mal.

Isabelle la regarde par-dessus ses lunettes.

— Tu lui as dit ça, que c'était plutôt pas mal ?
— Oui.
— Et alors ?
— Alors rien.

Elle ne dit pas que c'est la pièce de son frère. Elle ne parle pas de ça.

Isabelle recoud le bouton. Elle coupe le fil avec les dents. Elle range les aiguilles, les ciseaux, la bobine. Elle met tout dans une mallette, les restes de tissu dans un sac.

— Odon est mon ami, tu sais cela ?
— Je sais.

Isabelle referme la mallette. Ses deux mains se posent, immobiles sur le tissu.

— Je vais te demander de ne jamais l'oublier...

Marie ne répond pas.

Isabelle regroupe les fils sur la table.

— À présent, tu vas me parler de tes photos. Tu en fais depuis longtemps ?
— Quelques années...
— Tu me montres les dernières ?

Marie n'hésite pas. Elle se lève, allume l'écran. Elle montre les photos prises lors de la représentation de *Nuit rouge*, Julie sur scène, toute seule, et puis Julie avec les garçons. Une vue de la salle vide.

Une comédienne muselée par un foulard, un fil sur lequel sont épinglés des tracts, Le public est aussi un artiste, Le in est off...

— J'aime bien celle-ci, elle dit en montrant la fille épuisée contre le mur du palais.

Isabelle regarde, attentive.

— Il faudrait que tu imprimes les meilleures sur papier, et que tu les montres. Ça ne sert à rien de faire si tu ne partages pas.

Marie éteint l'écran. Isabelle revient à la table.
L'air est chaud malgré les volets tirés.

Marie n'a pas envie de sortir par cette chaleur. Elle reste dans la cuisine, relit l'énigme d'Einstein.

Son frère disait qu'en toute chose chaque mot compte, qu'il fallait en prendre soin et leur donner du temps.

— Odon a promis Luculus pour tout le monde si quelqu'un trouve...

Isabelle ne comprend rien aux énigmes. Elle préfère les histoires, mais elle veut bien aller au restaurant avec eux.

Elle recouvre ses ongles d'une couche de vernis rouge.

— Willy aimait ça, les photos... Tu connais Willy ? Willy Ronis ?

Marie ne connaît pas. Elle écoute glisser le pinceau sur le bombé des ongles.

— Qui tu connais en photo ?

Personne. Doisneau, un peu, à cause des calendriers des postes dans la caravane.

— Willy était professeur à l'école d'art d'Avignon, dit Isabelle. Il était comme toi, toujours avec son appareil photo, à traîner dans les rues.

Elle referme le flacon de vernis. Maintenant, dans la pièce, ça sent l'acétone et le dissolvant.

— J'ai trois photos de lui. Je ne les vendrai jamais pourtant ça vaut cher aujourd'hui le travail de Willy.

Elle sort de la cuisine, revient avec un livre qu'elle pose devant Marie. Des scènes de bistrot, des gamins, le Paris de Belleville et Ménilmontant.

— Si tu t'intéresses à la photo, il faut absolument que tu étudies Willy. Les autres aussi bien sûr, mais Willy...

À la fin du livre, il y a les trois originaux. Un vieillard dans une rue, un enfant qui joue aux billes, le troisième, un chat roulé en boule sous un poêle.

Isabelle montre la signature.

— Ces photos sont à moi, elles sont toutes dédicacées.

Une dernière photo est protégée par un papier de soie. Isabelle soulève le cache.

— Ma fille, elle dit doucement.

Marie se penche.

— Elle est belle.

Isabelle glisse sa main sur le visage.

— Elle est morte dans le crash de la Japan Airlines, entre Tokyo et Osaka, l'avion s'est écrasé contre une montagne, elle avait trente ans.

Elle rabat le cache, referme le livre.

Garde le livre contre elle.

Marie pense aux croix dessinées sur les fronts, la nuit.

Elle tend la main, elle veut toucher Isabelle, entendre battre son cœur. Elle a toujours cherché cela, à travers la peau des autres, les battements du sang. Déjà dans la cour de l'école, on se méfiait d'elle. Les filles l'évitaient, elles allaient se plaindre à leur mère, ça faisait des histoires. Son frère lui expliquait, On ne peut s'approcher que des cœurs des gens que l'on aime très fort.

Quand il est mort, elle a posé sa main sur sa poitrine, il n'y avait que du silence. Elle a cherché partout, le long du cou, dans le mou du bras, elle a griffé le ventre.

Du silence, rien que ça.

Marie a choisi neuf photos et elle les a fait imprimer, en format 24 x 30, noir et blanc. Elle les pose sur la table, devant Isabelle, les unes après les autres et puis toutes ensemble.

Une rue avec des affiches de spectacles toutes barrées d'une croix noire, un mot « Interluttants » peint sur de la tôle, des photos d'objets et le parvis du palais avec les grévistes allongés.

Il y a aussi trois photos du spectacle où on voit Julie et les garçons avec le grand rideau de lanières et la ville moderne au fond.

Isabelle regarde.

Elle se penche.

Marie aime ce temps passé avec elle. Elle aime ses silences, son odeur de vieille dame un peu fatiguée.

Parfois, Isabelle demande où est prise la photo, dans quel quartier. Elle cherche à reconnaître une rue, un passage. Elle demande rarement pourquoi. Les réponses à des pourquoi sont toujours plus difficiles.

La dernière photo, l'ours et la poupée de porcelaine, les barreaux de la fenêtre.

Isabelle l'observe plus longuement que les autres.

Ensuite, elle ôte ses lunettes.

Elle regarde Marie comme si elle la connaissait depuis très longtemps.

— Tes photos racontent toutes l'intimité d'une plus grande histoire.

Elle se lève, entrebâille le battant de la fenêtre. On entend le bruit d'un marteau-piqueur dans un appartement, en face.

Elle se retourne.

— Tu devrais les montrer à Odon, si ça lui plaît, il pourrait te laisser les exposer dans l'entrée de son théâtre.

Elle revient vers Marie.

— Tu devrais te tenir droite aussi, c'est important.

Marie se redresse.

Isabelle sourit, C'est mieux comme ça.

Julie et les garçons sont regroupés dans la loge, ils écoutent la revue de presse que le metteur en scène Jacques Rebotier donne tous les après-midi. C'est un rendez-vous qui ne dure pas longtemps mais auquel ils tiennent.

Odon sort. Il trouve le curé assis à la table du jeu d'échecs. Il prend la chaise en face.

Il a le visage sombre.

— À quoi tu penses ? demande le curé.

— À tout ce que je voudrais faire et que je ne ferai pas.

— Et alors ?

— Alors rien... Ça me désespère.

Il s'est disputé avec Julie. Elle dit qu'il est de droite. Ça l'a blessé. Il n'est pas de droite. Plus de gauche. Elle, elle est vraiment de gauche, idéaliste, sentimentale, elle croit que l'homme est bon.

Depuis quelque temps, les bons sentiments, la fraternité, ça l'agace. Il lui arrive même de penser que l'homme est pervers, médiocre et jaloux.

Est-ce qu'il vieillit ?

Julie le dit aussi.

Ils installent les pièces du jeu.

Ils jouent sans rien dire.

— J'ai vu Mathilde, dit le curé. Elle est venue dans mon église.

Ses doigts pianotent sur le rebord de la table.

— On a mangé des calissons dans la sacristie. Je l'ai raccompagnée sur le parvis, toute la ville nous a vus.

— Vanité... lâche Odon.

Le curé fait glisser un pion, il hésite, renonce, débloque sa dame. Un sourire narquois sur les lèvres.

— Je te l'accorde... Ce moment m'a d'ailleurs valu quelques sérieux *Pater* et plusieurs *Ave*. Et toi ?

— Quoi moi ?

— Tu l'as revue ?

— Ça ne te regarde pas.

— C'est que tu l'as revue... Où ça, au théâtre ?

— Sur la péniche.

L'œil du curé s'allume.

— Et alors ?

— Alors rien, on a bu un café, on a parlé.

Le curé avance un pion.

Julie sort du théâtre, les deux mains au fond des poches d'une salopette aux couleurs insensées. Elle se colle derrière lui, noue ses deux bras autour de son cou.

— Tu sais que tu joues avec un vieux réac ? elle demande.

— Je sais...

Elle jette un coup d'œil à la partie entamée. Elle aussi joue parfois. Elle perd souvent. Pas assez sur la défensive, elle se fait prendre ses pièces les unes après les autres.

— Tu sais qu'on a failli être le seul théâtre ouvert dans cette ville ?

— Galilée a été très seul aussi en son temps, ça ne l'a pas empêché d'avoir raison.

Elle détache ses bras.

— Galilée, oui bien sûr, la Terre ronde alors que tous les autres la disaient plate...

Les garçons sortent à leur tour.

Jeff aussi, avec le poisson dans le bocal. Il le pose sur la marche.

Il espère que quelqu'un passera et l'emportera.

Des acclamations montent de la place voisine, des applaudissements qui couvrent des sifflets.

Julie part en courant.

Odon grogne.

— Elle est attirée par le bruit comme des mouches par le miel...

Odon poursuit la partie d'échecs avec le curé. Marie a apporté ses photos, elle veut lui montrer.

Elle attend à l'intérieur.

Des spectateurs entrent et sortent, un va-et-vient régulier, certains achètent leurs billets pour le spectacle du soir, d'autres se mettent simplement à l'abri de la chaleur.

La caissière a les ongles soignés, un chemisier à grands carreaux, une paire de lunettes à verres épais. Ses yeux paraissent énormes.

Deux Japonaises patientent sur le pas de la porte. Leur peau est blanche. Elles regardent le soleil comme on regarde tomber la pluie. Sans oser sortir. Elles échangent quelques mots dans une langue qui ressemble à de la musique. Soudain, elles se lancent, le cou rentré, en tirant sur leurs épaules un mince gilet de coton qui leur sert de protection. Elles traversent la place, le soleil est partout et leurs pieds courent dans ce qui ressemble à une gigantesque flaque.

Elles disparaissent sous le passage couvert.

Marie revient dans l'entrée.

Sur la droite, au pied de l'escalier, il y a l'emplacement dont lui a parlé Isabelle, un panneau de bois sur lequel sont punaisées quelques photos des spectacles passés, des articles de journaux.

Marie s'assoit sur le banc.

Le sol est recouvert de moquette rouge. Les semelles de ses chaussures sont fines.

Isabelle a dit, Tiens-toi droite, c'est important.

Elle se redresse.

Odon finit par arriver. Il est pressé. Il lui montre l'emplacement. Il dit qu'il est au courant, Isabelle l'a appelé.

Marie punaise ses photos et il reste encore de l'espace.

La caissière sort de son box, elle trouve que c'est dommage de faire des trous sur de si belles images.

Ça fait rougir Marie.

Le carrousel de la place de l'Horloge tourne à vide. Il emporte les chevaux, les carrosses, le soleil aussi qui cogne sur les selles et les poitrails blancs.

Greg est là, avec Jeff et ses grandes ailes.

— On se croirait dans la pampa ! il dit en riant.

Les garçons de la Grande Odile arrivent, ils montent sur les chevaux de bois, sans ticket.

— Ça gêne en quoi ! ils demandent en riant.

Une procession de faux moines descend la place en chantant des cantiques.

Marie entre au McDo. Elle commande un Royal Bacon avec une bouteille d'Évian. Elle choisit une table à l'étage. Air climatisé.

Il y a du monde dans la salle.

Elle mange en regardant les familles et les enfants.

Elle boit l'eau.

Elle feuillette un magazine oublié sur une chaise.

Elle touche les croûtes noires de ses bras. Deux jours qu'elle n'a pas fait saigner sa peau. Elle sort. Descend la rue de la République, côté ombre, elle continue jusqu'au cloître Saint-Louis. Des platanes font de l'ombre dans la cour. Ils ont plus de cent ans. Leur écorce se détache par morceaux. Des bouteilles ont été mises au frais dans l'eau de la fontaine, les goulots dépassent.

Marie trempe ses mains. L'eau est fraîche. Elle enfonce jusqu'aux bras, le bout de ses doigts touche la mousse verte qui tapisse le fond.

Elle laisse sécher ses bras au soleil.

Un groupe de peintres sort d'une salle, ils ont des blouses blanches, portent des cartons à dessin.

Marie s'avance.

Une librairie est ouverte sous les arcades. Des livres sont disposés sur des tables.

Contre le mur, un poster de Beckett et les chevaux de Bartabas.

Elle lit les articles de journaux, des critiques de spectacles, des interviews d'acteurs qu'elle ne connaît pas.

Elle feuillette un livre de la photographe Nan Goldin, des corps nus, des regards, des scènes de nuit, un homme assis sur le rebord du lit dans la lumière crue d'un spot. C'est brutal mais ça lui plaît. Elle trouve ça bien mieux que Willy Ronis.

Sur un présentoir, il y a les livres blancs des éditions O. Schnadel. Ce sont tous des textes de théâtre qui ont été joués au Chien-Fou. Une vingtaine en tout. Des photos sont reproduites à l'intérieur. Dans l'un des livres, Marie reconnaît la façade, les loges, dans un autre, la scène, la salle. Odon Schnadel sur le pas de la porte. Des comédiens qui jouaient dans des pièces les années précédentes.

Dans la cuisine, ça sent l'huile et le poivre. Les poivrons ont mariné dans un petit saladier bleu. Ils sont verts et rouges, servis avec des tomates que l'on dirait confites.

La Grande Odile s'assoit de l'autre côté de la table, la tête entre les mains.

— En août, les garçons vont partir en colonie, les deux plus grands iront chez leur père.

Elle dit cela.

Odon lève les yeux. Sa sœur a la bouche triste.

Il lui faudrait un homme, un qui l'aime suffisamment pour prendre soin d'elle et ancrer ses habitudes.

Odile gratte la table avec son ongle. Cet hiver, elle passera une annonce, femme avec enfants cherche... Ce serait compliqué, un homme nouveau au milieu de cette meute.

Esteban sommeille sur le divan. Il a chaud, ses joues sont rouges, ses cheveux mouillés de sueur collent à sa nuque.

— Les autres s'en fichent mais, celui-là, il aurait vraiment besoin d'un père, elle dit.

— Les autres ne s'en fichent pas.

Odile soupire, elle se lève, entrebâille la persienne.

— C'est une façon de parler...

Odon remonte un poivron rouge sur la lame de son couteau. Une goutte d'huile s'accroche, lente, pleine de lumière.

— C'est quoi ces fleurs ? il demande.

Elle se retourne. Les lys et les glaïeuls rapportés de la Mirande sont dans le grand vase Arcopal. Un peu fanés.

Elle a emporté les bonbons aussi, pour les garçons. Elle n'a pas pris de bain. Elle est restée un moment assise sur le lit. Les fleurs lui ont fait envie.

Elle ne veut pas parler de ça.

— C'est des fleurs, elle dit.

Odon regarde sa sœur.

Ils ont passé leur enfance à se disputer, des bagarres parfois violentes. Ensuite, il y a eu des années où chacun vivait dans l'indifférence de l'autre. Avec le temps, ils se sont rapprochés.

Odile se détourne.

— J'ai connu Mathilde bien avant toi.
— Pourquoi tu dis ça ?
— Je pense à notre adolescence.

Elle revient vers l'évier, fait couler de l'eau froide dans le bac jusqu'à ce qu'il soit plein.

— Elle venait me chercher, forcément tu devais être là parfois, tu ne la voyais pas...

Esteban est toujours roulé sur le divan. Elle s'approche de lui, le soulève, l'assoit sur le rebord de l'évier, trempe ses pieds dans l'eau froide. Avec ses mains en coupe, elle fait couler l'eau sur ses mollets, sur ses cuisses. Les gouttes glissent.

Elle rafraîchit aussi son visage.

Pour finir, elle lui enlève son tee-shirt, le plonge dans l'eau, l'essore et le lui remet mouillé sur la peau.

— Des fois, je me dis que j'aurais pu m'inscrire aux cours moi aussi, plutôt que la regarder faire ou l'attendre à la porte.

Sa voix est lourde, lente.

Odon s'étonne.

— Tu aurais voulu apprendre à jouer du violon ?

Elle sèche ses mains sur son tablier.

— Du violon, ou de la danse, ou du théâtre... Est-ce qu'on sait ce qu'on veut tant qu'on n'a pas essayé ?

Esteban se laisse glisser de l'évier. Il s'approche d'Odon, serre ses doigts les uns contre les autres, murmure que des oiseaux volent dans le creux de ses mains.

Odon dit qu'il n'y a rien, que les oiseaux qu'il voit ne sont là que pour lui.

L'enfant sourit. Le tissu du tee-shirt colle à sa peau, des gouttes coulent le long de ses cuisses nues.

La conversation languit.

Odile emplit un verre d'eau. Elle dit qu'elle doit faire réviser la chaudière avant l'automne. Il y a les cartables de la rentrée à acheter.

Une sortie en Camargue est organisée par l'association de quartier, elle ira peut-être.

Marie a trouvé une grande boîte abandonnée sur le trottoir.

Elle était posée à côté des poubelles. Une boîte en carton épais, avec le couvercle qui se rabat et une fermeture en métal. On dirait une boîte à chapeau. L'intérieur est lisse, capitonné de tissu à fleurs sombres.

Marie l'emporte dans sa chambre. Elle la pose sur le matelas.

Elle ne sait pas ce qu'elle peut en faire.

Elle laisse la boîte, sans la toucher.

Les croûtes de ses bras ont séché. Elle n'a plus envie de les creuser. Certaines sont tombées. Quand elle passe le doigt, elle sent la trace douce des cicatrices.

Elle se dit que c'est fini, elle n'aura plus besoin de faire cela.

La boîte est ronde, elle pourrait ranger des choses à l'intérieur. Pas des objets mais des choses qui seraient des mots précieux, et que l'on déposerait dans la boîte pour ne pas qu'ils se perdent.

Elle s'approche de la boîte. Elle la regarde mieux.

Sur la table du salon, il y a un grand cahier avec des feuilles et des feutres. Elle déchire une page. Elle écrit ça, en gros : Urne à pensées.

Elle scotche le papier sur la boîte.

Avec une paire de ciseaux, elle découpe une fente dans le couvercle.

Elle découpe aussi des carrés de papier.

Elle pose la boîte sur le banc de la place, à côté de la cabine. Elle met les papiers à côté, une pierre dessus pour qu'ils ne s'envolent pas. Un stylo.

Elle laisse la boîte.

Elle traverse la place, elle se retourne.

En fin de journée, elle revient. La boîte est toujours là. Elle s'assoit sur le banc, elle la prend sur ses genoux. Elle secoue, ça bouge à l'intérieur.

Elle soulève le couvercle, doucement.

Il y a une dizaine de papiers, pliés, une feuille de platane, quelques *flyers*.

Sur le premier papier : « Je t'aime demain. »

Elle en déplie un autre : « Aujourd'hui, j'ai mangé des fraises, j'ai trouvé une vieille pierre pour faire un banc et j'ai sorti une table dans le jardin. »

Elle les lit tous.

Elle les rapporte dans sa chambre. Elle ouvre les volets pour faire entrer la lumière. C'est une lumière trop douce.

Elle emporte les papiers dans la salle de bains. La lumière du néon est blanche, très crue, presque violente.

C'est ce que Marie voulait.

Elle pose les papiers sur le carrelage et elle prend une photo.

Jeff traverse la place avec les chiens, ils vont faire l'ouverture de *L'Enfer*.

Esteban attendait devant le portail. Il l'a juché sur le dos d'Éthiopie, une femelle de trois ans à l'allant tranquille. Un gosse en short et polo blanc, les passants s'étonnent, un enfant avec un tel sourire et un visage de lune.

Marie les voit arriver.

Elle leur fait un signe. Jeff répond et le petit groupe disparaît dans le couloir.

Marie a accroché trois nouvelles photos à la suite des autres. Il y en a douze à présent, et de la place encore pour quelques-unes. Les gens qui attendent l'ouverture des portes viennent regarder.

Elle a laissé l'urne à pensées sur le banc. Elle l'a vidée de ses messages en fin de matinée.

Elle entre dans la salle. Elle choisit un siège au quatrième rang.

Le rideau est ouvert. Sur la scène, il y a de la terre. Au milieu, une table recouverte d'une nappe blanche.

Le spectacle commence. Un homme vêtu d'un manteau de bête escalade une échelle et grimpe tout en haut de ce qui semble être un rocher.

Les chiens arrivent en gueulant, ça ne dure que quelques secondes. La scène est trop petite pour un décor aussi vaste. Les chiens font ce qu'ils peuvent. Ils aboient, courent et sautent, cherchent à mordre l'homme qui est sur l'échelle.

Après, Jeff les remmène.

Marie s'ennuie.

Les spectateurs autour aussi.

Marie se laisse glisser dans le creux du fauteuil, les jambes repliées. Elle ferme les yeux. Les voix la bercent. Une somnolence lente qui devient du sommeil.

Ce sont les plaintes qui la réveillent. Elle ouvre les yeux. Les comédiens sont tous sur scène, ils tendent leurs mains, leurs bras, et ils gémissent. Certains rampent. On dirait des damnés, ils veulent se toucher, se caresser, ils sont empêchés.

Ils tournent comme des pénitents, portent sur leur dos les lettres du mot enfer. Marie frémit. C'est l'étreinte des morts. Elle imagine son frère dans les limbes, les mains comme ça, tendues. Aussi seul que ces âmes. Aussi condamné.

Sur scène, les corps continuent de se tordre. Ça dure longtemps. C'est une vision effroyable dont il est impossible de se détourner et qui persiste.

Marie avale une salive amère, salée. Elle n'arrive pas à applaudir. La nausée la plie. Elle se lève, les mains griffées au siège. Elle s'enferme dans les toilettes, un lavabo, un réduit étroit. Elle boit de l'eau. Elle mouille son visage. Une serviette est accrochée à un clou. C'est un torchon élimé qui pue l'humide. Elle le respire pour se faire vomir.

Elle ne vomit pas.

Dans le miroir, son visage est livide. Elle regarde le fond de ses yeux.

Un deux trois, une marelle d'enfant, le ciel au bout mais au retour c'est case enfer, les deux pieds joints. Elle jouait à ça Marie, avant.

Elle sort.

Sur le parvis, le soleil lui fait mal.

La porte, à peine un léger grincement. Le salon est désert. Marie s'enferme dans sa chambre. Elle entend les bruits du dehors, des rires dans la rue, le théâtre de la Condition-des-Soies tout près.

Elle retrouve dans sa poche les papiers recueillis dans l'urne à pensées.

Elle attend la nuit pour les lire.

Une troupe rentre et puis une autre. Les paroles étouffées des chambres voisines, les soupirs, des portes s'ouvrent, on prend des douches.

Et puis le silence.

Les rires sont remplacés par les bruits de la maison, des craquements de plancher, un volet qui grince.

Dans son sommeil, elle entend son frère geindre. Elle rêve de malédictions.

Elle se roule en boule.

Elle pleure des larmes sales.

Paul lui manque et elle n'a rien à mettre à sa place.

Elle attend le matin.

Elle tourne la tête vers la fenêtre. Derrière les carreaux, il reste encore beaucoup de nuit.

Elle lèche son bras, les blessures. Elle lèche comme une bête qui se soigne et elle griffe doucement, avec le tranchant de l'ongle. Elle écorche, là où, avant, elle avait déjà écorché.

La Jogar traverse lentement la scène, jusqu'à être au bord de la rampe. À ses pieds, des ballerines en résille à semelles souples. Elle resserre ses bras comme pour une étreinte, enlace son corps. Et c'est comme si elle ne l'avait jamais fait. Comme si la veille elle n'avait pas été là, déjà, avec les mêmes gestes.

— « Je vais continuer à vivre comme si ces jours avaient été un rêve... »

Elle entend les respirations, le frottement des tissus, les jambes qui se croisent.

Elle écrase une larme d'un revers de manche. Quelqu'un frémit.

— Dieu qu'elle est belle...

Les derniers mots.

On applaudit.

On jette des fleurs sur la scène.

— Des roses rouges pour vos beaux yeux !

Un bouquet entier.

Elle se baisse, ramasse le bouquet, serre les roses rouges contre sa gorge. Les pétales sont froids.

Les applaudissements font vibrer le sol. Elle sourit, entre rire et larmes, radieuse, elle reste là debout devant eux. Elle les séduit du haut des planches.

Les visages émerveillés.

Elle salue encore.
Elle ne revient pas.
Elle ne revient jamais.
Après, dans la loge, elle jette les fleurs, se laisse tomber sur le siège, la tête entre les mains, un instant, épuisée.
Pablo pose une main sur son épaule.
— Quelqu'un pour vous.
— Je ne suis là pour personne.
Elle fait sauter ses ballerines, remonte ses jambes, les pieds en hauteur sur le rebord de la table, elle ferme les yeux.
Il y a du sang sur sa gorge, à l'endroit où elle a serré les roses.
Pablo insiste d'une pression de la main.
Elle soupire, laisse retomber ses jambes et se retourne.
Odon est dans l'encadrement de la porte.
Elle se lève, arrange ses cheveux.
— Tu étais dans la salle ?...
— Oui...
— J'étais comment ?
— Magnifique...
— Je ne te crois pas.
Il lui montre les traces rouges sur sa gorge.
— Tu es la Jogar crucifiée.
Elle regarde dans le miroir. Elle fait couler du désinfectant sur un bout de coton. Il s'approche d'elle, prend le coton de sa main.
— Tu ne devrais pas serrer les fleurs aussi fort.
Il tamponne la gorge.
Autour du cou, elle porte la chaîne qu'il lui a offerte quand ils sont partis en Écosse. Il avait plu la semaine entière. Ils ont passé leurs journées dans les pubs.
Il glisse un doigt sous les maillons.
— La sœur de Selliès est là...

— La sœur de qui ?

Elle lève les yeux sur lui.

Et puis elle se détourne. Une rougeur légère envahit ses joues.

— Je ne savais pas qu'il avait une sœur...

Il jette le coton à la poubelle.

Elle démaquille son visage. Sur la lingette, le brun sable de la poudre. Quelques cheveux pris dans les soies de la brosse. Un jean et un tee-shirt sont pliés sur une chaise. Une ceinture large en cuir tressé. Elle les prend, se glisse derrière le rideau. Odon l'entend ôter sa robe, le froissé du tissu. Il devine ses mouvements, les cuisses dans le jean, la fermeture Éclair et le tee-shirt. La boucle de la ceinture.

Elle ressort. Elle est bronzée, le ventre et les bras musclés. Elle approche son visage du miroir, passe un voile de poudre, à peine, léger.

Odon la suit du regard.

— Elle sait que son frère a écrit *Anamorphose*...

Leurs yeux se croisent.

— Et alors ?

— Alors rien... Elle sait aussi qu'il me l'a envoyé.

Elle allume une cigarette. Ce texte allait être perdu. Plus de deux cents pages même pas reliées.

— Je n'ai rien fait de mal.

— Je n'ai pas dit cela.

— Alors quoi !?

Elle passe du gloss sur ses lèvres, glisse ses pieds dans des sandales à talons, lanières croisées.

— Le texte de Selliès n'existe plus... Je l'ai travaillé, je l'ai remplacé, il est devenu autre chose.

Elle lève la tête, ses yeux sont noirs, brûlants. Elle a toujours voulu être plus forte que ses peurs, plus forte que ses envies, c'est comme ça qu'elle est devenue la Jogar.

Elle se radoucit. Lui sourit dans un soupir.

— On va prendre un verre ?
— On va nous voir ensemble...
Elle ramasse son sac, une besace rouge qu'elle porte à l'épaule.
Elle effleure le bras d'Odon.
— Je connais un endroit discret pas loin d'ici.

Deux jours que Jeff promène son poisson. Il ne supporte plus de le voir crever alors il traverse le pont avec le bocal et il s'avance vers l'endroit de la berge où Monsieur Big Mac a l'habitude de nager.

Le fleuve est large, trop grand avec des eaux trop sombres. Il pose le bocal au bord de l'eau et il le renverse doucement. L'eau contenue dans le bocal se mêle à celle du fleuve.

Jeff penche encore le bocal, il le laisse glisser et s'enfoncer au fond de l'eau. Le poisson reste à l'intérieur, il semble ne pas vouloir le quitter.

Jeff s'assoit sous les platanes et il gratte la terre avec un bâton.

Il pense à ce qu'il doit faire, vernir le pont et arroser les salades. Les pots sont trop petits, les salades manquent d'espace. Avant, il y avait des géraniums dans des pots mais il n'aimait pas l'odeur, il ne les a plus arrosés. Il faut aussi qu'il nettoie les chenaux.

Le poisson est toujours dans son bocal.

Jeff décide de s'en aller.

Le soir, les grévistes reviennent et cognent contre les portes, un vacarme d'enfer qui oblige Odon à interrompre le spectacle. Il sort, tente de discuter. Il parle de *Nuit rouge*, de tout ce temps qu'il a fallu pour monter cette pièce.

— Qui vous êtes pour empêcher qu'un texte vive ?

De leur côté, les intermittents ne veulent pas se laisser tuer dans l'indifférence. Odon les traite de charlatans. Il dit que Selliès, lui, est mort pour de vrai.

Le ton monte. Les grévistes envahissent le hall, font irruption dans la salle.

Julie et les garçons tentent de les calmer.

Après, Jeff s'en mêle. Il déboule comme un furieux et il frappe. Des coups qui font mal et qu'il a appris à donner en prison. Ça ne dure pas longtemps. Les flics arrivent, ils emmènent Jeff au poste.

Après, tout le monde reste sur la place, les bras ballants. Le curé sort.

Damien est écœuré. Il dit qu'il va se retirer du monde, devenir anachorète et ne plus descendre du banc.

Le petit groupe se disperse doucement.

Odon s'enfonce dans le couloir, une silhouette sombre un peu lourde. Julie a entendu sa colère, ses mots pour défendre *Nuit rouge*.

Elle se cale contre la porte.
— C'est quoi ton histoire avec Selliès ? elle demande.
— Y a pas d'histoire.
— Tu le connaissais ?
— Non.
— Mais alors quoi ?
Il ramasse sa veste.
— Il m'a fait confiance.
— Des auteurs qui t'ont fait confiance, tu en as plein tes cartons.
Il regarde sa fille, le visage grave.
— Oui, mais celui-là avait du talent.

Odon traverse la place, retrouve le curé dans la sacristie. Il se demande ce que les dieux comprennent des hommes, ce qu'ils voient vraiment d'eux.

Il allume un cierge et la flamme éclaire le mur.

— Ton Dieu nous a oubliés, curé...

— Tu devrais aller dormir, Odon Schnadel.

Odon hausse les épaules. Il frotte de la main le bois de la table.

— Ils ont embarqué Jeff !

— Ce n'était qu'une bagarre, dit le curé, un peu de colère due à la chaleur, il sera dehors demain.

Un crucifix est suspendu devant le prie-Dieu. Les clous transpercent les poignets du Christ, le sang, le muscle déchiré.

Odon marche de long en large dans cette pièce trop étroite.

— Je voudrais savoir ce que ton Dieu attend des hommes.

— Il n'attend rien.

— Alors pourquoi il nous a créés ? Pour nous faire endurer tout ça !

— Il endure bien plus que nous.

Odon n'arrive pas à se calmer.

— Dans tes messes, tu manges de la chair, tu bois du sang, tu pries à genoux devant un type qui s'est laissé clouer sur une planche !

Le curé l'écarte de la main.
— Une croix, pas une planche...
Il rejoint l'intérieur de l'église, il s'agenouille, en prière, tout seul devant la Croix, le front bas, il prie dans la nuit pour le salut des vivants.

Marie a trouvé une table libre à l'ombre des platanes, sur la place des Châtaignes. Elle commande un grand verre de limonade.

Avant qu'elle ne sorte, Isabelle a glissé un livre dans son sac, Il faut te tenir droite et t'instruire aussi, c'est ce qu'elle a dit.

Giono, *Regain*.

Marie est plongée dans l'histoire quand Damien débouche sur la place. Il se laisse tomber sur la chaise en face d'elle. Il dit que les gendarmes ont relâché Jeff. Il regarde autour de lui.

— Il faut que je m'occupe de quelqu'un ou de quelque chose.

— Et Julie ?

— Julie ?...

Il hausse les épaules.

— Je vais m'occuper de ça.

Il n'y a rien, un vieux sur un banc. L'urne à pensées sur le banc. Marie croit qu'il parle du vieux mais c'est du banc, à l'ombre aux heures les plus chaudes, la cabine téléphonique à côté.

L'heure suivante, il accroche des dessins sur les carreaux de la cabine, des bouts de guirlandes, quelques fleurs en plastique qu'il a trouvées dans la rue, une poupée à laquelle il manque un bras.

Sur un carton, avec des grandes lettres découpées, il écrit, Je t'aime Julie. Des touristes passent et lisent la pancarte. Ils s'en vont en haussant les épaules.

Marie commande une autre limonade. Elle continue la lecture de *Regain*.

Elle appelle sa mère en utilisant la cabine. Ça sonne longtemps sans répondre. Elle imagine la caravane dans la chaleur.

Elle rappelle un peu plus tard, sa mère dit qu'elle dormait dans le fauteuil.

Marie ne sait pas quand elle rentrera. Elle entend passer un avion à l'autre bout du téléphone.

Elle récupère les messages dans l'urne à pensées. Plus de trente. Elle ne les lit pas.

Elle les glisse dans sa poche.

Elle s'assoit sur le banc.

Elle tire sur ses manches pour que Damien ne voie pas les griffures sur ses bras.

— C'est quoi, ça ? il demande en montrant la bourse de cuir sous sa chemise.

— Mon frère, elle dit.

Elle lui explique.

— On a partagé les cendres avec ma mère...

Elle se souvient quand sa mère a puisé à la cuillère, elle disait que c'était à elle de faire ça, elle a sorti la poussière et elle l'a glissée dans la poche de cuir. Elle pleurait. Ça lui faisait de la buée sur les lunettes, elle essuyait les verres. Les verres étaient rayés, ça ne servait à rien de les essuyer.

Damien hoche la tête.

Il demande si elle va les porter longtemps.

— Ils m'appelaient tous Mlle Isabelle. Ferré aussi. Quand il passait rue de la Croix, il sonnait, il montait. On se retrouvait autour de la table avec Benedetto, Laurent Terzieff aussi... Agnès prenait des photos... Agnès Varda.

Isabelle raconte.

Marie écoute. Dans la chaleur de l'après-midi, les heures sont lentes et lourdes.

Isabelle l'entraîne devant un portrait au mur.

— Marceau était un funambule blanc. Le mime Marceau tu connais ? ! Mais d'où tu sors toi ?...

Elle rit en disant ça.

Elle montre un visage blanc avec un pull à rayures. La photo est dédicacée : « Se taire est la seule attitude valable. » Une signature.

Isabelle tire Marie vers un autre portrait.

— Lui c'est Béjart, un grand danseur, il avait belle allure n'est-ce pas ?... Agnès c'est elle, vingt ans en 1948, toujours avec son appareil photo, comme toi. La chemise bleue qu'elle porte sur cette photo est dans l'armoire de la chambre. Et elle, c'est Ariane Mnouchkine, l'été 1969.

Elle fait tourner la pierre d'améthyste autour de son doigt.

— Vilar, on l'appelait le roi ! Gérard, c'était le prince. Et Maria, Maria Casarès, elle, c'était notre lumière.

Isabelle se souvient de tous les visages. Elle s'est attachée à eux tous, tellement, à leur histoire, leur légende. Elle aurait voulu avoir un peu de leur talent, partager cette magie. Elle n'a pu que les aimer. Et elle les a vraiment aimés. Intensément.

Elle se retourne vers Marie, prend son visage entre ses mains, les yeux à la teinte si bleue.

— Toi aussi tu es belle, tu peux être une lumière si tu veux.

Elle voudrait ajouter quelque chose. C'est tellement bref une vie. Elle se détache.

Elle tire un disque vinyle d'une pochette en couleurs, le glisse sur le plateau.

— Lui pourra te dire tout ce qu'il te faut savoir.

Elle lui tend la pochette. *Ferré chante Aragon*. Les paroles sont imprimées sur le carton du disque.

Elle s'avance vers l'une des fenêtres. Elle laisse passer une chanson, une autre.

— Il s'accoudait là, et il regardait passer les gens dans la rue. Ça l'apaisait. Il aimait jouer aux cartes, des parties interminables. En 1959, il a acheté son château en Bretagne, près de Cancale. Je suis allée là-bas une fois. À marée haute, c'était une île. Après, il a préféré la Toscane.

Elle revient s'asseoir dans le sofa. La dernière fois qu'il est venu ici, il était déjà vieux, il avait du mal à monter les marches. Elle a appris sa mort l'année suivante, pendant le festival.

— On était nombreux, une soirée autour d'Anaïs Nin. On a pleuré. Après, on est allés à son enterrement, en décapotable, jusqu'à Monaco. On a dormi sur la plage. On avait acheté du vin, on s'est passé ses disques. Ce fut une nuit formidable.

Isabelle ferme les yeux. La voix chante les poèmes. Les souvenirs montent derrière ses paupières baissées.

La main ridée tremble sur l'accoudoir.

— Mathilde était avec nous, elle a pris la voiture, elle a embouti l'aile mais elle est revenue avec des croissants et des thermos pleins de café. On a bu le café sur la tombe, on a mangé les croissants, on a pleuré encore, il y avait tant de fleurs et c'était l'été.

Son regard est lourd de larmes.

— Vieillir, ce n'est rien quand on se souvient. C'est l'oubli qui fait la souffrance...

Marie repose la pochette du disque sur l'étagère.

— C'est qui Mathilde ? elle demande.

La chanson se termine, les dernières notes.

Le silence.

C'est dans ce silence qu'Isabelle répond.

— Elle a été le grand amour d'Odon Schnadel.

Isabelle se lève en s'appuyant sur une canne.
— Je vais te montrer quelque chose...
Elle s'avance vers la bibliothèque, ouvre l'une des portes basses. À l'intérieur, il y a deux longues étagères recouvertes d'adhésif à fleurs. Sur chaque étagère, des livres, des dossiers, des boîtes aussi, une tirelire en forme de cochon.
Ça sent la poussière, le renfermé, une odeur de vieux papiers.
Isabelle pose sa canne contre le meuble, elle se baisse, tire des livres, cherche à voir ce qu'il y a derrière. Elle parle d'un rangement indispensable.
— Mathilde est une comédienne célèbre aujourd'hui. Elle est aussi ma nièce et je suis très fière d'elle.
Le second placard regorge de magazines, des *flyers* vieux de plusieurs années, des affiches roulées. *Paris Match*, décembre 1951. Isabelle le tend à Marie. Le papier est jauni. Un magazine *Ciné Monde* 1962, le visage de Jeanne Moreau en couverture.
— Je ne range rien mais je garde tout alors c'est forcément là, quelque part.
Elle fouille, sort ce qu'elle appelle ses trésors, un calendrier des représentations au TNP de 1955, le croquis au crayon de couleurs du costume de Richard II.

Elle déniche une petite boîte à musique, la passe à Marie qui tourne doucement la manivelle. Les notes dansantes, *Sur le pont d'Avignon*.

Marie sourit.

Isabelle fouille encore et trouve enfin ce qu'elle cherche. Elle se relève, la sueur au front.

Dans la main, une épaisse liasse de feuilles retenues par deux élastiques.

Elle pose les feuilles sur le guéridon.

Quand elle le touche, l'un des élastiques claque, retombe sur le parquet.

— C'est avec ce texte qu'elle a été connue.

Ses joues sont rouges. Marie ramasse l'élastique.

Isabelle referme les portes.

— C'est avec lui qu'elle est devenue célèbre. *Ultimes déviances*... Elle l'a écrit ici. Elle l'a aussi appris.

Elle caresse la première page.

— Elle travaillait au-dessus, dans la chambre bleue. Rien qu'un plancher, même pas de moquette. Son pas ressemblait à celui d'un fauve. Ça a duré des semaines, une vie de recluse.

Elle dit que, la nuit, elle l'entend encore arpenter.

Marie se souvient du regard de son frère quand il écrivait. Lui aussi ressemblait à un fauve.

Elle pose l'élastique sur le guéridon, la boîte à musique à côté.

Elle s'approche du manuscrit.

Sur la première page, au stylo :

Titre possible : *Ultimes déviances* ?

Dessous, sur la même première page, en caractères d'imprimerie, un autre titre : *Anamorphose*.

Celui-ci a été mis entre parenthèses.

Marie sent son cœur battre.

Isabelle a repris sa place sur le sofa. Elle raconte tous les détails du départ de Mathilde, d'abord à

Lyon et puis les années à Paris. Le bonheur que ce fut de la voir réussir.

Marie ouvre le manuscrit. C'est un texte de plus de cent pages, tapé à la machine, avec des corrections au crayon.

Ce titre, *Anamorphose*, elle s'en souvient...

Elle lit quelques lignes, « Ce que l'on voit, c'est seulement ce que l'on a envie de voir ».

D'autres phrases, plus loin, au hasard, « Car chaque objet porte une histoire, chaque ride, chaque main. Je vais au mur, sans avoir envie de me justifier, je bidouille ma vie et je me prends dans sa nasse ».

Des corrections ont été apportées, des phrases barrées, d'autres ajoutées. Quelques flèches, des signes, des changements de paragraphes.

Parfois, des pages entières sont sans correction.

Marie revient à la première page.

« Les étoiles au-dessus de ma tête sont toujours placées au même endroit, le jour, elles sont là et pourtant je ne les vois pas. »

Elle frémit.

Ses ongles grattent sa peau. Détachent une croûte.

— Qui a écrit ça ?

Isabelle relève la tête.

— Mathilde bien sûr.

— Pourquoi elle a fait ça ?

— Pourquoi elle a fait quoi ?

Marie montre les mots raturés, les ajouts dans les marges.

Isabelle s'étonne de la question.

— Pour pouvoir le jouer... Parce que c'était un brouillon... Il fallait le corriger. Une première version, ça se corrige toujours. Qu'est-ce qui ne va pas ?

Marie dit que tout va bien. Elle tourne d'autres pages.

— C'est elle qui l'a écrit ?

Isabelle s'esclaffe.

— Elle l'a écrit et elle l'a corrigé. Ensuite, elle l'a joué.

— Comment vous pouvez être sûre ?

Isabelle reprend le manuscrit des mains de Marie, elle glisse l'élastique autour des pages.

— Certains pensent cela, qu'une actrice ne peut pas être aussi capable d'écrire...

Sa voix est devenue rêche, froide.

Elle garde le manuscrit contre elle.

— Un matin, elle est sortie de sa chambre et elle me l'a récité. Elle s'est trompée au début, elle a recommencé. Elle avait une hargne exceptionnelle. Après, elle a eu besoin d'Odon, mais, toute cette partie, elle l'a faite en solitaire.

Isabelle s'attendrit. Ce sont des moments dont elle aime se souvenir. Après, quand Mathilde est partie, elle a laissé des affaires dans la maison. Le manuscrit, quelques vêtements encore rangés sur les cintres.

Marie fixe le plancher. Tout est confus soudain.

— Où est-ce que ça a été joué ? elle demande.

— À Paris, à Lyon, un peu partout...

— Et ça remonte à quand, ce temps ?

Isabelle pose le manuscrit à côté d'elle, sur le sofa. Elle cale sa tête contre le dossier, les yeux mi-clos, le visage tourné vers la fenêtre. Le ciel bleu au-dessus des toits.

— C'était à l'époque de leur amour, un peu plus de cinq ans maintenant.

Marie hoche la tête.

Elle montre le manuscrit.

— Je peux vous l'emprunter ?

Marie sort lentement de la maison. L'escalier, la rue.

Un enfant pousse son ballon le long du trottoir. Elle entend le ballon rouler sur le goudron. Elle le suit des yeux.

Ça bourdonne dans sa tête.

L'air est poisseux.

La ruelle dans l'ombre.

Elle marche.

Il y a du monde rue Sainte-Catherine. C'est le milieu de l'après-midi.

Du monde aussi sous les platanes de la place des Châtaignes.

Elle entre au Chien-Fou. Le vaudeville se termine. Des costumes posés sur des chaises, un faux mur, un grand château.

Elle entend rire dans une loge, des rires aussi derrière une cloison.

Elle se faufile jusqu'au bureau. La porte est fermée.

Elle frappe, elle attend.

Elle revient dans l'entrée. Des touristes regardent ses photos.

La caissière n'a pas vu Odon mais elle dit que l'après-midi, parfois, il rentre se reposer sur la péniche.

Marie traverse le pont.

Une foule jeune et bruyante se déverse dans la ville, des mères, certaines avec des poussettes, des enfants.

Il fait chaud.

Le bitume vibre.

Par endroits, il fond.

Marie marche à contre-courant, le manuscrit contre elle. Il y a quelque chose d'oppressant à avancer ainsi, tête basse dans cette touffeur.

Elle descend sur la rive, longe le fleuve. À partir de là, tout devient plus calme. La berge se fait sauvage. Elle rejoint l'ombre du sentier, le couvert des arbres.

Quelques canards nagent au bord du fleuve.

Marie monte sur le pont. Elle appuie son visage contre la vitre. Odon n'est pas là.

Elle s'assoit dans un fauteuil, les jambes remontées. Les pages du manuscrit ne sont pas numérotées. Elle commence à lire, elle ne tient pas compte des corrections, elle lit seulement ce qui est écrit en caractères d'imprimerie.

Elle lit lentement.

Elle a tout son temps.

Parfois, elle s'arrête, regarde le ciel.

La lumière sur le fleuve. Elle imagine que c'est comme ça le Viêtnam, la baie d'Along, le Mékong, beaucoup de lumière, un trop-plein qui fait pleurer les yeux.

Marie reste silencieuse sur la péniche.

Elle joue avec les mots : Sont – thon – tong – long – goal...

Elle passe d'un mot à l'autre, elle fait ça, change une seule lettre dans un mot qui en contient quatre.

Elle fait ça pour ne penser à rien. Elle gratte le creux de ses paumes avec ses ongles.

Gale – pale – lame – rame – aime – cime...

La cime des arbres.

Elle lève la tête. C'est la fin de la journée, le soleil décline.

Miel – fiel – lien – loin.

Foin – noix – lion – pion.

Odon ne revient pas.

Elle redescend sur la rive.

Elle cherche dans les herbes, sous les arbres, entre les troncs. Elle trouve une branche d'épines d'un brun presque rouge, elle s'assoit sur la terre. Elle remonte sa manche.

Elle laisse glisser la tige sur son bras nu. Les épines caressent et puis elles raclent la peau, les pointes trouvent prise dans les anciennes déchirures.

Marie appuie avec sa main.

C'est une dure au mal, disait sa mère.

Des fois, le mal, ça fait du bien, pense Marie.
Elle tire.
Les épines s'accrochent, tracent de nouveaux sillons dans la peau.

Julie et les garçons distribuent leurs tracts sur la place de l'Horloge, entre les tables, les touristes en terrasse, sous les grands parasols.

Marie les rejoint.

Elle dit qu'elle cherche Odon.

Julie hausse les épaules.

Greg répond que, à cette heure, il joue peut-être au poker à la sacristie.

Ils sont quatre autour de la table quand Marie entre. Odon, le curé et deux autres.

Elle pose *Anamorphose* au milieu des cartes.

Odon regarde les pages.

— Ce n'est pas le moment, Marie...

Le curé ne bouge pas de la table.

Les autres attendent.

— Je veux juste comprendre.

Odon abandonne ses cartes. Il s'excuse.

— Finissez sans moi...

Il sort de la sacristie. Marie le suit. Il n'y a personne dans l'église. Passé dix-neuf heures, le curé ferme les portes. Odon redescend la nef.

— On va sortir de là, il dit.

Marie s'arrête.

Il fait sombre sous la voûte. Odon la regarde dans l'obscurité. Il a toujours su que ce moment viendrait, les fautes qui exigent leur réparation.

Il aurait juste préféré que cela ne se passe pas de cette manière.

Et pas avec Marie.

Elle tient le manuscrit serré contre son ventre, comme pour faire corps avec lui.

— *Anamorphose*, un nom comme ça... Je n'arrivais pas à le retenir. Quand je tapais, je faisais toujours une faute.

Il revient vers elle. Les dalles de l'église sont épaisses et lisses, elles reflètent leurs deux ombres immobiles.

— Il faut m'expliquer... elle dit.

Ce sont des mots étouffés.

Odon lui montre la sortie.

— On ne va pas parler de ça dans une église...

Il s'éloigne, revient.

Elle ne bouge pas.

— Tu l'as trouvé où ? il demande.

— Chez Isabelle.

— En fouillant ?

— Non.

Il se détourne. Il entend des rires dehors, de la musique.

Marie le fixe sans colère.

— Vous avez donné son texte...

Elle n'a pas parlé fort et pourtant sa voix résonne entre les murs.

Il fait quelques pas le long des bancs. La lumière dessine des lignes abstraites.

— Ton frère était mort. Tu voulais que je fasse quoi ? Que je brûle ce qu'il avait écrit ? Que ça disparaisse ? C'est ça que tu aurais voulu ?

Elle fait non avec la tête, plusieurs fois, lentement.

— Tu aurais préféré qu'il finisse au fond d'un carton ?

— Non...

— Moi, j'y ai pensé figure-toi... J'ai failli le faire. La poussière et l'oubli, c'est le destin des hommes, pas celui des écrits.

Marie grimace. Une nausée brûlante lui monte dans la gorge.

— Pourquoi elle l'a corrigé ? C'est qu'il n'était pas bon ?

— Si, il était bon.

— Alors pourquoi ?

La nausée lui cogne au bord des dents. Elle passe sa langue sur sa lèvre, lèche l'anneau.

— Votre silence... Vous ne vous rendez pas compte... Il a cru que c'était mauvais et que c'était pour ça que vous ne l'appeliez pas.

Odon soupire.

— On va sortir de là, il dit en remontant vers la porte.

— Mathilde, c'était votre grand amour ? C'est pour ça que vous lui avez donné le texte de mon frère, parce que vous l'aimiez tellement ?

C'est troublant pour lui d'entendre le nom de Mathilde résonner ainsi sous la voûte. Il enfonce les mains dans ses poches.

— Je lui ai donné le texte de ton frère parce qu'elle l'aimait, elle voulait le sauver.

Marie passe sa main dans ses cheveux, elle les froisse.

— Paul vous a envoyé *Nuit rouge* et aussi *Anamorphose*...

Ce n'est pas une question.

Odon attend.

Elle ne dit rien de plus.

Ils s'avancent ensemble vers la petite porte qui donne sur la rue. La manche de sa chemise est remontée, il voit ses bras griffés.

— Qu'est-ce que tu t'es fait ?

Elle rabaisse le tissu, brusquement. Elle garde sa main sur son bras.
— Des ronces... Putains d'épines.
Elle secoue la tête.
Un sale goût lui envahit la bouche.

Quand son frère lui a montré le texte, il a dit, Nous l'appellerons *Anamorphose*. C'était un beau titre, elle l'a répété plusieurs fois sans en comprendre le sens. Elle a cherché dans le dictionnaire, *Anamorphose*. Elle l'écrivait toujours avec un *f*, son frère râlait.
Le texte était long, ça a pris beaucoup de temps. Un jour, l'ordinateur a chauffé, il a brûlé la cuisse de Marie. Ils sont allés au bistrot chez Tony. Les filles venaient prendre des cafés, des bols de soupe chaude avec des œufs à la coque, elles avalaient ça entre deux clients.
Elles ont soigné la brûlure.
Elle en a gardé une petite cicatrice.

Jeff a trouvé un oiseau aux ailes courtes. Le nid était sous le toit, chez Odile. L'oiseau a dû avoir chaud, il s'est penché, ils tombent tous comme ça en cherchant la fraîcheur.

Il dit que c'est un martinet.

On ne garde pas les martinets en cage. Enfermés, ils deviennent fous, comme les rouges-gorges.

Les hommes aussi peuvent devenir fous. Certains s'habituent.

La soif fait ouvrir le bec de l'oiseau.

Jeff lui donne à boire. Il le met dans une boîte à chaussures. Avec Esteban, ils capturent des mouches.

Jeff glisse les mouches vivantes dans la boîte. Quand il aura repris des forces, il montera avec l'oiseau jusque dans le clocher, il ouvrira la boîte et il espère que l'oiseau s'envolera.

Marie dort mal, une nuit agitée, il fait chaud dans la chambre. Des hirondelles ont leur abri dans le mur, elle les entend, leurs vols rasants et leurs cris aigus.

Elle pense au manuscrit de Paul. Quand elle l'a vu chez Isabelle, elle n'a pas compris ce qu'il faisait là. Elle a douté que ce soit lui. Après, elle a reconnu des phrases.

Elle a vu qu'il était corrigé.

Elle n'arrivait pas à détacher son regard du titre.

Elle pense à ce qu'a dit Odon dans l'église. Est-ce qu'elle aurait préféré qu'il brûle toutes ces pages ? Brûlées, elles n'auraient plus appartenu à personne.

À présent, à qui sont-elles ?

Elle se lève. Sort de la chambre.

Il y a des comédiens dans la cuisine. Ils parlent de choses légères. Elle se sert un café, le boit debout, contre la fenêtre. Ils ne font pas attention à elle.

Isabelle dort encore.

Marie sort avant que la chaleur ne rende tout plus difficile.

Sur la place, le banc est vide. Pendant la nuit, quelqu'un a renversé l'urne à pensées, elle a roulé jusqu'au mur de l'église, s'est appuyée contre.

Marie la ramasse.

Le couvercle est enfoncé. Un coup de pied sans doute. La boîte s'est vidée de ses papiers, il en reste seulement deux à l'intérieur.

Elle s'assoit sur le banc, la boîte sur les genoux. Elle répare le couvercle.

Elle réfléchit.

Il y a une table qui ne sert à rien dans l'entrée du Chien-Fou. Elle décide de rapporter l'urne, de la poser dessus avec le stylo et les papiers.

Elle emporte la boîte. Elle arrange tout calmement, en tirant la table sous les photos.

La caissière vient voir ce qu'elle fait.

Marie lui explique.

Elle ouvre pour elle un message : « Il y a trois sortes de personnes, celles qui savent vivre et celles qui ne savent pas. »

— Et les autres, c'est quoi ? demande la caissière.

Marie dit que, les autres, c'est de la poésie.

Le lendemain, Marie récolte plus de cent messages. Quelques dessins aussi, qui sont d'autres pensées.

Les gens s'assoient, écrivent, lèvent les yeux et regardent ses photos. La caissière dit qu'ils se tiennent la tête entre les mains et qu'ils semblent rêver.

Marie rapporte tous les papiers dans sa chambre. Elle n'en jette aucun.

Elle voudrait pouvoir transformer l'encre en bruit.

L'après-midi, elle parle de cela avec Greg.

Des mots écrits qui deviendraient du son ? Il lui trouve un magnétophone dans les réserves du théâtre. Elle s'enferme dans sa chambre, elle enregistre tous les messages en laissant un silence entre chacun. Après, elle regroupe les papiers dans un coin sous la fenêtre.

Elle aimerait les enfermer dans un grand cube de plexiglas. On verrait les papiers par transparence, on ne pourrait plus les toucher, seulement lire ceux qui sont contre la paroi et entendre la voix enregistrée.

Avec son doigt, elle dessine le cube sur le carreau de la fenêtre.

Il faudrait aussi filmer chaque papier, quelques secondes, le temps de la lecture, et projeter les mots écrits contre le mur.

Elle imagine le mur blanc et les messages. Elle ne ferait pas de tri, les mauvais feraient ressortir les bons.

Marie monte à l'étage. Un couloir étroit et plusieurs portes à la suite. Elle ne fait pas de bruit. À peine si elle entend son pas.

Elle ouvre une porte, une autre, jusqu'à la chambre bleue.

Une tapisserie comme du tissu.

Un lit, une armoire, une table et une chaise. La table est en bois, elle est poussée devant la fenêtre.

Il reste quelques vêtements dans l'armoire. Des couvertures. Des cintres en bois qui se balancent sans rien.

Le lit est recouvert d'un dessus chamarré.

Marie s'avance. Des taches d'encre sont imprégnées dans le bois de la table, un magazine *Arts et Vie*, une vieille lampe. Elle ouvre le tiroir, deux stylos, un bouton avec un reste de fil, un scarabée crevé, une rallonge électrique, un réveille-matin et un tube d'aspirine.

Sur une étagère, des livres.

Marie s'allonge sur le lit, les mains derrière la tête.

Elle se relève, s'assoit à la table.

Dans un deuxième tiroir, elle trouve une montre arrêtée. Elle la remonte et la trotteuse repart. Il y a des bougies, des petits ciseaux, une carte postale de Bruxelles et un livre de Jean-Paul Sartre. Punaisée contre le mur, une citation de Baudelaire.

À l'intérieur du livre, la photo d'une femme, debout sur une scène, dans un costume bizarre, elle tient un masque à la main. Il y a une date derrière la photo, « septembre 1997, Pour mon amie Isabelle ».

Suit une signature longue et haute.

Marie replace la photo.

Elle la reprend.

Ce décor lui dit quelque chose, elle l'a déjà vu, ne se souvient pas où.

Isabelle est dans le salon.

— J'ai trouvé ça... dit Marie.

Elle ne dit pas qu'elle est montée dans la chambre bleue.

Isabelle ajuste ses lunettes, elle prend le cliché entre ses doigts.

— C'est Mathilde...

Elle la retourne, lit la dédicace.

— Où l'as-tu trouvée ?

— Dans un livre.

— Cette photo a été prise au Chien-Fou... Je ne sais plus ce qu'elle interprétait... Tu devrais aller la voir... Elle joue *Sur la route de Madison*, au Minotaure, c'est juste à côté. Si son équipe n'est pas en grève, bien sûr...

— Voir qui ?

— Mathilde pardi !

Elle place la photo sur l'étagère de la bibliothèque.

— Il faudra que je lui trouve un cadre.

Marie sort de l'appartement, elle descend les marches, la main sur la rampe, elle pousse la porte, rejoint la rue Bonneterie, République et le cloître Saint-Louis.

La librairie est ouverte.

Des festivaliers attendent pour acheter des places.

Marie avance entre les tables. Elle retrouve les livres des éditions O. Schnadel. Elle glisse un doigt sur les tranches.

Ultimes déviances.

Elle retire le livre.

Elle l'ouvre.

Au milieu, comme dans les autres, il y a deux doubles pages de papier glacé sur lesquelles sont reproduites des photos.

Marie les tourne.

La photo qu'elle cherche est là, identique à celle trouvée dans la chambre bleue. Une légende l'accompagne, « Voyage au bout de la nuit, *Mathilde Monsols* ».

Il y a une autre photo d'elle sur la page suivante.

Sur la couverture, il y a le même nom, Mathilde Monsols.

En sous-titre, à l'intérieur, *Anamorphose*.

Marie devient pâle. Elle réalise lentement que le texte de son frère est là, entre ses mains, devenu un livre avec le nom d'une autre.

Le théâtre du Minotaure se trouve dans une ruelle derrière le palais.

Marie arrive en longeant le trottoir, côté ombre. Des festivaliers sont assis, fatigués. Un homme lui explique que la représentation est annulée, des intermittents sont à l'intérieur bien décidés à tout bloquer.

Dans sa main, il a son billet d'entrée. Il attend, il espère. Il doute.

Marie lève la tête. Le nom de la Jogar est écrit en grand. Des articles de presse sont affichés : « Plusieurs comédiens ont tenté, eux y sont arrivés. »

Dessous, il y a une photo d'elle à côté de Phil Nans.

D'autres photos placardées sous un panneau de verre.

Marie a acheté le livre.

Elle s'assoit sur le trottoir. Est-ce que corriger, c'est la même chose qu'écrire ? Odon dit que Mathilde a retravaillé *Anamorphose*, qu'elle lui a donné son souffle. Est-ce pour cela qu'elle a pu aussi changer le titre ?

Elle ne sait plus si ce qu'elle tient entre les mains est encore le livre de son frère ou si c'est devenu autre chose.

Odon aurait pu mettre le nom de Paul sur la couverture. Ça porte peut-être malheur de publier les morts...

Il aurait dû mettre son nom, même en petit. Même à l'intérieur.

Un scarabée s'avance, les pattes dans le caniveau. Elle a lu dans une revue que des insectes pouvaient vivre sans tête. Pas longtemps mais quelques heures. Il paraît que des papillons et des cafards peuvent tenir quelques jours. Elle prend le scarabée dans sa main. Carapace jaune et or. Dès qu'il est dans la paume, il se tasse. L'homme survit trois secondes à la décapitation.

Elle resserre ses ongles.

La pédagogie par l'application, elle murmure. Elle tranche d'un coup sec.

Il n'y a pas de sang. Elle repose la tête sur le béton, le corps à côté, immobile. Elle attend. Il y a quelques secondes où rien ne se passe, et les pattes se remettent enfin à bouger. Une marche d'abord hésitante.

Le corps passe à côté de la tête, s'avance, s'en éloigne.

Marie le suit des yeux.

— C'est d'une cruauté imbécile, dit une femme à côté d'elle.

Odon déjeune au restaurant de l'Épicerie, une table à l'ombre, toujours la même, contre la fenêtre. Il n'a pas besoin de retenir, c'est son habitude, tous les jours, à midi. Le patron le connaît.

Des fleurs de pourpier poussent dans des pots derrière la grille.

Des touristes sont attablés. D'autres s'installent. Il y a des corbeilles de pain sur les tables.

Odon échange quelques mots avec le serveur, commande une assiette, salade, aubergines grillées, pointes d'asperges, tomates et olives. Des crevettes aussi, dans une coupe, et des toasts de tapenade.

Un verre de vin.

D'où il est, il voit tout de la place, l'entrée de l'église et les portes du Chien-Fou.

Il boit une gorgée.

Il commence à manger.

Marie arrive. Elle contourne les tables, s'avance vers lui.

Elle se laisse tomber sur la chaise en face de la sienne. Elle pose le livre sur la table.

La bâche qui ombre la terrasse est du même vert que les chaises.

Autour, les conversations continuent, certaines en langues étrangères.

— Ça porte malheur un auteur mort ? elle demande. C'est pour ça que vous n'avez pas mis son nom sur le livre ?

Odon prend son verre, il avale une gorgée de vin.

— Le nom de ton frère est partout, sur *Nuit rouge*, sur les *flyers*, sur les affiches.

— Il n'est pas sur *Anamorphose* !

Elle a parlé fort, presque crié, des gens se retournent.

Sa voix n'est pas habituée à tant de puissance. Marie tousse.

Odon repose son verre. Il sort une crevette de la coupe, la décortique.

Elle le regarde faire.

— Vous n'aviez pas le droit...

Il le sait.

Il la regarde sans ciller.

— Tu as raison, je n'avais pas le droit.

Elle baisse les yeux, gratte avec son talon dans les pavés bruns de la place. Des herbes maigres ont pris racine, elles semblent assoiffées.

— Vous avez mis le nom de Paul sur l'affiche de *Nuit rouge*... C'était pour soulager votre conscience ?

— Si tu veux.

Elle hoche la tête.

Il étale du beurre sur du pain, ajoute du citron. Il prend une autre crevette.

Il lui montre la coupe.

— Mange...

Le serveur s'approche, demande si tout va bien.

— Mieux, ce serait indécent, répond Odon.

— Et vous allez publier *Nuit rouge* aussi ? elle demande.

— Non.

Il ne publie plus rien depuis longtemps. Depuis *Anamorphose*. Les exemplaires sont sortis de presse, il a gardé les dix premiers.

Marie tend la main, prend une rondelle de citron, lèche l'acide jaune.

— *Nuit rouge*, ça sera joué à Paris ?
— Je ne crois pas.

Elle mord dans la pulpe, la détache de la peau.

Un pigeon cherche du bec entre les pavés. Plumage gris, l'œil rond. Il a une patte malade, une sorte de lèpre qui lui a rongé les doigts et le fait claudiquer. Elle attrape une crevette par le bout de l'antenne, la lance au pigeon. Quelques secondes, le pigeon l'avale, regarde du côté de Marie.

— Elle a eu de la chance, Mathilde, dit Marie.
— C'était il y a longtemps.
— C'est quand même pas le siècle dernier !

Odon frotte le bois du plat de sa main.

— On est tous coupables de quelque chose...

Elle blêmit.

Crier, elle ne sait pas. Cogner non plus. Ses colères, elle les garde. Elle rentre tout.

Elle met la fatalité par-dessus, finit par dire que ce n'est pas si grave, que ce n'est pas vraiment de la colère.

Et elle enterre.

Elle enterre profond.

Ça lui nécrose les chairs. Les griffures, c'est pour suinter.

— Mon frère vous faisait confiance, elle lâche.

Elle enfonce ses yeux dans les siens.

Odon ne cille pas.

— Tu me reproches quoi ? De l'avoir publié ?
— Non.
— Alors quoi ?

— C'était lui l'auteur, vous auriez dû mettre son nom.

— Ça n'aurait pas marché.

— Parce que, un auteur mort, ce n'est pas vendeur ?

Il passe sa main sur son visage. Il ne s'est pas rasé, sa barbe crisse.

— C'est ça... Sauf s'il a déjà une œuvre derrière lui.

Le visage de Marie se ferme. Deux rides dessinent des barres entre ses yeux.

— Mon frère, son œuvre elle n'était pas derrière, elle était devant.

Odon encaisse. Il regarde son assiette. Il s'est senti coupable souvent. Longtemps. Pour tout. Coupable d'avoir aimé Mathilde, et d'avoir quitté Nathalie, abandonné Julie. On peut être coupable de ses passions.

— *Anamorphose* n'aurait jamais connu de succès sans Mathilde.

Elle tente un rire.

— Je dois lui dire merci ?

— Je ne te demande pas ça.

— Vous me demandez quoi alors ?

Il ne lui demande rien. Il tourne la tête.

Il est un peu plus de midi, c'est la fin de la messe, le curé sort avec sa croix. Deux enfants de chœur devant, on croirait un tableau de Soutine.

Les orgues résonnent à l'intérieur de l'église.

Marie mord les peaux autour de ses ongles. Elle tire, doucement. Judas est coupable depuis plus de deux mille ans. Et, elle, elle est coupable de quoi ? Elle pense au visage dans la fresque. Des trahisons de cette ampleur, on n'en fait pas deux dans le millénaire.

Le serveur ramasse l'assiette, la corbeille de pain, les restes de crevettes.

Odon commande deux desserts.

Le curé salue les derniers fidèles, il se baisse, embrasse un enfant. Les orgues continuent de jouer, on les entend sur la place par les grandes portes restées ouvertes.

Le serveur apporte des fraises. Marie les caresse avec son doigt. C'est doux, glissant, un peu froid. Elle en écrase une sous ses dents.

— Elle est en ville. Je suis passée devant le Minotaure mais ça jouait pas.

Odon se crispe.

Il verse du sucre sur ses fraises. Marie le regarde faire.

— Je veux prendre un café avec elle, elle dit.

Il secoue la tête.

— Elle ne prend de café avec personne.

— Avec vous elle en prend ?

— Avec moi, oui.

— Qu'elle me raconte, je veux juste ça, qu'elle me dise comment les choses se sont passées.

Elle glisse une fraise dans sa bouche.

— Vous pourriez la convaincre ? elle demande en mâchant.

Odon se penche, les deux coudes sur la table.

— Faut que tu arrêtes, Marie.

Elle sourit.

Il reprend sa place dans le fond de la chaise.

— Mathilde n'a fait que ce que je lui ai permis de faire.

— Et alors ?

— Alors, si tu veux emmerder quelqu'un, c'est moi.

Marie se lève, elle ramasse son sac.

— J'veux emmerder personne...

Marie a encore le goût des fraises dans la bouche quand elle arrive à la bibliothèque. Elle s'assoit à une table tout au fond de la grande salle de lecture.

Tout est calme. Quelques personnes circulent entre les rayonnages. Une étudiante penchée sur des livres prend des notes sur des feuilles à carreaux. Un vieil homme sommeille sur une encyclopédie.

Le livre dont elle a besoin est classé parmi d'autres dans le rayon Peintures anciennes.

Elle l'ouvre, le feuillette. Des reproductions de tableaux de la Renaissance. La table des matières à la fin. Le tableau est reproduit sur une demi-page, *Les Ambassadeurs*, de Hans Holbein le Jeune, une peinture qui date de 1533.

Elle l'a déjà vu sur Internet, chez Isabelle.

Elle se penche. Sur la toile, deux hommes riches sont accoudés à un meuble. L'un porte un grand habit de fourrure, l'autre est vêtu de noir, il tient une paire de gants à la main. Il y a des objets derrière eux, un tapis sur le sol. Un objet étrange est posé au premier plan, une forme longue, blanche, qui fait penser à un os de seiche. Le reste, le globe, les livres, le luth, les flûtes, tout est parfaitement reconnaissable, sauf cet objet-là.

C'est lui qui intéresse Marie.

Elle revient à la table.

Elle glisse un doigt sur le papier.

C'est un crâne humain qui a été déformé pour le rendre méconnaissable. À l'aide d'un miroir ou d'une cuillère bombée, elle pourrait en reformer l'image.

Elle regarde autour d'elle.

Les grandes fenêtres sont ouvertes, elles donnent sur la cour, les arbres.

Les deux bibliothécaires sont à leurs bureaux. Le vieil homme dort toujours.

Marie déchire la page, une découpe lente, sans ciseaux. Le papier se dentelle.

Elle déchire jusqu'au bout. Quand elle a fini, elle referme le livre, glisse l'illustration dans son sac. Elle ne la plie pas.

Elle remet le livre à sa place et rejoint la sortie. Les barrières de sécurité ne sonnent pas pour une seule page. Elle se retrouve dehors, dans la lumière brûlante de la cour.

Place Saint-Didier, elle achète un bâton de colle. Elle récupère un morceau de carton léger. Elle revient dans les jardins, s'assoit sur un banc et colle la reproduction du tableau sur le bout de carton.

Elle découpe ce qui dépasse. Sans ciseaux, ce n'est pas régulier, on dirait une carte postale artisanale.

Elle retourne la carte.

Elle écrit,

« Anamorphose : déformation réversible d'une image à l'aide d'un miroir ou d'un système optique ou électronique. L'objet étrange au premier plan est une anamorphose. »

La nuit suivante, elle erre dans l'appartement, en tee-shirt et les pieds nus. Le plancher est poussiéreux.

Elle pousse une première porte. C'est une chambre comme les autres, avec des matelas, des draps, des sacs. Les lampadaires de la rue éclairent les corps.

Une fille dort, une main abandonnée dans l'entrecuisse. Un drap blanc est roulé en boule. Il y a d'autres corps endormis.

Derrière toutes les portes, il y a des jambes nouées à d'autres jambes, des vêtements jetés, froissés. Des respirations de sommeil.

Marie s'avance, elle se baisse, elle renifle les peaux, les nuques humides, odeurs de filles, de garçons, elle respire la sueur des cheveux collés.

Dans le couloir.

Deux ombres se glissent sous la douche. Le bruit de l'eau qui coule. La buée est retenue derrière le plastique du rideau. Il y a des taches de moisissure sur le mur. Des vêtements sur les carreaux. Une culotte blanche abandonnée et la lumière vive du néon froid.

Marie pousse une autre porte. Un ventre blanc, un sein, un bras relevé en travers d'un visage. Elle approche la main, le ventre est plat, la peau chaude, vivante. Elle passe d'un corps à l'autre.

Elle trouve les battements, les garde dans sa main.

Battements de cœur, de vie. Elle entend gémir dans les sommeils.

Elle ne veut réveiller personne.

Elle touche les peaux, les effleure.

Soudain elle pousse un cri.

Deux yeux grands ouverts la fixent. Isabelle est là, assise le dos contre le mur, elle porte une tunique de coton blanc. Ses bras sont nus.

Une vieille sortie d'une tombe, un sourire sur les lèvres, effrayante comme la mort.

Qui semble rêver.

Odon baisse les lumières. Il s'assoit au fond de la salle. Le rideau est tiré. Il allume une cigarette.

C'est le grincement de la porte qui lui fait tourner la tête. Un pas sur le plancher. L'odeur d'un parfum.

— La porte était ouverte... elle dit en posant la main sur son épaule.

Elle s'assoit près de lui.

— C'est le privilège des amants, elle ajoute, sentir où est l'autre, se rendre à cet endroit et le trouver.

— Des anciens amants, Jogar...

Ça la fait rire. Il n'y a pas d'anciens amants, il y a des êtres qui se sont touchés, mêlés, emmêlés, qui ont été emportés par cette grâce et qui en ont gardé une confiance absolue.

Elle laisse glisser ses ongles sur le velours du fauteuil. Le matin, elle s'est promenée dans les rues, elle a revu le conservatoire, le kiosque à fleurs des halles, le théâtre où ils se sont rencontrés.

Elle dit qu'elle aime se promener dans les villes mais qu'elle n'arrive pas à se promener normalement dans celle-là.

Il l'entend respirer. Elle porte un parfum léger, fleuri.

Il regarde son visage. Un instant, il a envie de l'embrasser, s'engouffrer dans cette bouche entrouverte.

— Des milliers d'hommes voudraient être à ma place.

Un rire de gorge fuse. Les hommes aiment la Jogar, c'est elle qu'ils désirent. Un fantasme.

Elle laisse aller sa tête contre le dossier.

— Des milliers oui, et bien davantage...

Quand elle ne joue pas, elle apprend. Quand elle n'apprend pas, elle joue. La nuit, elle rêve des planches. Elle dit qu'elle a une chance inouïe, qu'elle n'aurait pas pu vivre autrement.

— J'ai eu très peu d'amants tu sais... J'ai failli me marier... Je suis partie avant. J'ai eu tort, je ne l'aimais pas mais lui m'aimait, il aurait su me protéger.

Elle fait un geste de la main, désinvolte.

Ça les fait rire. Un peu.

Elle le regarde, sérieuse soudain. Ses yeux sombres dans la pénombre du théâtre.

— On est allés loin tous les deux.

— Tu es allée plus loin que moi. Tu as avancé très vite.

— Ce sont les erreurs qui m'ont fait avancer. Les manques... Tu disais que l'art pourrait sauver le monde... Je trouvais cela naïf et émouvant.

— Je le crois toujours.

— Tu disais des choses intelligentes, je t'admirais beaucoup.

Une veilleuse est allumée derrière eux, elle éclaire le rouge du mur. Laisse des ombres chaudes sur leurs visages.

Elle montre l'affiche placardée.

— Cette pièce de Selliès que tu présentes... *Nuit rouge*... C'est pour racheter ma faute ?

— Appelle ça comme tu veux.

Elle le regarde, lui.

— Comment tu l'as eu, ce texte ?

— Il me l'avait envoyé avant *Anamorphose*.

Elle hoche la tête.

— Et c'est mieux qu'*Anamorphose* ?

— Non.

Elle laisse rouler sa tête contre son épaule. Elle retrouve son odeur. Ses lèvres, à portée de sa joue. Elle aimait frôler sa peau avec ses lèvres.

Il passe son bras autour de son cou, la tient contre lui, sans parler. Ils restent un long moment sans bouger.

C'est elle qui se détache, doucement. Elle ouvre son sac.

— J'ai reçu cette petite chose aujourd'hui...

Elle sort une enveloppe, à l'intérieur un bout de carton, la reproduction collée des deux *Ambassadeurs*.

Elle lui fait signe de retourner la carte. Il lit. Son visage devient sombre.

— Tu as une idée de qui a pu t'envoyer cela ? il demande.

— Je ne sais pas... mais je n'aime pas ça.

Lui non plus.

Elle reprend sa place, le dos dans le fond du fauteuil. Elle relève le front.

Il la sent troublée, fragile sous des apparences plutôt bravaches.

— Ce n'est peut-être qu'une attention, un clin d'œil d'un admirateur anonyme ?

Elle n'y croit pas. C'est une allusion directe à *Anamorphose*. L'enveloppe n'a pas été postée mais déposée au théâtre du Minotaure.

Odon pense à Marie.

Il retourne la carte, glisse un doigt sur l'objet étrange au premier plan.

La mort est là, présente, malgré tous les beaux habits et la richesse, un crâne qui rend tout insignifiant, le luxe, la vanité et la gloire. *Memento mori* : Souviens-toi que tu vas mourir. C'est ça le message.

La Jogar sort un miroir de son sac, le rapproche de l'étrange forme.

— Tout est dans les détails, elle murmure.

La déformation se corrige dans le bombé du miroir. Le crâne se dessine. Un contraste pour rendre tout le reste dérisoire, les richesses, l'apparat.

Seul l'amour, peut-être, échappe à cette désespérance.

— Les détails sont la part préférée du diable, dit la Jogar.

Elle range son miroir.

Elle se lève.

Elle dit qu'elle veut sortir, respirer, voir la ville d'en haut, les jardins, le fleuve.

Elle dit, Emmène-moi !

Odon glisse la carte dans sa poche.

Ils sortent du théâtre. Malgré l'heure tardive, les ruelles sont encore animées. L'air est presque frais. Ils espéraient le parvis du palais désert, il ne l'est pas. Des couples s'enlacent.

La Jogar les regarde.

— Les gens qui s'aiment sont tellement beaux, on voudrait être eux parfois.

Des groupes, un homme seul avec un vélo jaune et de lourdes sacoches.

— Il faudra revenir une autre nuit, plus tard encore, elle dit.

Odon pense que le parvis n'est jamais vide, même tard.

Les grilles des jardins sont fermées pour la nuit. Ils reviennent sur leurs pas, retrouvent les ruelles désertes des vieux quartiers.

Elle marche à côté de lui. Elle suit son allant tranquille. Elle ne parle plus de la carte mais Odon la sent inquiète. Il l'est aussi.

Ils longent la prison, parlent de Jeff, font un détour par la rue des Bains. Tout est éteint chez Odile.

Leurs pas les amènent devant chez le père de Mathilde. Il n'y a pas de lumière. Les voiles blancs sont tirés. La Jogar lève les yeux. La grande bibliothèque à l'étage, les chambres, le bureau, l'odeur de cire des meubles et les plats de Longwy.

Son père doit dormir.

Un couple de salamandres vivait dans la cour, autour du vieux puits. Des cristaux brillants étaient pris dans la pierre, on aurait dit du sel. Odon dit que les salamandres peuvent vivre plus de vingt ans.

La Jogar ne parle pas de son père. Elle regarde les rideaux. Les fenêtres sont ouvertes.

Elle allume une cigarette. Ils sont dans la rue, sans personne. Une rue de nuit, dans un quartier discret.

Le jardin est entouré d'un haut mur. Une petite porte ouvre sur l'arrière, protégée des regards par des tombées de lierre et les branches plus sauvages d'un églantier.

La porte est fermée de l'intérieur par un simple crochet. Odon se penche, sort le crochet de sa ganse et la porte s'ouvre.

Quelques arbres derrière, une petite allée de buis. La Jogar s'avance. Le banc, la fontaine, le puits aux salamandres. Elle laisse glisser sa main sur la pierre rugueuse de la margelle. Des grillons chantent plus loin dans le gravier.

Elle se laisse glisser, le dos contre la pierre du puits. Odon vient s'asseoir près d'elle.

— Qu'est-ce que tu crois qu'il est en train de faire ? elle demande.

— Il pense à toi, dit Odon. Il écrit un livre que tu liras quand il sera mort.

— Ce que tu racontes est impossible !

Elle sourit pourtant.

Elle imagine son père dans la solitude de cette grande maison. Elle voit sa mère, couchée dans la nuit de la terre comme elle a été seule dans l'ombre austère de cet homme.

Elle frissonne.

Elle resserre ses bras autour de son corps.

— Tu as froid ? demande Odon.

— Non.

C'est autre chose.

— Il me manque et pourtant je sais que l'aimer est inutile.

Elle écoute les bruits d'eau de la fontaine. Le battement lourd des papillons de nuit, des sphinx aux yeux de mort, la journée elle en trouvait crevés derrière les vitres.

— Je redeviens Mathilde quand je suis là.

Odon se lève, il s'éloigne de quelques pas, sous le couvert des arbres.

Elle ne le voit plus. Seul, le bout incandescent de sa cigarette.

— On peut rester encore un peu ?

— On peut.

Marie s'apprête à sortir quand le facteur sonne. Il a un colis avec un papier à signer. Isabelle n'est pas dans la cuisine, Marie la cherche.

Elle hésite devant sa chambre. La veille, Isabelle a regardé la télévision tard, il faisait chaud et il y avait du bruit dans la rue. Elle doit dormir encore.

Marie n'a jamais poussé cette porte. Elle frappe.

Personne ne répond.

La porte est jaune paille avec des moulures à l'ancienne.

Elle tourne la poignée.

Il fait sombre à l'intérieur. Les persiennes sont tirées. Marie attend que ses yeux s'habituent. Une fenêtre est ouverte. Elle en pousse le volet pour faire entrer la lumière.

Un grand lit à baldaquin. Des meubles regroupés autour, le reste de la pièce est laissé sans rien.

Isabelle est assise au bord du lit, les jambes nues en dehors du matelas. Ses yeux sont ouverts. Elle porte une tunique de lin, l'encolure carrée. Son dos voûté se reflète dans le miroir. Elle fixe sans rien voir.

Elle ne tourne pas la tête quand Marie entre.

Des babouches bleues sont abandonnées sur le parquet.

La lumière qui filtre par les persiennes éclaire son corps, elle le découpe. La peau est pâle, presque grise.

On dirait un linceul vivant.

C'est la lumière qui fait cela. Dans quelques secondes tout aura changé. Le visage aura bougé. Marie remonte son appareil photo.

Mouvement réflexe. Elle enlève le cache, sans faire un bruit, sans lâcher Isabelle des yeux, elle cadre. Le corps, le visage, les mains posées à plat sur le matelas de part et d'autre du corps.

Les jambes maigres et nues.

La lumière est crue, elle décharne.

Marie appuie.

Elle ne se donne pas deux chances. Déjà, l'appareil retombe au bout de son bras.

Isabelle lève la tête.

— Tu es là...

Marie explique pour le colis, le facteur qui attend sur le palier.

Isabelle glisse les pieds dans ses pantoufles. Elle s'avance jusqu'à la porte.

— Peux-tu ouvrir les volets ?

Les volets sont en bois ajouré. Une petite cour carrée. Un puits ancien.

Marie fait le tour de la chambre.

Une longue cape en tissu rose-brun est posée sur un valet à côté de la porte, de la soie, une doublure épaisse et lourde. Un fourreau sur la commode. Il y a une épée à l'intérieur. Une photo de Pina Bausch sous cadre.

Elle tire l'épée du fourreau, la lame sent la terre Elle glisse ses doigts dans les plis sombres de la cape.

Isabelle revient.

— Cette cape, c'est l'habit que Gérard Philipe portait en 1958. Et cette épée, c'est celle avec laquelle il a joué Rodrigue. Je l'ai vu la tendre à Chimène, « Veux-tu ma mort ou non ?... » Il lui demandait de choisir.

Isabelle s'habille.

— Elle pouvait se venger, le tuer et en finir avec toute cette histoire.

— Quelle histoire ? demande Marie.

— Tu n'as pas lu *Le Cid* ?...

Isabelle tire un exemplaire d'une pile de livres rangés sur la commode. Elle le lui tend.

Elle ouvre le premier tiroir, en sort une boîte. À l'intérieur, il y a des lettres, une vingtaine, nouées par un ruban bleu.

— Mon mari...

Elle respire le parfum des enveloppes, caresse le ruban.

— Je ne savais pas que j'étais heureuse avec lui.

Elle prend les mains de Marie, les caresse comme elle a caressé les lettres.

— Trois fées se sont penchées sur ton berceau.

— Dans ma forêt, y avait pas de fées, murmure Marie.

Isabelle reprend les mains.

— Il y a des fées dans toutes les forêts, même dans les plus obscures.

Elle effleure le bras, la peau violentée, les griffures.

— La première fée t'a donné le talent, la deuxième t'a donné la beauté...

— Et la troisième a massacré mon frère, dit Marie en retirant brutalement sa main.

Une ombre passe sur le visage d'Isabelle.

— Non Marie, la troisième fée t'a ouvert de beaux chemins et c'est un grand cadeau.

Les laveurs de rues répandent de l'eau qui s'insinue entre les pavés, des coulées précieuses que des rats assoiffés viennent lécher avidement.

Odon monte l'escalier, il baise les mains d'Isabelle, il l'a toujours saluée comme ça, la première fois pour s'en amuser et puis l'habitude est restée.

Il lui a apporté des fleurs.

— Bon anniversaire...
— C'était lundi.
— Oui, mais lundi je ne suis pas venu, et quand j'ai téléphoné, tu n'as pas répondu.

Elle presse son front contre sa poitrine large.

Elle prend le bouquet, emplit un vase d'eau. Elle coupe chaque tige et dispose les fleurs une à une dans le vase.

Dans la cuisine, quelques comédiens prennent leur café, les cheveux en bataille, ils émergent d'une nuit trop courte.

Avec les fleurs, Odon a apporté des croissants, il pose le sachet entre les bols. Regarde vers la fenêtre. Des moineaux ébouriffés traquent les mouches dans les plantes du balcon.

— Tu as grise mine... dit Isabelle en tirant Odon vers la lumière.
— La nuit a été courte.

Il revient dans le salon. Marie est assise le dos au mur, en tailleur, tout au fond, sous l'une des fenêtres, un livre ouvert sur les genoux.

— Comment ça se passe avec elle ? il demande.
— Ça va.

Il s'avance vers le grand vide dessiné sur le mur. Un emplacement plus clair, des motifs fantômes.

— Tu as vendu la tapisserie ?...
— Ça fait quelques jours déjà... Elle était mitée, poussiéreuse, les fils se détachaient et on m'en a donné un bon prix.
— Je te l'aurais achetée si tu m'en avais parlé.
— Pour mettre sur ta péniche ? Tes murs ne sont pas suffisants et l'humidité c'est pas bon pour la laine.

Elle parcourt le mur avec son doigt, suit des tracés imaginaires.

— Tout est là, les oiseaux, les deux grands chênes, le chien et l'enfant qui marche devant.

Elle se déplace.

— Ici le carrosse, les quatre chevaux, l'un est blanc, le chemin de pierre, la fontaine et la biche aux abois.

Elle fixe le mur. Il la serre contre lui, sent ses épaules fragiles sous ses mains de géant.

— Je repasserai demain, je t'apporterai des ampoules, celles que tu as dans ta cuisine ne sont pas assez fortes.
— Ça suffit bien.
— Non, ça ne suffit pas.

Elle s'éloigne.

Elle dit, Je prépare mon voyage à Ramatuelle.

— Tu te souviens de ce qu'Aragon a écrit quand Gérard Philipe est mort ? « Les siens l'ont emporté dans le ciel des dernières vacances, à Ramatuelle, près de la mer... »

Elle a oublié la suite.

Odon l'aide.

— « ... pour qu'il soit à jamais le songe du sable et du soleil, hors des brouillards, et qu'il demeure éternellement la preuve de la jeunesse du monde. »

Ils terminent ensemble, leurs deux voix mêlées. Celle d'Isabelle, plus frêle.

— « Et le passant, tant il fera beau sur sa tombe, dira : Non, Perdican n'est pas mort, simplement il avait trop joué, il lui fallait se reposer d'un long sommeil. »

Quand elle mourra, ils seront tristes, ils pleureront et ils l'oublieront.

Il se tourne vers Marie. Elle n'a pas bougé de sa place, absorbée par son livre.

— Il faut que je lui parle.
— Elle te cause des problèmes ?
— Pas encore.

Isabelle le retient par le bras.

— Ce morceau de gamine ressemble à une déchirure, ne l'embête pas.
— Souffrir ne lui donne pas tous les droits.

Isabelle insiste.

— Dis-moi plutôt ce que tu penses des photos qu'elle a exposées chez toi ?
— Elles sont pas mal...

Il prend le dernier croissant du sac.

— Il faut vraiment que je lui parle, il dit en s'avançant vers Marie.

Marie est plongée dans un livre de Willy Ronis. Des photos en noir et blanc, une rue de Paris en couverture. Les pages sont souples, le papier de belle qualité.

L'exemplaire du *Cid* prêté par Isabelle est posé près d'elle.

Odon s'avance. Son ombre glisse sur les pages. Il lui tend le croissant, et c'est l'ombre de la main qui se dessine.

— Tu t'es encore griffée avec les ronces ? il demande.

Elle rabat sa manche.

Il se baisse, pousse le croissant contre sa main. Il prend l'exemplaire du *Cid*, en parcourt rapidement les pages.

— « Va, Meurs ou tue, Venge-toi, venge-moi ! » La belle Chimène partagée entre son amour pour le vaillant Rodrigue et son sens de l'honneur... Tu lis ça, toi ?

— Je veux savoir comment ça va finir.

— Tu voudrais que ça finisse comment ?

Elle hésite.

— Bien... Mais je crois que ce n'est pas possible. J'ai envie de savoir si Chimène va épouser l'assassin de son père.

— Ou si elle va préférer la vengeance ?

Une page est cornée à l'intérieur. Il a envie de lui dire que, les pages, ça ne se corne pas.

— Tu ferais quoi, toi, si tu étais Chimène ?

Elle ne sait pas.

La carte des *Ambassadeurs* est dans sa poche, il la sort.

— C'est à toi, ça ?

Il pose la carte sur le livre.

Le visage de Marie est à quelques centimètres, il en voit les contours, les joues aux lignes pures. La lumière de la fenêtre éclaire la peau et les anneaux.

Du doigt, lentement, elle repousse la carte. Elle relève le front, moqueuse.

— Alors c'est ça, la star est venue chialer dans vos bras...

Odon a envie de la gifler. D'un revers de main, il pourrait l'envoyer rouler à l'autre bout de la salle. Il pense cela, D'un coup de pied, je t'envoie valser.

Elle sourit, ironique. Elle referme le livre. Sa main reste posée sur la couverture.

— Tu veux quoi exactement ? il demande.

— Je vous l'ai dit, je veux la rencontrer.

— Tu t'y prends mal.

Elle hausse les épaules.

— Je veux qu'elle me dise pourquoi elle a fait ça. Je veux l'entendre me parler d'*Anamorphose*.

Elle fait glisser son doigt le long de la couverture du livre.

Il se détourne, s'approche de la fenêtre, regarde le mur d'en face.

Dans la rue tout en bas, des comédiens manifestent entravés comme des bagnards, d'autres suivent en cognant sur des bidons.

Marie se lève, elle partage le croissant en deux, en respire l'odeur à l'intérieur.

Elle lui en donne une moitié.

Elle s'accoude à la fenêtre, se penche.
— Je pourrais encore accrocher des photos chez vous ? elle demande.
Il soupire.
— Oui, tu peux.

Jeff traverse la place avec ses grandes ailes dans le dos et ses bottes recouvertes de papier brillant. Il pousse son orgue de Barbarie. Des ballons de toutes les couleurs volent au-dessus, accrochés par des fils.

Il se décharge de ses ailes dans la cour chez Odile. L'orgue reste sous l'abri à poussettes. Il enlève ses bottes aussi. Pas de chaussettes. Ses pieds sont rouges, on dirait qu'ils ont cuit.

Odile est dans la cuisine. Odon aussi. Dès le palier, Jeff entend leurs voix.

Il pousse la porte.

Ça sent la viande et les légumes grillés.

— Ils viennent de montrer la ville, dit Odile en lui désignant l'écran de télévision.

Elle râle, Toujours les mêmes images et jamais rien sur la rue des Bains...

Elle découpe des tomates en rondelles fines qu'elle dépose dans un plat.

Jeff vide ses poches, une poignée de pièces, quelques billets bien pliés, il met tout dans la coupe. Il note dans le carnet.

Des années que c'est comme ça entre eux.

Il s'assoit à la table, il est resté trop longtemps sur la place, le soleil l'a fatigué. Il devrait arrêter de faire le parvis, Odile le dit, Un jour on te retrouvera mort sous tes ailes.

Ça fait rire Jeff.

— Je te dois de l'argent, je te le rends. Après, je quitte la ville.

Odile secoue la tête.

— Les lacs du Michigan, ouais, tu nous enverras des cartes postales quand tu seras là-bas...

Elle se tourne vers son frère, hausse les épaules.

Des oignons blancs rissolent dans l'huile, un mélange de légumes et d'aromates, des épices sombres qui dégagent des odeurs fortes.

Jeff a faim. Ses narines frémissent.

— Tu n'es pas une femme, tu es le diable... il dit à voix basse.

Elle rit.

Ses joues sont rouges. De la sueur coule à son front.

— Tu en veux une assiette tout de suite ou je mets dans un plat et tu l'emportes ?

Il se lèche les lèvres.

— Pourquoi attendre ? il dit.

Elle se penche. Ses hanches sont larges. Ses seins épais. Dans le mouvement, son cul roule sous la blouse.

Le nylon de la blouse crisse, on dirait des frissons.

Jeff glisse une main sur son sexe.

Odon surprend son geste, ça dure seulement quelques secondes.

Odon jette son mégot dans les courants. Il faut que l'été finisse.

Il fait trop chaud. Des bouts de bois flottent entre la coque et la grève. Des bouteilles de plastique. Depuis plusieurs jours, des escargots ont envahi les herbes autour des cordages. Ils se collent aux feuilles, des escargots minuscules comme des pointes d'aiguille.

Odon se sert un cognac. Il le boit, l'estomac trop vide. Il faut qu'il dorme. La nuit dernière, il s'est réveillé, il a cru qu'il pleuvait, c'était une branche qui frottait sur le toit.

Il connaît la vie des fleuves, l'un d'eux a emporté le berceau de Moïse. Un autre sépare le monde des vivants de celui des morts, on l'appelle le Styx, des passeurs attendent le long de ses berges et font la traversée en échange d'un peu d'argent.

C'est pour s'approcher des légendes qu'il vit sur cette péniche.

Big Mac remonte lentement du bord de l'eau. Le sol est glissant. Il lève la tête. D'un regard, il évalue le passage abrupt qu'il doit prendre pour rejoindre la rive.

Autour, la brise du soir souffle, légère et chaude. Les voitures passent sur le pont en files régulières.

Odon rejoint le crapaud, il se baisse, place une main ouverte devant ses pattes.

Le crapaud hésite, il fait un pas, monte dans la paume.

Il se laisse soulever, emporter. Une odeur s'échappe de lui, un mélange fort de vase et de terre.

Le pas de Marie est léger quand il effleure les herbes.

Elle s'assoit à côté d'Odon, les genoux relevés, les mains à plat sur ses cuisses. Le vent fait remonter les courants sombres du fleuve. Les cordes de la péniche sont tendues à craquer, elles creusent un sillon dans la terre.

Un écureuil passe devant eux, ventre au sol. Il a soif. Tout a soif ici.

Tout a chaud.

Marie gratte sa peau, un creusement lent sur les cicatrices blanches de ses bras.

— Arrête !
— Quoi !

Son regard se pose sur le crapaud. Il rampe et soulève des branchages. Un grillon chante entre les herbes. Un autre plus loin.

— Je l'ai vue, elle dit, sur la scène du Minotaure, ils n'étaient pas en grève aujourd'hui.

Sa voix trop frêle étouffe le dernier mot.

— Après, j'ai voulu lui parler, on m'a empêchée.

Odon ne répond pas.

Il jette son mégot dans l'eau.

Elle coince ses mains entre ses cuisses.

Des éclats de rire traversent le fleuve, un groupe sur le pont, le camping n'est pas très loin. Les lumières des lampadaires sont toutes allumées.

— Vous vous en foutez de la planète, elle dit en regardant le mégot qui flotte.

— Fais pas chier avec la planète !

— Ben quand même…

— C'est pour me parler de la planète que tu es là ?

Elle grimace, ramasse un caillou, le jette dans l'eau. Ça fait des ondes là où il retombe.

Des digitales fleurissent dans l'ombre la plus fraîche, le long du talus. Des grappes lourdes, toutes tournées vers la terre.

Un bateau de touristes remonte le fleuve en direction du vieux pont.

Marie parle de la caravane en lisière de forêt, la misère au milieu des flaques. Sa mère a pris vingt kilos après la mort de Paul, c'est drôle tout ce qu'on peut bouffer quand on est malheureux.

— *Anamorphose*… Vous en avez imprimé combien ? elle demande.

— Deux mille…

Elle s'arrache un sourire.

— Vous auriez pu me louer une chambre de luxe au lieu de m'envoyer chez Isabelle.

— Tu es mal chez Isabelle ?

Elle fait non avec la tête.

— C'est juste pour dire… Vous vous êtes fait pas mal de fric alors ?

Odon sort ses cigarettes. Il crache le filtre. Il allume au briquet, la flamme éclaire ses mains, les cernes lourds sous ses yeux.

— J'ai envoyé de l'argent à ta mère.

Marie ricane.

— Vous avez fait l'ange, il vous manque plus que la couronne.

Il rectifie.

— L'auréole...

Elle se penche, gratte la boue qui colle à son mollet. Après la mort de Paul, sa mère lui a lavé le visage au savon pour qu'il brille comme un miroir. Elle a fait d'autres choses comme celle-là.

Elle regarde les eaux noires, le mégot qui flotte, ballotté par les vagues. Le courant emporte les feuilles. Elle lève la tête pour voir les lumières de la ville. Le palais des Papes, éclairé. La Vierge d'or.

— Marie, il est mort comment ton frère ?
— Une mort à la con.
— Ta mère m'a parlé d'un accident de grue ?
— Elle dit ça à tout le monde, ou alors qu'il est tombé d'un échafaudage.

Il demande si ce n'est pas ça.

Elle ne répond pas. Un oiseau aux ailes multicolores s'approche et picore dans la vase.

— Ça vous dit jamais d'aller voir ailleurs ? Vous pourriez lever l'ancre de votre péniche...
— Il n'y a pas d'ancre à ma péniche.
— Et on fait comment pour partir ?
— On détache les cordes et on laisse aller.

Odon remonte sur la péniche, il disparaît à l'intérieur, en ressort avec une bouteille de whisky, deux verres aux parois larges.

Il reste sur le pont.

Marie le rejoint, elle se laisse tomber dans un fauteuil, les jambes sur l'accoudoir. La tête renversée, elle regarde autour d'elle, les arbres, les pots, tout le fourbi des choses qui s'entassent. Et la nuit.

Dans la caravane, il n'y avait pas de cloisons, sa mère tirait un rideau devant son lit. Marie dormait sur la banquette. Son frère restait dans la camionnette. L'hiver, il avait froid.

Elle se lève, elle s'avance vers le piano, ses doigts sur les touches. Un écusson est gravé sur le vernis. Elle appuie plusieurs fois, l'index sur la même note aiguë.

— Elles sont en ivoire ?... Vous savez qu'on tue les éléphants pour des conneries comme ça ?

Elle plaque ses doigts sur les touches. Ça résonne dans l'air sec. Ça résonne aussi dans son crâne. Elle laisse retomber le cache.

Quand Paul est mort, elle a mis la musique à fond dans la camionnette. Sa mère cognait du poing contre la portière. Elle s'est fait cet ultime cadeau, la musique, portes fermées.

— Ma mère a planté un arbre. Elle a mélangé la terre avec les cendres, elle a dit qu'il allait mettre cinquante ans à pousser.

Elle revient dans le fauteuil.

— Ça vous a pris combien de temps pour voir que c'était bon, *Anamorphose* ?

— J'ai vu tout de suite.

Elle fait danser ses doigts tendus entre ses yeux et le ciel.

— Vingt-six jours exactement, c'est le temps que vous avez laissé filer avant de l'appeler.

Elle lui décoche un regard.

Le fleuve scintille. Les oiseaux du soir rasent la surface à la recherche d'insectes à gober. La nuit laisse place à d'autres bruits. Des grattements étranges dans le bois de la péniche. Des branches charriées par les courants viennent frotter contre la coque, elles s'emmêlent et font un barrage plus loin.

Marie tourne la tête.

— Je vous aimais bien au début, elle dit.

— Tu fais chier Marie.

— Lui il fait plus chier personne.

La bouteille de whisky est sur la table. Des bruits de pétards claquent sur la berge. Des rires de filles.

Elle se sert un verre. Elle trempe ses lèvres. L'alcool est fort. Elle n'a pas l'habitude. Des larmes enflent dans ses yeux. Elle les écrase du poing.

— Je crois que je vais rentrer chez moi.

Au-dessus d'elle, les feuilles des platanes bougent avec le vent.

Marie ne s'en va pas. Elle garde son verre entre ses mains. Sans le boire. L'odeur seulement, comme un parfum.

— C'était pas un accident de grue, elle dit.

Elle lève les yeux sur Odon, le verre contre son visage.

Lui est appuyé au bastingage.

— Une seule balle dans le chargeur. Une chance sur six.

Il se tend.

Elle ne continue pas.

Elle fait tourner la roue d'un barillet imaginaire. Pointe l'index sur sa tempe.

— Ton frère s'est suicidé, c'est ça que tu veux me dire ? il demande, la voix soudain très blanche.

Ce qu'il vient d'apprendre le fait chanceler.

— Pas vraiment... La roulette russe. Il appelait ça le jeu de la flanche.

Elle reprend son souffle, force un sourire qui fait mal à regarder.

— D'habitude, il misait sur des chiens mais comme il n'avait plus de chiens...

Odon se laisse tomber lentement dans un fauteuil, une main sur l'accoudoir. Ses doigts tremblent. Il les presse, les uns contre les autres.

Son front, trempé de sueur.

— C'est fou le massacre qu'une seule balle peut faire... dit Marie.

Odon écarte les mains, impuissant. Regarder le fleuve lui donne le vertige. Il la regarde, elle. Elle ne ment pas.

Elle semble calme et avoir mal partout.

— Et ça vous a fait quoi, quand ma mère vous a dit que mon frère était mort ?

— Je t'ai déjà expliqué tout ça.

— On va toujours trop vite quand on explique.

Il passe ses mains sur son visage, remonte ses doigts dans ses cheveux, il reste un long moment, la tête lourde.

Il se souvient d'avoir été assommé. Après, pendant de longs jours, il n'a plus su quoi faire et il s'est demandé s'il était coupable.

— J'avais un texte mais plus d'auteur.

— Il y avait un auteur !

— Oui Marie...

Il se lève.

Elle reste dans le fond du fauteuil, les jambes sur l'accoudoir.

— Mon frère, on l'appelait l'Indien, elle dit. Avant de partir le dernier soir, il est allé voir la boîte aux lettres, il n'y croyait plus mais il a regardé quand même... Son corps, les flics l'ont retrouvé au bord de la Seine, dans les herbes, ils ont dit que c'était un règlement de comptes entre voyous.

Ses ongles grattent dans la paume de ses mains. Après, sa mère a vendu la camionnette. Elle n'a pas vidé la boîte à gants, il y avait encore des pages écrites à l'intérieur.

Elle détache une croûte, la tire lentement.

— Arrête...

— Je ne peux pas.

Il s'appuie au bastingage.

Il est où le hasard ? S'il avait téléphoné plus tôt, Selliès n'aurait pas fait ce pari à la con. Peut-être. Ou peut-être pas.
— Il faut que je vous déteste à présent.
Elle dit ça d'une voix triste.
— C'est comme tu veux.
— Non, c'est pas comme je veux.
Il regarde couler le fleuve.
— Tu vas te perdre, il dit.

Le jour se lève. Respirer est encore supportable mais dans quelques heures la chaleur rendra tout plus difficile.

Odon a mal dormi. Il a des poches sous les yeux, une gueule de réfugié kosovar en sortant de la péniche.

Il boit son café.

Il laisse couler l'eau dans l'évier et il va chercher Big Mac. Il le ramène. La fenêtre entrouverte, le crapaud n'a à faire que quelques pas et il se retrouve dehors.

La radio est branchée. Il pleut plus au nord. Il faudrait qu'il pleuve ici aussi. Des semaines que la terre attend. Les hommes, les arbres, les bêtes. Même la poussière veut de la pluie.

Un train passe au loin, le bruit est apporté par le vent.

Il se sert un deuxième café.

Il branche son téléphone et il appelle Mathilde.

La Jogar porte le souvenir de la rue dans sa mémoire. Une enseigne lumineuse, le numéro 19. Odon lui a laissé un message, un rendez-vous. Il ne lui a pas expliqué pourquoi. Sa voix était tendue.

Ce lieu, elle le connaît. C'est une salle basse avec un long bar, des tabourets au comptoir. Les murs sont recouverts de posters. On y passe des disques de jazz.

Elle entre. Une fille danse sur la piste, jazz latino, blues, soul. Il y a du monde à toutes les tables. Des lumières rouges, un peu glauques.

Odon est au bar. Les coudes appuyés, les épaules larges. Une chemise de lin gris.

Elle tire un tabouret qu'elle colle au sien. Elle connaît son poids d'homme entre ses cuisses. Un corps comme une empreinte.

Elle se hisse tout en haut du tabouret. Il se tourne à demi.

Il lui montre son verre. Il a bu, déjà, et trop.

— Boire m'aide à me souvenir.

— De quoi tu veux te souvenir ?

Il glisse un regard le long de sa jupe.

— De tout. De toi.

Leurs dernières vacances à Fécamp, il pleuvait, impossible d'être dehors mais ils voulaient voir la mer alors ils se sont garés en haut des falaises.

La mer était devant, un précipice à trois mètres, il a laissé battre les essuie-glaces.

— On va boire à nos erreurs...

Elle commande un *kiss me boy*. Elle lève son verre, le choque contre le sien.

— Tu as fait l'amour à beaucoup de femmes après moi ?

— Des milliers...

Il glisse sa main sur sa joue, remonte dans ses cheveux. Il a longtemps eu l'espoir qu'ils pourraient être heureux l'un sans l'autre.

— Mais c'est sous tes robes que j'ai trouvé le paradis.

Elle presse ses lèvres contre sa main.

— C'est pour me dire ça que tu as voulu me voir ?
— Pas vraiment.

Elle tourne son verre. Une mèche de cheveux tombe en travers de sa joue. Toujours la même mèche, elle la replace derrière l'oreille, ça ne sert à rien, l'instant d'après la mèche retombe.

Elle avale une gorgée d'alcool.

Il lui parle de Marie.

Il lui raconte ses visites, ses questions, tout ce qu'il sait d'elle, comment elle a trouvé le manuscrit d'*Anamorphose*.

— Elle sait que tu l'as corrigé pour pouvoir le jouer. Elle sait aussi qu'il est imprimé sous ton nom.

Il ne lui dit pas comment est mort Selliès. Tout le reste, oui, elle peut l'entendre, mais, cela, il le garde pour lui.

— Il y a autre chose ? elle demande.

Il fait non avec la tête.

De tout le temps qu'il parle, elle laisse ses lèvres contre le verre.

— Tu te rappelles, tu voulais le brûler... elle dit quand il a terminé.

— Pas le brûler, le rendre.

— C'est pareil... Sa mère n'en voulait pas.

Elle fait un signe au serveur, commande un autre verre, des choses salées aussi à grignoter.

— Il était trop beau ce texte, on ne pouvait pas le laisser... Et on ne rend jamais rien aux morts.

Odon suit des yeux les gestes du serveur qui emplit le verre, pose sur le zinc des olives et des toasts.

— Elle veut te rencontrer, parler de tout ça avec toi.

La Jogar éclate de rire.

— Tout ça ? Qu'est-ce que ça veut dire ?... Je ne veux pas parler de ça ni avec elle ni avec personne.

Elle gratte la chair d'une olive, des picholines, les meilleures.

— Je n'ai fait que sauver ce qui devait l'être.

Il hoche la tête.

Elle se force à sourire. Elle n'aime pas l'inquiétude. Le théâtre, c'est son territoire, sa patrie, rien que de la belle illusion mais, avec ça, elle est chez elle. C'est le seul plancher sur lequel elle est capable de marcher.

Elle mange une autre olive, crache le noyau. Dans quelques jours, elle repart, elle a du travail, le texte sur Verlaine à apprendre. Des amis à voir.

Il fait chaud. Sa peau est moite.

Ils prennent leur verre et ils sortent fumer sur le trottoir.

— Tu te rappelles, on avait trente ans...

— Tu avais trente ans.

Elle sourit.

La nuit sent bon, un mélange de chèvrefeuille, des parfums de roses et de lavandes éclatées. Ils décident d'oublier Marie et de parler d'autre chose.

Damien passe des heures sur son banc. Cent mètres seulement entre sa place et celle du Chien-Fou. Il a scotché une ribambelle de silhouettes blanches sur le dossier, un cœur rouge transpercé d'une flèche.

Il regarde vivre les gens. Cette place n'est pas la plus grande de la ville mais elle est vivante. Les gens se rencontrent ou se croisent, on s'évite, on se sépare. Il y a des chiens aussi, quelques chats.

Damien dit qu'il reconnaît les habitants du quartier et ceux qui viennent d'ailleurs.

Il dit qu'il dort là et qu'il se sert du vent comme oreiller.

Marie se regarde dans le miroir de la salle de bains. Un tube de gloss a été oublié, elle en étale une pointe sur ses lèvres. Un tube de crème, elle l'ouvre, respire l'odeur. Elle n'a pas l'habitude du maquillage. Elle met un peu de poudre sur ses joues. Un jour, dans un train, elle a volé un sac. Il y avait un poudrier Dior à l'intérieur. Elle l'a offert à sa mère. Sa mère l'a giflée mais elle a gardé le poudrier.

Marie sort.

Elle fait imprimer sur papier la photo d'Isabelle assise sur le rebord du lit à baldaquin.

La chair nue, les ombres et la matière souple des tissus. Le regard surtout, les yeux ouverts, absents. La photo est parfaite. Elle veut l'exposer dans le hall du Chien-Fou.

Odon est dans l'entrée du théâtre, il règle des problèmes de billetterie avec des festivaliers.

Marie punaise la photo à la suite des autres. On dirait que toutes les autres photos ont été prises pour arriver à celle-là, une vieille femme assise au bord d'un lit, avec des meubles autour, serrés, regroupés, silencieux.

Julie s'approche.

Elle dit à Marie qu'elle aurait dû prendre Isabelle vêtue d'une de ses belles robes.

— Du strass et des paillettes, elle en a de belles !

Odon s'avance. Ces bras, ce ventre, la courbe des épaules amaigries et le visage livide. Il regarde, troublé. Ce visage est celui de toutes les vies qui attendent la mort. C'est ce travail que fait le temps, il efface des pans, use les envies, change les sentiments. Un massacre effroyable.

— Tu l'as montrée à Isabelle ?
— Non.

Il se tait. Les lèvres closes, sèches.

La beauté peut faire mal. Elle peut faire peur.

Il enlève une punaise, en enlève une autre, ses gestes sont lents. La main lourde.

— Tu ne peux pas exposer une photo comme celle-là sans qu'elle le sache.

Il regarde Marie.

— Il faut lui demander, tu comprends ?

Au moment de quitter la scène, la Jogar s'arrête, elle fait toujours cela, avant de sortir, elle se retourne, jette un dernier regard.

Des gens sont encore assis. D'autres se lèvent. On lui sourit. Déjà, on se détourne. Elle quitte toujours la scène rideau ouvert.

Demain, elle sera là, il y aura un autre public et ce sera le même geste, le même adieu répété.

Au cinquième rang, un homme grand, le dos voûté se mêle à la foule. Une chemise blanche, la veste anthracite. C'est lui qu'elle regarde.

Elle le suit des yeux.

Pourquoi lui plus qu'un autre ? Parce qu'il est grand ? La silhouette est familière.

Elle fixe la nuque.

Le crâne légèrement dégarni, les épaules plus étroites peut-être. L'homme est seul. Il remonte la travée, rejoint lentement les portes battantes de la sortie.

Dans la salle, les applaudissements reprennent parce qu'elle est encore là. Elle lâche un sourire.

L'homme passe les portes, elle lève la main. Il ne se retourne pas. Le public applaudit. Des applaudissements qui la suivent.

Elle signe des photos dans le couloir.

Elle entre dans la loge.

Phil Nans l'embrasse.
Pablo la rejoint.
— Vous avez été merveilleuse, ma brune !
Elle s'approche de la fenêtre, regarde la rue, le trottoir, la silhouette solitaire de son père qui s'éloigne.
— Mais j'ai buté sur le pont Roseman, elle murmure, je bute toujours à cet endroit.

Jeff est tombé, une chute dans la rue à cause de ses ailes. Il se relève. Il tangue. L'orgue est cassé, il a beau faire, les rouleaux restent coincés à l'intérieur.

Il se cogne aux gens. Ceux qui le regardent de près voient ses yeux qui pleurent. Son aile qui traîne lui fait une démarche d'albatros.

C'est le début de l'après-midi. Les garçons de la Grande Odile le voient arriver avec ses ailes.

Il s'assoit avec eux. Il leur raconte l'histoire d'Icare, un homme étrange qui voulait voler comme les oiseaux.

En fin de journée, il repart en ville et il ramasse les mégots sur les trottoirs. Il les glisse dans une boîte d'allumettes. Quand la boîte est pleine, il repart sur la place de l'Horloge, choisit un endroit bien en vue.

Il sort un premier mégot. Des touristes s'arrêtent. Ils sont une dizaine, Jeff glisse un mégot dans sa bouche. Il le mâche. Le goût du tabac l'écœure. Il avale. Il prend un autre mégot, il refait les mêmes gestes. Les badauds se groupent. Le tabac se colle à sa langue, la salive comme de la lave.

Un enfant demande, Pourquoi il fait ça le monsieur ?

Jeff lève les yeux. Les pièces tombent dans la casquette comme au plus fort des ailes. Il prend un autre mégot. Il regarde les pièces et il se demande si le ciel est bleu au-dessus des lacs du Michigan.

Julie, Damien, Greg sont sur le banc. Marie aussi. Ils ont vu passer Jeff.

Julie raconte le secret de la dette qui le lie à Odile.

— Quand il lui aura tout remboursé, il prendra un train et il ira en Amérique.

— Il faut plus d'un train pour aller si loin, dit Marie.

Plus d'un jour aussi. Une vie parfois n'y suffit pas.

Les grands départs font peur quand on n'a pas l'habitude. On les envisage. Quand il faut monter dans le wagon, on hésite et on reste sur le quai.

Julie dit qu'il y avait beaucoup d'argent dans les bottes d'Odile et que cela suffit à faire une dette à vie.

Elle lui confie le chiffre à l'oreille.

— Alors son rêve, c'est pour rien... dit Marie.

— Un rêve entre trois hommes... dit Isabelle. Sans eux, tu ne serais pas là.

Elle pose le magazine sur la table.

Sur la couverture, René Char, Jean Vilar et Christian Zervos.

— Ces hommes sont à l'origine de tout.

Elle lui montre l'article à l'intérieur. Une exposition sur Picasso était organisée au palais, ils ont eu l'idée d'ajouter quelques pièces de théâtre et ils ont appelé cela la Semaine d'art dramatique.

Isabelle pose sa main sur le visage de Marie.

— Tu n'aimerais pas faire du théâtre ?

— Je n'ai pas de voix.

— Une voix, ça se travaille. Mathilde a bien travaillé la sienne !

Marie se tend quand elle entend le nom de Mathilde.

Isabelle retire sa main.

Marie fait glisser l'enveloppe de kraft sur la table.

— Odon dit que je n'ai pas le droit de l'exposer sans vous la montrer.

Isabelle fronce les sourcils. Elle ajuste ses lunettes, tire la photo.

Elle s'assoit sur la chaise. C'est elle, sur le lit à baldaquin. Est-elle à ce point vieille ? Ses mains lui font honte. Le matin, dans le miroir, elle ne voit que des fragments, joues, lèvres, cou, cheveux. Est-elle devenue ce visage ?

Elle regarde Marie par-dessus ses lunettes.

— Qui crois-tu enchanter avec ça ?

Marie baisse les yeux.

Isabelle détourne les siens. Il faut en rire. Il serait même de bon ton de jouer l'indifférence. Des papillons butinent dans les fleurs du balcon, ils sont plus de dix, tous semblables, à battre de leurs ailes d'un jaune un peu pâle.

— C'est eux qu'il te faut prendre !

Elle regarde à nouveau la photo, ce corps étrange au bord du lit. Elle ne va quand même pas en sourire ! Les jours qui restent seront-ils supportables ? Pourra-t-elle aimer celui qui vient ? Et s'il en reste dix ou vingt, pourra-t-elle les aimer aussi ? Et si ce n'est qu'une heure, l'aimer quand même...

— Suis-je vraiment comme cela ?

— Vous êtes belle, dit Marie.

Isabelle hésite sur la chose à dire, remet la photo dans l'enveloppe.

— Dans ce cas...

Elle se redresse, referme le rabat de l'enveloppe.

Les Indiens hopis disent que les photos gardent l'âme de ceux qui se laissent prendre. À qui appartient la photo de ce visage ? Est-elle à Marie ?

Un texte peut-il être plus vivant que son auteur ? Plus important ?

Marie voit revenir la lumière dans les yeux d'Isabelle. Son frère avait des flammes dans les siens. Il n'avait pas peur de la mort pourtant la mort l'a piégé.

Isabelle lui rend l'enveloppe, la photo à l'intérieur.

— Cela t'appartient, tu peux en faire ce que tu veux.

Elle s'avance jusqu'à la porte, se retourne.

— Mais je t'en prie, redresse-toi un peu.

Julie rentre. Elle est seule. Avant de sortir, elle a oublié de fermer les volets. C'était le matin.

Pendant la journée, la chaleur s'est engouffrée dans l'appartement.

Elle fait comme un mur.

Julie prend une douche froide.

Damien veut un enfant d'elle. Il veut d'autres choses sérieuses. Il lui a parlé de cela.

Elle s'étend sur le lit. Les draps sont froissés, du coton trop fin, élimé par les lavages. Elle aimerait s'acheter de beaux draps, en percale, sans fleurs mais avec de belles teintes.

Même le matelas a pris la chaleur.

Elle s'endort tard. Elle rêve d'arbres qui brûlent, d'écureuils qui s'enfuient en emportant leurs petits.

Quand elle se réveille, il est presque midi.

Elle tire une jupe du placard, une tunique indigo, la septième couleur de l'arc-en-ciel, mélange imprécis entre le bleu et le violet.

Elle sort.

Elle achète deux hamburgers et des boissons. Elle revient place des Châtaignes, elle pose le sac sur les genoux de Damien. Il regarde à l'intérieur.

— Ce soir, on fait des crêpes sur la péniche, tu viendras ?

— J'ai à faire ici...

Il prend sa main, dépose un long baiser, le creux de la paume est doux comme un nid.

— Tu vois ce garçon qui entre à la boulangerie ?

Elle se retourne.

Un garçon quelconque, avec une petite tête sur un corps très long.

Damien continue.

— Il arrive sur la place tous les jours à midi. Il achète une demi-baguette et quelque chose dans un sac en papier, il ressort sans regarder personne et il part par la petite rue.

Damien dit qu'il pourrait venir tous les jours à la même heure, qu'il verrait le garçon.

— Jusqu'au jour où il ne viendra pas, dit Julie.

Damien hoche la tête.

— Ou il viendra plus tôt, plus tard...

Le garçon ressort avec sa baguette et son sac. Il disparaît comme prévu.

Deux minutes passent.

Une fille débouche par le passage Saint-Pierre, elle traverse la place en coupant entre les tables. Elle porte une jupe à fleurs, tissu léger, froissé. Elle pénètre à son tour dans la boulangerie.

Damien dit que, la veille, elle portait une autre jupe mais qu'elle est arrivée à la même heure, par le même passage.

Et la veille encore, dans une autre jupe.

— Il suffirait qu'elle arrive deux minutes plus tôt pour qu'elle rencontre le garçon.

Il dit cela.

Il attend que la fille ressorte.

Julie attend avec lui.

Un homme, une femme avec un chien, une gamine avec un gros pain.

La fille sort ensuite.

Elle s'en va par la même ruelle.

— Ça fait trois jours que je les vois se rater.
Il regarde Julie.
Julie regarde sa montre.
Elle se lève, secoue sa jupe.
— Je déjeune avec ma mère, elle dit.

Elles font ça tous les lundis, elles se donnent rendez-vous dans un McDonald's à côté du journal. Elles déjeunent ensemble en parlant de choses légères.

Quand Julie arrive, Nathalie est déjà là, à l'intérieur. Elle a choisi une table loin de la lumière.

Nathalie part à Roscoff début août. À son retour, elle veut changer d'appartement, elle vient d'en visiter un plus grand dans le quartier de la Balance.

— Je voudrais te le montrer…

Julie hoche la tête.

Elle décide d'une heure, d'un jour.

Elle, c'est dans le Sud de l'Espagne qu'elle s'en va. Avec Damien ou sans lui. Pour faire un enfant, ou pas.

Elle plonge une frite dans le ketchup. Elle parle de Damien, elle dit que ça ne va pas très fort entre eux en ce moment.

— Il passe des heures sur son banc, il apprend le *Mahâbhârata* par cœur. Il dit que, quand il connaîtra le *Mahâbhârata*, il le jouera sur scène.

Elle parle des photos que Marie punaise dans l'entrée du théâtre, de l'urne à pensées posée sur la table juste à côté.

Nathalie demande qui est Marie.

Julie explique, la sœur de Selliès, l'auteur de *Nuit rouge*, venue en stop, le visage et les anneaux.

— Elle a fait une photo d'Isabelle, tellement belle et dérangeante. Je ne sais pas si je l'aime... Elle me met mal à l'aise.

— Tu parles de qui, de la photo ou de cette fille ?

— De la photo... De Marie aussi... Ses photos et elle, c'est la même chose. Tu devrais passer voir ?

— Et ton père, il en dit quoi ?

— Rien, il laisse faire.

La conversation passe sur d'autres choses, les grèves qui continuent, les tensions entre les compagnies qui jouent et les autres.

Julie pense à la Jogar, elle est en ville, là, tout près, elle a envie de parler d'elle.

Elle s'est juré de ne pas le faire.

Elle sait que sa mère y pense aussi.

— Tu devrais aller voir sa pièce et lui faire un article pourri... elle finit par lâcher.

Sans dire qu'elle parle de la Jogar.

Sans prononcer son nom.

Elle lève la tête.

— Ou tu ne vas pas la voir mais tu lui fais un article.

Nathalie ne répond pas. Elle sourit doucement, la tête penchée. En d'autres temps, oui, c'est peut-être ce qu'elle aurait fait. Les colères s'apaisent, ce qui paraissait insupportable devient soudain familier. On s'habitue, d'autres sentiments prennent la place, quand on se retourne, ce qui faisait si mal est devenu du passé.

C'est la force du temps.

— J'ai beaucoup aimé ton père, elle dit.

Julie baisse la tête. Elle tente un sourire, ça tremble. Ses lèvres pâlissent. Elle plonge la cuillère dans son dessert, une crème à la croûte dorée servie dans une barquette d'aluminium.

Nathalie la regarde faire.

Elle va chercher un café.

Avant de la quitter, elle lui donne un peu d'argent pour qu'elle s'achète des robes.

Odon laisse glisser la lame dans la mousse qui recouvre sa joue, ça laisse une trace. Il rince la tête du rasoir, recommence.

La lame crisse sur la barbe.

C'est une pièce avec un lit, une douche, un lavabo et quelques chemises propres dans une armoire.

Il a vécu dans cette chambre avant d'acheter la péniche.

Julie est assise sur le lit. Elle vient d'arriver. Elle regarde son père.

— J'ai déjeuné avec ma mère, elle est inquiète pour toi.

— Tu sais que je n'aime pas que vous parliez de moi quand vous êtes ensemble !

— On n'a pas parlé de toi. Elle a juste dit ça, qu'elle était inquiète.

Il y a longtemps qu'elle n'était pas montée dans cette pièce. Elle regarde autour d'elle, les vieux décors, les affiches contre les murs. Ça sent la poussière.

— Je voudrais que tu m'emmènes dans un endroit louche, les bars de nuit, je veux connaître ça.

— Ce n'est pas des lieux pour toi.

— Tu emmènerais la Jogar si elle te le demandait.

Elle n'a pas voulu dire cela. Elle se tasse. Il hésite.

— La Jogar, oui... il finit par dire.
— Alors pourquoi tu ne m'emmènes pas moi ?
— Elle, elle peut tout voir.
— Et moi pas ?

Il croise les yeux de sa fille dans le miroir.

— Toi aussi tu peux tout voir... mais pas avec moi.

Il rince le rasoir, le repose sur l'étagère de plastique blanc qui surplombe l'évier. Il essuie son visage.

L'odeur un peu rance de la serviette.

Il repose la serviette sur le rebord du lavabo, change de chemise.

— Je vais chez ma sœur, tu viens avec moi ?
— Une autre fois.
— Tu as tort, on mange bien chez elle.

Il s'avance jusqu'à l'escalier. Il se retourne. Il sort quelques billets de son portefeuille, revient, Achète-toi des robes, je t'en prie...

Julie sourit sans qu'il comprenne pourquoi.

Aux informations de la veille, ils ont montré l'église Saint-Pierre et le théâtre du Chien-Fou. La façade, les portes, l'affiche, ça n'a duré que quelques secondes, la Grande Odile a tout enregistré.

Quand son frère arrive, elle lui montre.

— C'est mon théâtre, il dit, je le vois en vrai tous les jours...

Elle insiste, dit que tout ce qui passe à la télé devient célèbre.

Il doit s'asseoir.

Il a apporté des gâteaux pour les cinq ans d'Esteban.

Son père lui a envoyé un cadeau, une grande boîte, avec du papier brillant. Esteban n'ouvre jamais les cadeaux qu'il reçoit. Il les garde, emballés dans leurs papiers d'étoiles. Il rêve devant. Il les range ensuite sur une étagère dans sa chambre. Certains sont glissés sous le lit.

Les garçons partagent les gâteaux, ils ont les yeux qui brillent, les doigts qui collent.

Odon se penche à la fenêtre, il regarde la cour étroite.

— Tu devrais partir de là, il dit.
— Tu veux que j'aille où ?
— Ailleurs.

Elle hausse les épaules. Ailleurs, c'est partout. Ici au moins, c'est chez elle. Elle a ses habitudes. Le reste de l'année, elle sort dans le quartier. S'il n'y avait pas ce maudit festival, elle serait plus souvent dehors.

Odon dit qu'il connaît des gens dans les Alpes qui veulent repeupler leur vallée.

— Tu pourrais avoir une maison pour rien là-bas.

— Pour rien ça n'existe pas, dit Odile.

Le ton est brusque.

— Avec tes mômes, tu sauves leur école.

— Quand ils seront grands, ils n'iront plus à l'école, mes mômes.

Elle regarde son frère.

— Mes gosses aiment le soleil.

Elle ramasse les vêtements qui traînent sur les chaises, range les livres, les jeux, regroupe les verres.

Elle plie en quatre le carton qui a contenu les gâteaux. De la praline rouge est restée écrasée au fond, elle la décolle avec un doigt.

Elle frotte la nappe avec une éponge mouillée.

— Elle avait ses rêves, la Mathilde, on se fichait d'elle, on avait tort.

Odon ne répond pas.

Elle ramasse les miettes dans le creux de sa main, elle entrouvre le volet et elle les jette aux oiseaux.

Julie et les garçons repartent tracter. Une place payée la deuxième gratuite. Ils distribuent trop tôt, ils retrouvent leurs *flyers* par terre. Marie les rejoint, elle tracte avec eux.

Après, Yann se fait passer pour un festivalier enthousiaste, il raconte la pièce, c'est épuisant mais efficace.

Le soir, une foule dense attend devant le Chien-Fou.

Sur la scène, les ampoules du décor clignotent, un faux contact. Jeff dit qu'il faut les éteindre sinon c'est le court-circuit garanti.

Les spectateurs entrent et s'installent. Quand la salle est pleine, des intermittents viennent cogner aux portes. Plus personne n'a envie de débattre. Julie veut jouer. Les garçons aussi.

Ce sont les derniers soubresauts d'une grève qui s'essouffle. Les grévistes finissent par s'en aller.

Après le spectacle, les garçons prennent leur douche.

Julie veut poursuivre la soirée. Elle monte sur scène avec son accordéon. Elle a mis un pantalon bouffant, une casquette à carreaux, elle joue *Mon amant de Saint-Jean*.

Elle connaît tout le répertoire, *À Joinville-le-Pont*, *Étoile des neiges*, *La Java bleue*...

Le public s'attarde, enchanté. Ceux qui étaient sortis reviennent.

Greg, Chatt', Yann, Jeff aussi.

— C'est où Joinville-le-Pont ? demande Marie.

Greg dit que c'est quelque part à Paris.

Damien est parti.

Julie descend de la scène avec l'accordéon, elle s'en va jouer dehors, *La Javanaise* vient sous ses doigts et tout le monde la suit.

Des gens dînent en terrasse. Ça paraît démodé cette musique, ça rappelle l'enfance aux plus anciens. Les jeunes, ça ne leur rappelle rien, ils écoutent quand même. Un couple se lève, entame une valse. D'autres suivent. Baskets, talons, ballerines. Les pavés sont irréguliers. Une fille fait sauter ses escarpins.

— Viens toi ! dit Odon en entraînant Marie.

Les ombres tournent. Marie est trop légère, impossible à guider.

— J'ai la tête qui vire, elle dit.

Odon s'en fiche.

— T'as encore mis ce satané polo...

— Damien dit que le vert ne porte pas malheur. Il dit aussi que le costume de Molière était jaune, que c'est l'oxyde de carbone contenu dans la teinture qui l'a intoxiqué.

Odon ralentit la valse.

— Tu discutes avec Damien, toi ?

Il ralentit encore, glisse un doigt sous la lanière de cuir.

Il arrête de tourner.

— Tu sais qu'on fait du diamant bleu avec le carbone des cendres ?

Elle se crispe. Les cendres de son frère, elle les porte comme un ventre depuis cinq ans.

— Tu les porterais aussi... il dit.

Elle recule jusqu'au mur.

Les danseurs valsent. Les doigts de Julie sur les touches, on dirait qu'ils volent, légers. Dans toute cette musique, Marie pense qu'elle pourrait enlever ses anneaux, se contenter de celui de la lèvre, un seul qui les raconterait tous.

— Ça coûte cher de transformer la cendre en diamant ?

— Très cher... Mais quand tu seras célèbre, tu vendras tes photos.

Elle hésite.

— Célèbre comme Willy Ronis ?

— Non, célèbre comme Nan Goldin.

Pendant qu'ils dansent, Jeff prépare des spaghettis, un plein faitout avec du vrai parmesan coupé en lamelles et des feuilles de basilic. Il raconte que, en Afrique, on utilise les feuilles de cette plante pour conjurer les mauvais sorts, les sorcières s'en servent aussi pour leurs potions.

Ils sortent une table et des assiettes en carton.

Ils s'assoient tous, Julie et les garçons, Odon et Marie. Julie repose l'accordéon.

— C'est une plante de soleil, dit Jeff, il paraît qu'elle pousse mieux si on l'insulte.

Il sert les pâtes. Le basilic sent le citron.

Greg frôle le bras de Marie.

— C'est aussi le nom d'un serpent de petite taille, avec une queue de dragon et deux ailes, on le dit né d'un œuf de coq, s'il te pique tu meurs et c'est sans antidote.

Marie frissonne.

Jeff continue.

— Certains disent qu'il ressemble à une loutre avec une tête de roi.

— Et tu en as déjà vu, toi, des serpents comme ça ?

Tout le monde se retourne, c'est Damien qui revient. Yann et Julie se poussent pour lui faire une place.

Odon lui remplit une assiette. Ils le regardent tous manger comme s'il revenait du désert.

— Alors, t'en as déjà vu un ? il demande.

Jeff dit que oui, une fois, mais c'était la nuit, il ne l'a pas vraiment vu mais il a senti son haleine puante.

— Tu l'as tué ?

— Impossible ! La bête est affreuse, elle crève seulement en voyant son image dans un miroir. Mais elle peut te tuer d'un regard.

Marie n'a pas fini ses pâtes. Damien prend son assiette, elles sont presque froides, il s'en fout, il a faim.

Quand il a fini, il leur parle de cette fille et de ce garçon qui entrent à la boulangerie presque en même temps. Il parle de ces deux minutes d'écart. Il faut qu'ils se rencontrent. Il veut écrire leur histoire. Julie noue ses bras autour de son cou.

Odon ne dit rien. Il est en bout de table.

Il les écoute. Marie semble heureuse. Elle sourit.

Il pense à Mathilde. Il a envie de l'appeler.

L'accordéon est posé sur une chaise, Marie se lève, glisse un doigt sur les touches.

— Tu joues depuis longtemps ? elle demande à Julie.

— Depuis toujours ! Mon grand-père était amoureux d'Yvette Horner, il m'a offert mon premier accordéon le jour de mon baptême. Il voulait qu'on m'appelle Yvette... Je peux t'apprendre si tu veux ?

Marie soulève l'accordéon. Il est lourd. Elle l'étire, le referme, arrache quelques notes.

Julie lui montre. L'accordéon, c'est une histoire d'air qui passe, on appuie sur une touche et c'est une porte qui s'ouvre.

Elle l'aide à porter l'instrument.

— Le soufflet c'est comme des poumons, quand tu refermes, il respire, tu entends ?... Si tu fermes mal, l'accordéon perd de l'air, il s'essouffle. Et si tu n'appuies pas sur les touches, il ne respire plus, c'est l'asphyxie.

Odon se lève de table. À part Jeff, personne ne remarque qu'il s'en va.

Il ne passe pas devant l'hôtel de la Mirande. Il ne téléphone pas.

Il fait un détour par le club de la rue Rouge. Il a ses habitudes. Il entre, boit un verre. Il trouve une fille, et il rentre tard.

Ce sont les bruits de casserole qui réveillent Odon. Il remonte de la cale en râlant. Jeff est dans la cuisine. Avec une paire de ciseaux, il découpe une gousse de vanille, des petits morceaux carrés. Du lait chauffe dans une casserole.

— C'est quoi ce bordel ? il demande.
— J'en ai pas pour longtemps... dit Jeff.
— Je ne te demande pas ça !
— Des îles flottantes... il répond.
— À huit heures du matin !

Le lait frémit. Jeff mélange les jaunes d'œufs avec du sucre et il verse le lait dessus.

Odon recule. L'odeur l'écœure.

— Tu as préparé le café ?
— Pas eu le temps...

Jeff bat les œufs avec un fouet. Il les fait cuire dans une casserole d'eau et les pose sur la crème. En refroidissant, les blancs se figent.

On dirait des icebergs qui flottent.

Il laisse couler le caramel. Quelques amandes effilées par-dessus.

— C'est pour la p'tite, il finit par lâcher.

Le plat a la beauté d'un paysage.

— Hier, pendant qu'on dînait, elle a dit qu'elle aimait ça.

Odon hausse les épaules.

Il se prépare un café.

— Je te rappelle que tu dois aussi t'occuper de la péniche. Le vernis va sécher dans les pots et il faut finir avant l'automne.

Jeff promet.

Il recouvre le plat d'un film plastique.

— Je lui porte et je reviens.

Il traverse le pont, le plat contre le ventre, noué entre ses bras. La crème ne doit ni se renverser ni recouvrir les blancs.

Il est tôt, le théâtre est encore désert.

Il glisse le plat dans le réfrigérateur et il attend Marie. Il attend sans rien faire. Les bras croisés, assis et puis debout.

Il sort.

Il attend dehors.

Elle arrive un peu avant dix heures. Elle vide l'urne à pensées. Elle accroche la photo d'Isabelle.

Il lui prend la main.

Il parle d'une surprise.

Il lui met un bandeau sur les yeux et il la guide le long du couloir. Il sort le plat, le pose devant elle.

Il enlève le plastique.

Elle s'approche. Ses narines frémissent. Il ne lui faut que quelques secondes pour deviner et faire sauter le bandeau.

Elle rit. L'odeur dénoue sa faim. Un ventre qui devient un gouffre. Elle plonge la cuillère, les blancs sont fermes, tant de sucre, elle lève les yeux sur Jeff, engloutit la crème.

Toute cette douceur, ça fait gronder le fond de ses entrailles.

De tout le temps qu'elle mange, Jeff reste debout à côté de la table, il la regarde. Pour la première fois depuis longtemps, elle semble renouer avec la faim.

Toutes les années, la première semaine d'août, Isabelle prend le train et s'en va à Ramatuelle. Elle descend à Saint-Raphaël, on vient la chercher à la gare, un hôtel toujours le même, elle a ses habitudes.

Elle reste deux nuits.

Un taxi l'emmène sur la tombe de Gérard Philipe. Elle dépose quelques fleurs, elle se promène, regarde la mer, s'assoit sur la tombe. Elle recommence le lendemain.

Ensuite, elle rentre.

Le docteur dit que, cette année, le voyage n'est pas possible. Son cœur se fatigue. La tension est faible. Il laisse une ordonnance pour des médicaments plus forts.

Isabelle s'assoit à la table.

Sa jeunesse est partie, maintenant c'est sa vieillesse qui la lâche. Que va devenir sa maison sans elle ? Elle n'a plus d'enfant. Pas d'amour. Qu'adviendra-t-il de tout ce qui reste ?

Elle voudrait que sa mort soit douce mais tout le monde voudrait cela.

La valise est posée sur le lit. Elle l'emplit de quelques vêtements. Elle ne part pas encore, c'est pour plus tard, mais elle aime cette idée de valise qui se prépare.

Elle fredonne, « Je l'aime tant le temps qui reste... » Des jours que la chanson lui trotte dans la tête. Elle a oublié les paroles, elles sont de Reggiani.

Les volets de la chambre sont tirés. Les tentures aussi et tout ce qui peut faire barrière à la chaleur.

Le disque de Reggiani est quelque part, elle doit le retrouver.

Et si c'était son dernier voyage à Ramatuelle ? En partant, le docteur a dit, Faites attention à vous.

Si elle ne peut plus faire le voyage, elle enverra une carte postale. Avec un timbre, les facteurs sont des gens de confiance, ils distribuent tout, même sur les tombes, et celle de Gérard Philipe est facile à trouver. Le cimetière pas si grand.

Isabelle referme sa valise. Elle pense que, avec les pluies de l'automne, les cartes prendront l'eau. Il faut prévoir cela, une carte capable de passer au moins quatre saisons.

Demander à Marie.

Marie trouvera.

Il y a des morts stupides. Il ne faut pas se laisser surprendre. Isabelle doit être attentive à cela. Quand on est distrait, on devient vite indifférent. Zola est mort asphyxié pendant son sommeil, une cheminée obturée par des travaux. Des choses comme celle-là arrivent, même si elles sont rares.

Elle téléphonera à son notaire.

Elle soulève la valise, la pose dans un angle de la chambre. Dans son mouvement, elle accroche l'oiseau de Calder, il pendait au bout de son fil près de la table de chevet. Elle se baisse, le ramasse. Le fil s'est cassé.

Elle sort de la chambre. Elle cherche un endroit où poser l'oiseau. Du fil aussi, pour le réparer.

Elle le laisse sur la table de la cuisine, au milieu des bols, des verres et des journaux, avec les boîtes de médicaments et la dernière ordonnance du docteur.

Marie tourne le mobile entre ses mains, un oiseau de ferraille avec des ailes peintes.

— Ça vaut une petite fortune aujourd'hui, un oiseau comme celui-là, dit Isabelle.

Marie ne sait pas ce qu'elle ferait d'une fortune. Elle repose l'oiseau.

Ici, c'est une maison comme elle n'en a jamais vu. Contre le mur, il y a une photo d'Isabelle jeune avec un homme grand. C'est son père. Il jouait dans *Don Quichotte*, il avait le rôle de Sancho Pança.

À côté, un dessin au crayon gris, un théâtre d'autrefois, avec des seaux suspendus. En cas d'incendie, il fallait crier Corde ! et tous les seaux se renversaient. C'est pour ça que le mot corde est interdit dans les théâtres.

— Comme sur les bateaux, dit Isabelle.

Marie dit qu'elle n'a jamais pris le bateau.

— Il n'y a pas besoin de prendre pour savoir.

Isabelle repousse l'oiseau. Elle tend la main vers les fruits. Elle choisit un abricot, le partage en deux. Donne un oreillon à Marie. La chair est juteuse, gorgée de soleil. Le jus coule sur ses doigts.

Un papillon entre dans la pièce, il vient butiner sa peau. Des effleurements d'antenne. Marie sourit avec ses yeux.

Elle frôle l'aile du papillon.
Isabelle la regarde longtemps.
— Je voudrais qu'un jour tu ne sois plus aussi triste.

L'oiseau est resté sur la table et, de la table, il est passé au buffet. Quelqu'un l'a ensuite posé à côté de l'ordinateur, sur la pile de journaux. Il s'est retrouvé ensuite sur le banc et il a fini par tomber entre la cheminée et le mur, un passage étroit, ses ailes de fer dans la poussière. Glissé, oublié.

Perdu.

Marie le ramasse.

Elle sort de la maison.

Elle trouve Jeff sur la grand-place, elle l'entraîne à l'écart.

Elle lui montre l'oiseau.

— C'est pour toi, elle dit.

Jeff n'est pas habitué aux cadeaux. Il tient l'oiseau par les ailes, le fait tourner entre ses doigts.

— C'est de l'art, dit Marie, ça vaut cher.

Elle lui montre la signature.

Elle dit que, avec ça, il va pouvoir régler sa dette.

Jeff fronce les sourcils. Il ne sait pas s'il peut croire à cette histoire d'un oiseau de ferraille qui pourrait rembourser une dette d'éternité.

— Où tu l'as trouvé ? il demande.

— Ça n'a pas d'importance.

Il insiste alors elle parle d'un grenier chez Isabelle, un coffre plein de choses oubliées. Elle dit que les objets abandonnés appartiennent à ceux qui les trouvent.

Jeff regarde Marie.

— Pourquoi tu ne le gardes pas pour toi ?

Elle hausse les épaules.

— Je n'ai pas de dettes moi...

Son frère disait que, tôt ou tard, la chance finit toujours par creuser dans le malheur. La malchance lui a foré le crâne.

Jeff doit réfléchir. Il accepte d'emporter l'oiseau. Il rentre à la prison et il le glisse sous le lit, derrière le cageot des noix.

De la journée, il ne sort pas.

Pour partir, il suffit d'une veste et d'un sac.

Pour vendre l'oiseau, il faut qu'il achète un costume, un bel habit léger, et qu'on lui fasse l'ourlet. Aller ensuite à Nîmes ou dans une autre ville.

Il sort.

C'est le soir.

Il dîne sur la place du manège, une table au milieu des touristes, il commande un steak géant avec des pâtes, une bière dans un grand verre.

Il vendra l'oiseau, il donnera tout l'argent à Odile et après il s'en ira. Il gardera juste quelques billets pour le train et la nourriture.

Il regarde autour de lui, le carrousel et les lumières, les touristes qui se promènent. S'en aller, c'était déjà être là, sur la place, sans les ailes.

Il croise les mains derrière la nuque. Il étire les bras.

Il boit sa bière.

Sur la place, un garçon vêtu de blanc fait rouler une boule de verre le long de ses bras écartés. La boule passe d'une main à l'autre en glissant sur la nuque.

À côté de lui, une fille lèche les boules mauves d'une glace à cornet.

Jeff réfléchit à la façon dont il va annoncer la nouvelle à Odile. Quels mots ? Quels gestes ? Il pourrait mettre tout l'argent dans la coupe sans rien dire.

Il envisage d'autres solutions, pour le plaisir.

Le lendemain, à la première heure, Jeff entre dans une boutique, il achète un habit, pantalon, chemise, veste. Il attend sur le siège qu'on lui fasse son ourlet.

De retour à la prison, il déplie la chemise, il enlève les épingles qui retiennent le col, les épingles aussi autour des manches, il fait tous ces gestes et il étale la chemise sur le lit.

Il sort l'oiseau.

Il le regarde à la lumière.

L'après-midi, il pousse la porte d'une agence de voyages et il rapporte des brochures.

Ensuite, il ramasse ses ailes et il les traîne dans la cour chez Odile. Il trouve des vieux journaux, il en fait une boule. Les ailes par-dessus. Il met le feu au papier. Ça s'enflamme. La fumée est jaune, elle lui pique les yeux, s'accroche aux branches de l'acacia et devient rouge dans le ciel bleu.

Jeff rit. Il n'est plus obligé de mâcher les mégots ! Plus obligé de rien ! Seulement rêver en regardant les couchers de soleil.

Il va en terminer avec ce festival et il partira. Le Michigan, c'est des heures de train et des heures plus longues de bateau. Il fera une fête avant, avec tous ses amis.

De sa fenêtre, la Grande Odile le regarde danser. Faire du feu par toute cette chaleur... Elle gueule à cause de la fumée et de l'odeur âcre.

— Il a quoi Jeff ? demandent les garçons.
Elle hausse les épaules.
— C'que j'en sais moi.
Elle entend Jeff chanter.
Elle s'assoit à la table, elle regarde ses mains.

Greg prend la main de Marie. Ils quittent la ville, traversent le pont.

Ils marchent le long du fleuve en remontant loin du bruit.

Le Rhône coule entre eux et la ville. Au loin, le mont Ventoux, Greg lui montre les cimes, il dit que l'hiver elles sont enneigées.

Le chemin se rétrécit. Ils continuent et se glissent sous les arbres. C'est un endroit de prés et de culture, on y fait pousser des légumes et des fruits, en champs entiers.

Les branches touchent le fleuve.

Bientôt, il n'y a plus personne.

— Et si on continue ? demande Marie.

— On arrive au bout de l'île.

— Si on prend une barque ?

— On rame longtemps et on arrive à un endroit où l'eau sort de terre.

Ils pourraient marcher, ramer et continuer jusqu'à cet endroit.

Ils pourraient. Greg dit qu'ils ne le feront pas.

— C'est parce que c'est trop loin ? demande Marie.

— Oui c'est pour ça.

Ce coin de rive sert de refuge aux canards. C'est un territoire de niche et de sommeil. Des plumes et du duvet tapissent des trous de terre dans le haut du talus.

— Trop loin, c'est comment ?

— Il faut continuer comme ça, des jours et des jours, et, quand tu crois que tu es arrivé, tu continues encore.

Marie s'approche du fleuve, elle regarde son reflet dans l'eau. Celui de Greg à côté d'elle. Elle jette des cailloux dans les courants. Son frère disait que, avant sa naissance, il y avait d'autres vies, et que ces autres vies préparaient la sienne. Elle demande à Greg si la mort c'est comme avant la vie, mais il ne sait pas ce qu'est la mort.

— Peut-être qu'en regardant très fort la nuit on peut comprendre ?

— Peut-être.

Il s'en fout de la mort.

Il prend le visage de Marie entre ses mains. Elle sent son souffle près du sien. Il pose ses lèvres sur son front et sur ses yeux. Ses lèvres sur ses joues.

Leurs bouches se frôlent. C'est pur, très inattendu.

Marie oublie la caravane, la balle et la mort.

C'est un baiser très doux. Quand elle ouvre les yeux, elle voit le fleuve et ce n'est plus le même fleuve et ce n'est plus comme avant.

Greg caresse ses cheveux. Il l'embrasse encore. Leurs langues se trouvent.

Il s'écarte. Il la regarde.

Il dit, Il y a des jours on est si heureux on devrait en faire des jours fériés.

Il murmure ça, les lèvres contre sa tempe. Les mains nouées à sa nuque.

Il tire les lanières de cuir. Ça se fait lentement, centimètre par centimètre.

— C'est quoi, ça ? il demande.

Il n'ose pas toucher la bourse.

— Tu portes vraiment les cendres de ton frère ?...

Quand Damien le lui a dit, il n'y a pas cru. Marie redresse la tête.

Les mains de Greg sont toujours sur elle. Elles glissent le long du cou, se posent sur les lanières.

— Tu ne peux pas garder ça...

Ses gestes sont lents. Il soulève et il retire doucement la bourse. Leurs visages se touchent presque.

Marie sent ses mains de part et d'autre de ses joues. Elle voit ses bras. Déjà, la bourse de cuir a quitté la place chaude de son ventre.

Elle ne la sent plus.

Elle entrouvre la bouche. Elle mord, un coup de mâchoires sec. Les dents se referment sur le bras, quelques brèves secondes. Greg pousse un cri, il lâche les lanières.

Marie recule.

La bourse retombe, reprend sa place.

C'est fini.

Elle recule encore, se détourne.

Sur le bras de Greg, il reste la marque des dents.

Marie se penche sur le lavabo, elle lave ses lèvres, l'intérieur de sa bouche, elle nettoie. Le savon la fait cracher.

Vivre la fait souffrir.

Le plaisir l'amène au dégoût.

Elle lave tous les endroits de peau qui ont été touchés par l'autre peau. Le cou, la langue. Elle a mordu le bras de Greg, elle a serré la bourse contre son ventre et elle s'est enfuie.

Elle a couru longtemps.

Elle est arrivée à bout de souffle. Sa chambre, ses habits, elle a pensé quitter la ville.

Elle met de l'eau dans ses pupilles. Elle relève la tête. Son visage est étrange. Elle glisse un doigt dans sa bouche, elle enfonce. Elle veut vomir le baiser, jusqu'au souvenir de Greg et de sa salive douce.

Elle revient dans la chambre.

Referme la porte.

Elle s'assoit le dos au mur, pose la bourse sur ses cuisses. Elle desserre les lanières, en tire les pans, lentement. Les poussières sont légères, il s'en envole qui se prennent à ses cils. Une odeur âcre, repoussante, elle s'oblige à respirer.

Elle fait tomber un peu de cendre dans le creux de sa main. Une petite pyramide bleue.

Marie se penche, elle ressemble à une vieille en prière. Sa main est ouverte. Sa bouche fait une ombre. La cendre se colle à ses lèvres, les assèche. Les lèvres s'entrouvrent comme elles se sont entrouvertes sur la rive. La langue prend la cendre, palais, dents, salive, elle la ramène à l'intérieur.

Ça crisse.
Elle frissonne.
Elle se force.
Son estomac repousse ce qu'elle avale. Un relent acide remonte le long de sa gorge, une autre contraction et le liquide brûlant lui coule dans le nez.

Elle ne crache pas.
Elle attend.
Le corps se calme.
Elle reprend de la cendre jusqu'à ce que l'estomac cède, garde ce qu'elle lui donne.

Le curé déclame sa messe dans une église vide. Debout, les mains levées, les manches larges et la croix qui cogne sur sa poitrine. L'absence de fidèles n'empêche pas l'amour de Dieu.

Il voit entrer Marie.

Elle s'arrête sous la peinture de Judas. Chez elle, il n'y avait pas de livres, seulement la Bible. Judas est un nom d'infamie, deux mille ans que les hommes l'accusent.

Elle pense souvent à lui.

Le curé a fini sa messe. Il s'approche.

Elle tend un doigt vers le mur.

— C'est mon frère de parjure, elle dit.

Elle regarde le curé.

— Jésus dit, « Détruisez ce temple et moi, en trois jours, je le rebâtis ». Le temple dont il parlait était celui de Jérusalem, il était fait de pierre et de ciment n'est-ce pas ?

Elle laisse un moment de silence. Le curé ne répond pas.

Elle croit que Judas était convaincu que la mort ne pourrait pas tuer Jésus. Il était persuadé qu'il reviendrait s'asseoir à la table et il n'est pas revenu.

Elle parle de trahison et de pardon. Elle parle d'oubli. Pour le baiser, Judas n'a pas tremblé, il ne trahissait pas, il donnait l'occasion à Jésus de montrer ce qu'il pouvait faire, une résurrection en trois jours. Quand il a compris qu'il s'était trompé, il s'est pendu.

— Vous croyez qu'il s'est tué parce que Jésus l'a déçu ?

— Je ne crois pas cela... dit le prêtre.

Marie réfléchit.

Elle aurait dû aimer Paul davantage. Il est mort pour qu'elle puisse montrer ce qu'elle pouvait faire. Elle ne fait rien.

— Je dois vous demander une faveur, dit le prêtre...

Il dit cela à voix très basse.

— Appelez-moi Noël. S'il vous plaît, il n'y a qu'à vous que je peux demander cela.

Elle lève sur lui ses yeux étonnés.

— Père Noël...

Marie le dit, sans ciller.

La porte de la péniche est fermée par un vieux cadenas, Marie glisse la main derrière les pots, elle trouve la clé.

La première pièce est carrée avec une grande table et des banquettes. Sur le dossier, il y a une veste. Des fruits sur la table, une bouteille de sirop, du pain et des épices.

Des piles de magazines, un chapeau, une pipe, un cendrier.

La fenêtre au-dessus de l'évier est entrouverte. Des hublots ronds ouvrent la vue à hauteur de fleuve.

Jeff dit que les poissons ont une mémoire de dix secondes et que, au-delà, ils oublient.

Dix secondes seulement de passé. Dix secondes de souvenirs.

Elle fait sauter ses chaussures, pointe talon, se laisse tomber dans un fauteuil. Elle se replie. C'est confortable. Elle sent le ballant du fleuve. Son frère disait qu'il devait écrire, que c'était sa part essentielle. Que, sans l'écriture, sa chair allait pourrir. Les gendarmes l'ont retrouvé couché sur la terre, un corps sous une couverture, plus de visage.

Les hommes se souviennent.

Les poissons oublient.

Jeff dit qu'un poisson qui mange croit qu'il mange depuis toujours. Quand il crève, c'est pareil.

Elle se relève.

Elle fait couler de l'eau dans ses mains.

Il y a des bananes mûres dans le compotier. Elle en prend une, racle l'intérieur de la peau avec les dents.

— On avait rendez-vous ?

Elle se retourne, s'essuie la bouche d'un revers de manche.

Odon est sur le pas de la porte, les mains dans les poches. Une chemise au col ouvert, les manches courtes.

— Mets tes chaussures, on va faire un tour.
— Je ne veux pas faire de tour.

Il se sert un verre d'eau.

— Comme tu veux. On va causer alors...

La banane est sur la table, entière. La peau à côté, raclée.

— Qu'est-ce que tu fais là ?
— Je passais, j'ai vu de la lumière.
— Et t'as trouvé la clé sur la porte ? C'est ça, prends-moi pour un con...

Il sort son paquet, allume une cigarette. Il remarque les nouvelles griffures sur ses bras.

Elle reprend sa place dans le fauteuil.

Son frère disait ça, avec la vie tu es sur des rails, tu vois le mur en face, tu ne peux rien faire ni freiner ni sauter, ni même aller plus vite. Alors tu attends.

Elle baisse le front.

Son frère, c'était un poète. Elle, elle ne sait pas. Elle s'égratigne la peau, dès que ça saigne, elle arrête. Il faudrait avoir le courage, aller jusqu'aux veines.

Lui, il s'est fait sauter la tête.

Odon reste debout contre le mur. Il observe Marie. Il boit l'eau en fumant sa cigarette.

Quand il était enfant, ses parents l'emmenaient au zoo. Il détestait ça. Marie ressemble à un animal pris derrière des barreaux.

Elle glisse la main dans son sac. Elle sort le revolver, le pose sur la table.

Le geste est sans violence. Presque nonchalant.

Odon se recule.

— Qu'est-ce que tu fais avec ça ?

L'air devient électrique entre eux.

Il repose son verre.

— Tu le ramasses et tu t'en vas...

Il a du mal à articuler.

Marie ne bouge pas. Depuis qu'elle a sorti le revolver, elle est très calme.

— C'est avec lui qu'il s'est fait sauter la tête, elle dit.

Elle lâche un mauvais sourire.

— Une chance sur six pour que la balle soit du voyage.

La crosse est brillante, lisse et noire. Odon le fixe sans pouvoir détourner la tête. Est-ce qu'elle se balade avec ça depuis le début ? Quand elle est chez Isabelle...

Elle passe la langue sur l'anneau de sa lèvre. Elle a mal partout soudain, dans le corps, derrière les yeux.

Il la regarde enfin.

— Qu'est-ce qui s'est passé aujourd'hui, Marie ?

Elle hausse les épaules.

Elle écarte les mains, les doigts tendus. Elle entrouvre la bouche, mais aucun mot ne se forme, elle articule dans le vide.

— Mon frère est mort trop de fois... elle finit par lâcher.

L'arme est toujours sur la table.

Il se retourne, ouvre une porte, tire du placard une bouteille de vodka.

— Continue.

— Il est mort parce que vous ne lui avez pas téléphoné tout de suite. Il est mort une deuxième fois quand vous avez donné son texte à la Jogar. Et il est mort encore quand vous avez imprimé *Anamorphose* pour une autre.

Ses yeux s'ouvrent grands, fatalistes.

— Trois fois, il pouvait pas s'en relever.

Elle aussi, elle l'a tué, d'un baiser sur les berges du fleuve, mais ça elle ne le dit pas.

Elle passe une main rapide sur son visage. Il faut poursuivre. Trouver la force.

— C'est pour ça, parce que vous n'avez pas d'état d'âme, que vous avez donné son livre ?

Il emplit un verre. Le vide. Il s'habitue doucement à la présence de l'arme.

— Il faut te faire soigner Marie...

Elle ricane.

Il repose son verre, s'approche de la table. Il ramasse la peau de banane, le fruit ouvert a commencé à noircir. Il le jette à la poubelle, essuie ses mains sur le torchon.

Il revient à la table.

Il prend le revolver. Son geste est rapide.

Le métal glacé.

Il ouvre le barillet. Il le fait tourner.

Les chambres sont toutes vides.

Il soupire.

Marie entend ce soupir. Elle l'attendait. Un peu de temps passe, elle se penche, reprend le revolver. Elle le pose sur ses cuisses.

Il n'y a aucun bruit, ni dans la péniche ni sur le pont. Seul celui de leurs respirations.

Elle glisse la main dans la poche de son jean, en ressort quelque chose qu'elle garde dans le poing.

Elle ouvre la main, les doigts, lentement. La balle est grise. Elle la range dans l'une des chambres. Ça va vite. La main aux articulations fines et blanches. Elle fait tourner, une course de hasard, le ralenti dans un cliquetis.

Elle repose le revolver sur la table.

Elle lève la tête.

Odon ne comprend pas alors elle pousse le revolver de quelques centimètres encore vers lui.

— Tu es complètement folle Marie !

L'insulte se mêle à son rire.

Il regarde derrière elle, la porte, la passerelle. Marie ne le menace pas. Elle reprend sa place, les jambes repliées, son corps maigre dans le grand fauteuil.

Ses pieds nus.

Elle le défie.

Un pari avec six chances, une marelle absurde. Est-ce qu'on devine où est la balle quand on appuie le canon contre la tempe ? Quel genre de peur ? De terreur ?

— Il l'a fait, vous le faites et après on est quitte.

Sa voix est calme. Elle lui laisse le temps.

Il regarde l'arme et le visage.

— Tu veux que je joue comme il l'a fait, c'est ce que tu me demandes ?

Il approche la main, soulève le revolver. La balle est à l'intérieur.

La crosse froide.

Selliès s'est-il vraiment tué avec cette arme ? Les yeux de Marie ne cillent pas.

Avec l'arme chargée, il pourrait l'obliger à se lever et à partir.

Il tourne la tête. Des hirondelles rasent la surface du fleuve, elles recherchent des insectes. Il entend leurs cris perçants par le hublot resté ouvert.

Il sent les odeurs fortes de l'eau.

Les fleuves prennent, gardent et emportent. Il fait deux pas, s'approche du hublot.

Marie le suit des yeux, elle sait ce qu'il fait. Elle le comprend dès le premier mouvement.

Il lève la main, jette le revolver dans le fleuve. Trop loin. Il n'y a pas de bruit.

Il se retourne vers Marie.

Elle n'a pas de colère. Pas de pitié. Aucune trace de reproche.

Seul, un pâle sourire, évanescent.

Lui, il l'a fait, c'est ce que ce sourire semble vouloir dire.

— Racontez-moi encore...

Odon ne sait plus comment raconter.

— J'ai laissé passer deux, peut-être trois semaines, j'ai appelé ta mère et je lui ai dit que j'avais un manuscrit de Paul, je lui ai demandé si elle voulait que je le lui retourne.

Marie fixe le sol entre ses pieds. Elle insiste, elle sait qu'elle exaspère.

— Elle vous a répondu quoi ?
— Tu le sais, tu étais là...
— Je veux encore l'entendre.

Odon soupire.

— Elle a dit que je pouvais le brûler.

La mère de Marie a eu le rire effrayant d'une femme ivre ou malade.

Odon a raccroché. Il a glissé le manuscrit dans une enveloppe marron et il a mis le nom de Selliès dessus.

Mathilde était là, elle le regardait faire, ses gestes, jusqu'à l'adresse écrite. Tu le renvoies ? c'est ce qu'elle a demandé.

Il a refermé le rabat de l'enveloppe.

Elle avait acheté des papalines, des chardons en chocolat qu'elle sortait les uns après les autres d'un sachet en papier. Chaque chardon avait une couleur différente.

Elle en a glissé un rose entre ses dents. Elle l'a croqué.

Elle en a glissé un deuxième et elle est venue se coller à lui. Elle a plaqué sa bouche sur la sienne, elle a fait éclater le chardon. Il y avait de la liqueur à l'intérieur, l'origan a coulé sur leurs langues, le miel mêlé au goût du chocolat.

Le souvenir d'*Anamorphose* a gardé cette saveur.

— Et vous avez pu la baiser combien de temps encore, grâce à ça ?

— Ne sois pas vulgaire.

— Combien ?

— Quelques semaines.

Elle se frotte les lèvres, ses mains sont sales, sa salive devient amère.

Sa mère souffre des jambes, elle a des varices comme des doigts. Une opération nécessaire.

— J'ai besoin d'argent, elle dit Marie.

Elle tend la main, les doigts écartés, exigeants. Odon est fatigué. Il regarde le ciel, cette nuit qui n'en finit pas.

Il se lève.

— Après tout...

Il descend dans la cale. Il revient, pose des billets sur la table, devant elle. Pas dans sa main.

Elle les prend, les compte.

— À ce tarif-là, je vous lave les pieds, je deviens votre Marie Madeleine, votre suiveuse, votre putain...

Sa voix se casse.

— Non, la putain, c'est ma mère, elle dit.

Il reprend sa place dans le fauteuil.

Elle glisse les billets dans la poche arrière de son jean. Elle regarde de l'autre côté du Rhône, la ville et ses remparts.

Ils ressortent sur le pont. La lumière au-dessus de la porte est allumée. Il y a de la musique sur la rive, une voiture qui passe, fenêtres ouvertes, Sylvie Vartan.
Marie siffle l'air.
— Tu connais ça, toi ? il demande.
— Ma mère, les années soixante, je connais oui...
La chanson s'éloigne.
C'est une soirée d'été douce. Trop de lampadaires pour qu'on puisse voir les étoiles.
Elle a envie de lever les cordes et de laisser filer la péniche. Peut-être qu'ils arriveraient à la mer...
Elle se tourne vers Odon.
— C'était quoi vos derniers jours de sa vie à lui ?
Les derniers jours de la vie de Selliès... Ils avaient trois jours de relâche avec Mathilde, ils sont partis le dimanche, ils sont allés voir la mer du côté des Saintes-Maries. Un hôtel pas loin de la plage. C'était en février, il faisait beau, une fin d'hiver avec du soleil. Du lit, ils voyaient les vagues. Ils sont rentrés le mardi soir.
— Le lendemain, j'ai téléphoné chez toi, c'était tôt le matin, mais ça n'a pas répondu. Après, on a travaillé, on avait du retard sur Beckett.

Il dit ça, On avait du retard sur Beckett.
— J'ai encore appelé en tout début d'après-midi.
— Mon frère est mort le soir.
— Il n'y avait pas de répondeur.

Elle froisse ses mains sur son visage. Dans le silence, il entend clapoter l'eau contre la coque, les cordes qui se tendent.

— C'était quelle heure quand vous avez appelé la dernière fois ?
— Avant de reprendre les répétitions, en début d'après-midi.

Elle se lève, marche jusqu'à l'avant de la péniche. Elle s'accoude au bastingage. Elle ferme les yeux. Il faut qu'elle s'en aille.

— Parlez-moi d'elle.

Il glisse sa main sur le dessus humide de la balustrade.

— Elle a donné vie au texte de ton frère.
— Avant de donner, elle a pris...

Marie frotte ses ongles les uns contre les autres, les doigts repliés. Le bruit ressemble à de la pluie.

— Je veux la rencontrer. Je veux l'entendre réciter *Anamorphose*.
— Ce n'est plus *Anamorphose*, il dit.

Ils restent un moment côte à côte, à regarder couler le fleuve.

Il entre dans la péniche, en ressort avec un DVD, une pochette rouge, un enregistrement d'*Ultimes déviances*.

Il le lui tend.

Marie ne le prend pas.

— Je veux l'entendre, pour de vrai, sur une scène. Vous pourriez prêter votre théâtre...

Il n'y a aucune violence dans ce qu'elle demande.

Odon se détourne.

— Elle ne fera jamais ça.

— Vous pouvez lui demander ?
— Je peux, mais ça va la faire rigoler.
Silence.
— Elle rigolera pas, dit Marie.

Jeff attend le train dans son costume neuf, avec son carton sur les genoux. Le mobile de Calder est à l'intérieur.

Dans sa poche, un billet pour Nîmes, aller-retour.

Le train entre en gare.

Des voyageurs descendent. Jeff choisit une place contre la vitre. Il garde la boîte sur ses genoux, les deux mains posées dessus. Le paysage défile.

Il a rendez-vous à onze heures, dans un cabinet d'expertise au centre de la ville.

Jeff arrive.

On le reçoit sans retard. Ça dure le temps d'examiner l'oiseau.

Après, il ressort. Sur un papier, l'expert a noté une adresse où il peut vendre l'oiseau, et le montant sur lequel il peut compter.

Marie avait raison, la dette est recouverte.

Il lui restera de l'argent pour la fête.

Il a une heure avant de reprendre son train. Il boit une bière en terrasse. Il revient à Avignon en début d'après-midi. Il remonte la rue au plus gros de la chaleur, rapporte la boîte avec l'oiseau dedans. Il la glisse sous le lit. Il enlève son costume, le plie soigneusement.

Il redescend chez Odile.

Les garçons sont sur le divan. Leur mère ne veut pas qu'ils sortent par cette chaleur. Les trois plus grands se racontent des histoires à voix basse, en riant, ce que les femmes font avec les hommes, la nuit, le long des remparts.

Esteban est à l'écart, il joue avec un avion en plastique. Il porte un polo bleu, un short à rayures et ses pieds sont nus dans ses baskets.

Jeff ne parle pas de son voyage à Nîmes. Il ne parle pas de l'oiseau.

Il dépose quelques pièces dans la coupe du buffet.

Il regarde la cuisine, toutes ces choses qu'il connaît, les assiettes familières en pile dans le placard et les bacs de lessive. Les jambes nues des garçons, leurs torses imberbes, les dessins d'école contre le mur.

Il leur enverra des cartes postales quand il sera là-bas. Des cadeaux pour Odile.

Il les invitera.

Esteban se laisse glisser du divan. Il s'avance vers sa mère, se plante devant ses jambes, relève la tête.

— Je suis un poète...

C'est ce qu'il dit. En se balançant d'un pied sur l'autre.

Odile sort ses mains de l'eau. Elle les essuie sur son tablier.

— Poète... Poète il en faut...

Elle croise le regard de Jeff.

Elle sourit, l'air de dire, qu'est-ce qu'on peut ajouter d'autre ?

Pendant la nuit, un camion a déversé des tonnes de fruits sur la place de l'Horloge. Au matin, les gens les trouvent, ils emportent ce qu'ils peuvent...

C'est une récolte de bitume.

Les intermittents qui poursuivent la grève ramassent des pêches et les jettent contre les murs du palais. Les peaux, les pulpes, ça fait des traînées rouges, on dirait du sang.

À midi, le soleil cogne. Le jus attire les insectes, tous rendus ivres par le sucre. Mouches, moustiques, ils se font gober en plein vol. Des papillons gisent sur le dos. Une vieille femme déambule, les mains refermées sur quelques mirabelles.

Jeff pousse la grille.

— Des fruits d'asphalte, il dit en posant les fruits devant Odile.

Elle ouvre un journal, sort un couteau. Elle s'assoit et enlève les peaux. Des morceaux qu'elle découpe et qu'elle regroupe dans un saladier.

Depuis quelques jours, Jeff est différent. Elle ne lui demande rien. Elle le regarde un peu de côté.

Il ne dit rien non plus.

Il prend un couteau, il l'aide à peler.

Elle monte le son de la radio.

Sur le divan, les garçons mangent des Carambar en lisant les blagues à l'intérieur. Quand ils voient les fruits, ils s'avancent, les yeux brillants, ils piochent dans les cerises et crachent les noyaux.

Il est un peu plus de neuf heures, le soleil cogne déjà fort sur les tours du palais. La Vierge d'or semble en feu.

La Jogar prend son petit-déjeuner dans les jardins de la Mirande. Une table ronde, dans l'ombre, à côté des rosiers. Croissants, pain, fruits, confitures... Une nappe blanche est posée sur une autre nappe. Un fauteuil confortable.

Elle porte un pantalon de toile claire et un chemisier à fleurs. Un foulard léger dans les cheveux.

Cet endroit est une enclave calme, coupée du bruit et de l'agitation des rues.

Il y a des personnes à d'autres tables. D'autres aussi dans les salons.

Elle boit son thé.

La veille, elle a téléphoné à son père. Ils ont parlé un moment. Il a dit qu'il n'avait pas osé l'attendre après la représentation. Que les applaudissements l'avaient suivi jusque dans la rue.

Sa voix était fatiguée.

Elle a promis qu'elle passerait le voir, dimanche, à l'heure du déjeuner.

Elle a raccroché.

Dimanche, c'est dans trois jours. Elle regrette cette promesse. Elle déteste sa faiblesse. Elle fera téléphoner Pablo, il trouvera une excuse.

À la place, elle ira sur la tombe de sa mère déposer quelques fleurs.

— Je suis la sœur de Paul Selliès.

Elle lève les yeux.

Marie répète.

Elle porte un jean taille basse, dans la lumière, son visage d'ange écorché.

La Jogar regarde les anneaux, les griffures.

De la main, elle lui montre la chaise. Un serveur s'avance, elle lui fait signe que tout va bien. Qu'il apporte seulement un deuxième petit-déjeuner.

— J'aurai pas de quoi payer, dit Marie.

La Jogar ôte ses lunettes, les glisse dans leur étui. Elle referme le journal qui était ouvert sur la table.

— Café ou chocolat ?

Marie préfère un chocolat. On le lui sert dans une théière en argent. Une tasse en porcelaine blanche avec des ciselures en relief. Des corbeilles débordantes.

Les jardins donnent sur l'arrière du palais, les murailles gigantesques sont éclairées par le soleil. Quelques gargouilles sculptées.

La Jogar beurre une tartine. Elle montre les pains.

— Sers-toi... Tout est maison ici, les confitures, les viennoiseries, le pain.

Elle choisit une confiture, un petit pot parmi tous ceux présentés, oranges amères. Elle ôte le couvercle. Elle plonge la cuillère, ramène le fruit, l'étale sur le pain.

Marie la regarde. Elle est très belle, sûre d'elle, dérangeante. Elle ressemble à un volcan.

Elle boit une gorgée de chocolat.

— Je veux vous entendre jouer *Anamorphose*.

Elle dit cela, les yeux au-dessus de la tasse.

La Jogar ne répond pas.

Marie continue.

— Sur scène et rien que pour moi, Odon Schnadel prêtera son théâtre.

Elle éclate de rire.

— Odon Schnadel prêtera son théâtre ! Il t'a dit cela ?

Le tutoiement est violent.

La Jogar repose la tartine.

— Il n'en est pas question ! Et puis le texte dont tu parles n'existe plus. Y a-t-il autre chose ?

Marie tourne sa cuillère dans le fond sucré de son chocolat, des cercles lents. Elle veut juste ça, entendre les mots de son frère, même corrigés, même repris.

Après elle s'en ira.

Elle dit cela.

Un couple entre dans le jardin par le portail gris qui ouvre sur la rue. Des plantes poussent entre les pierres du mur, des joubarbes, des lichens, quelques fougères. La femme s'arrête pour les regarder.

La Jogar pousse la corbeille devant Marie. Le sourire indulgent.

— Il faut nourrir ton corps, le remplir...

Marie choisit un pain rond à la croûte dorée, des petits grains de sésame sont collés dessus, un gris presque noir.

Les grains tombent sur la nappe. Elle les récupère avec son doigt.

— Vous avez volé les mots de mon frère.

La Jogar croise ses mains devant son visage, elle regarde les doigts de Marie qui regroupent les grains.

— Je n'ai rien volé... Voler ne pouvait pas suffire...

Elle dit cela, de cette voix particulière, en traînant sur la fin des mots.

— À seulement le faire, j'aurais accouché d'une œuvre mineure, sans enthousiasme, comme un peintre qui se contente de recopier... ou un musicien de faire entendre la partition d'un autre.

Elle reprend sa tartine. Plonge ses yeux noirs dans ceux de Marie.

— J'ai fait bien plus que cela pour le texte de Selliès.

Elle dit, Selliès.

Elle ne dit pas, Le texte de ton frère.

Marie se sent giflée. Dépossédée, expulsée de cette intimité précieuse. Paul et elle, c'était pareil !

La Jogar parle du travail fait. Elle dit, *Anamorphose* a été un bel appui mais seulement cela.

Marie a mal à la tête, c'est soudain, un rail brûlant qui lui vrille les yeux. Quand la balle a traversé le crâne de Paul, elle a aussi traversé le sien, il reste le chemin.

La Jogar tend la main, prend une viennoiserie, la garde dans sa paume. Elle était comme Marie avant, autant de violence, elle avait des raisons aussi fortes que les siennes.

Elle partage la brioche en deux.

— Odon m'a téléphoné, il m'a parlé de toi.

Elle lève les yeux.

— Tu as de la chance, il t'aime beaucoup.

Elle se souvient de toutes ces semaines où sa vie s'est résumée à *Anamorphose*. À peine éveillée, elle se collait aux pages. Pour ne pas être attirée par le dehors, elle fermait les volets. Ça a été ça, sa vie, pendant des mois. Quand elle n'en pouvait plus, elle retrouvait Odon sur la péniche.

— Je ne jouerai jamais pour toi...

Le regard de la Jogar est sans colère. Il se passe un long moment durant lequel Marie pourrait partir puisque cette chose-là a été dite.

Elle ne part pas.

La Jogar boit son thé.

— Odon, tu n'imagines pas ce qu'il a été, elle ajoute. Cet homme, c'est ma part la plus belle.

Marie redresse la tête.

— Et pourtant vous l'avez quitté ?

La Jogar garde sa tasse entre ses mains, près de ses lèvres.

— Oui, je l'ai quitté.

Elle était en paix dans ses bras.

Elle a quitté cette paix.

Elle s'est arrachée.

Parce que devenir la Jogar et continuer à l'aimer étaient deux chemins impossibles. Ça demandait trop de temps, trop d'énergie.

Elle se tamponne les lèvres avec le coin de la serviette repliée.

— Ce sentiment profond d'être vivante, c'est lui qui me l'a donné. Il m'a appris la passion.

— Les mantes religieuses bouffent leur mâle, dit Marie, c'est aussi de l'amour. On n'est pas plus forts que les insectes alors ?

La Jogar sourit.

— Non, on n'est pas plus forts.

Elle repose sa serviette sur le côté. Elle sort un poudrier de son sac. Un bâton de rouge, elle en recouvre ses lèvres. Ses mains sont sans fard, sans bague. Trois joncs d'or autour du poignet.

Marie baisse les yeux.

— Vous me devez bien ça...

La Jogar referme le bâton de rouge, presse ses lèvres l'une contre l'autre. Elle range le tube dans son sac.

— À Selliès, peut-être, mais, à toi, je ne dois rien.

Marie se tasse.

— Sans lui, vous ne seriez jamais devenue célèbre.

— Si. Ça m'aurait pris un peu plus de temps, c'est tout.

La Jogar lui montre la corbeille.

— Tu ferais mieux de manger...

Marie se tend. Elle n'aime pas ce sourire. Cette arrogance. Elle n'avait pas prévu que ce serait si difficile.

— Je ne vous aime pas.

La Jogar ne répond pas.

La haine est un engagement total, il faut du souffle et cette fille n'en a pas. Elle n'a pas non plus la carrure d'un bourreau.

Marie avance la main, elle prend quelques pains dans la corbeille, les glisse dans son sac. Elle fait ça sans baisser les yeux. Elle voudrait être fière, arrogante elle aussi. Elle glisse deux autres pains. Elle prend aussi quelques confitures, des croissants qu'elle roule dans la serviette. À défaut d'être fière, faire honte.

La Jogar ne dit rien.

Du seuil de la porte, le serveur observe.

Marie referme son sac.

— Si vous changez d'avis pour *Anamorphose*...

— Je ne changerai pas d'avis.

Les fruits sur la place ont pourri. Une poussière collante s'est déposée sur les pavés. Un jus grenat. Les semelles de Marie se collent au miel doré qui suinte du tas.

Sous le porche, dans l'ombre de l'église, une fille en tee-shirt fait ses gammes sur une flûte traversière. C'est une musique légère.

Marie entre au Chien-Fou.

Il y a des messages dans l'urne à pensées. Il y en a chaque jour davantage. Elle les rapporte dans sa chambre, les pose sur le matelas.

Elle déplie un premier papier. « Est-ce que, quand ils dorment, les oiseaux rêvent qu'ils volent ? »

Tous les papiers lus sont déposés dans un angle de la chambre. Ça fait un tas. Il lui reste de la colle dans un tube. Elle colle un premier papier contre le carreau de la fenêtre. Elle continue. Quand il n'y a plus de place, elle poursuit sur la tapisserie. À la fin, on dirait un vol de papillons.

Certains sont sans intérêt, elle les colle quand même, « La couleur que je préfère ? celle des yeux de l'homme que j'aime... »

Parmi toutes les pensées, une citation d'Oscar Wilde, « Le seul moyen de se délivrer d'une tentation, c'est d'y céder ».

Marie s'assoit sur le matelas. Elle réfléchit. Si elle devait bâtir une maison, elle graverait cette phrase à son fronton.

Elle écrit sur la tapisserie, « Il y a quelque chose qui vit et, tout de suite à côté, une autre chose qui meurt ».

De tout le temps qu'elle fait cela, elle ne pense pas à la Jogar.

Anamorphose, c'est un fil qui la relie à son frère. Il ne reste plus beaucoup de fils. Elle a peur que les derniers ne se rompent.

Isabelle dit que les corps s'usent, que les sentiments s'effondrent. Marie regarde par la fenêtre, le ciel exagérément bleu. Elle tend ses bras, les approche de la lumière. Elle voudrait comprendre pourquoi elle est sur terre. Qu'est-ce qu'elle fait là ?

Elle s'interroge.

Des questions, insurmontables.

L'étal est sur le trottoir, à l'extérieur des halles. Marie choisit un bouquet, trois roses rouges piquées au milieu d'une brassée de marguerites, quelques œillets ajoutés. Dans un seau en fer. À côté, autour, partout, d'autres bouquets, des pots de géraniums, d'hortensias.

Ce n'est pas le plus beau des bouquets.

La fleuriste l'emballe dans une feuille de plastique, on voit les tiges à travers.

Marie traverse la rue avec les fleurs.

La plupart des spectacles ont repris. Des grévistes encore mobilisés manifestent dans le quartier avec des pancartes qui dénoncent une trahison.

Marie les regarde. Ils ne sont plus très nombreux. Il est bientôt dix-sept heures, le public attend, agglutiné devant le théâtre du Minotaure.

Elle pénètre par l'entrée des artistes. Un spectacle se termine, un autre commence. Les comédiens se croisent. Dans les couloirs c'est l'effervescence.

Derrière une porte ouverte, une couturière répare l'ourlet d'une robe à crinoline. Il y a des rires. Ça sent le bois et la sueur.

Marie avance. Une fille avec des fleurs, personne ne lui demande rien. C'est un théâtre avec trois salles, *Sur la route de Madison* se joue dans la deuxième.

Marie arrive par les coulisses. Le décor est en place. La salle encore vide.

La scène comme la gueule béante d'une bête énorme.

Juché tout en haut d'une échelle, un technicien ajuste les projecteurs. Il demande à Marie si elle cherche quelqu'un et Marie montre les fleurs.

— Va falloir dégager, il dit.

Marie s'écarte.

Il n'y a pas d'autre bruit.

Elle monte sur scène par le rideau du fond. Le placard, les verres, les assiettes, la table et les chaises, tout semble vrai. Le torchon froissé, la radio sur le buffet.

Elle pose les fleurs sur l'évier.

Les fleurs, c'est pas du décor, elle pense.

La Jogar est dans sa loge. Agacée, préoccupée. Par Marie. Et puis quel besoin elle a eu de promettre à son père une visite pour dimanche...

Ses yeux, dans le miroir.

Il faut qu'elle chasse ses mauvaises pensées, qu'elle fasse cela, se réduire pour pouvoir se concentrer.

Pablo entre. Il remarque ses traits tirés. Il dit que tout est prêt, qu'il va falloir y aller.

Elle glisse sous sa langue quelques granules homéopathiques.

Il sort de la loge.

Elle le suit.

C'est une frontière, quelques mètres de couloir entre la loge et les coulisses. On la regarde. On s'écarte.

Le public est installé dans la salle.

Phil Nans l'attend.

— *In bocca al lupo*[1] !
— *Crepi il lupo*[2] ! elle répond.

Dans le bourdonnement qui suit, elle entend frapper les trois coups. Elle expire l'air de ses poumons, doucement. Elle pose un pied sur la scène.

---

1. Dans la gueule du loup.
2. Que le loup crève.

Le rideau s'ouvre.

Elle expire encore. Son mari et ses enfants viennent de partir pour quatre jours, elle est seule dans sa maison, une femme simple dans l'Iowa.

Elle entre.

La table, la chaise. Sur les parois de la carafe, coulent des gouttes larges. Elle tire la chaise, s'assoit. Elle appuie son front contre le verre. Du plat de la main, elle lisse la nappe. L'ennui, l'attente, la chaleur. Les paroles coulent, fluides. Après quelques minutes, le trac s'évacue. Phil Nans la rejoint. Tout se passe bien.

C'est en s'avançant vers l'évier qu'elle voit le bouquet. Elle n'y avait pas fait attention avant. Il est posé. Il ne fait pas partie du décor. Elle échange un regard avec Phil Nans.

Il hausse les épaules.

Elle s'approche du bouquet, œillets, roses et marguerites. Elle continue de jouer, glisse ses doigts entre les feuilles. Elle décale le bouquet. Il n'y a pas de carte de visite mais, sous le vert du feuillage, un exemplaire d'*Anamorphose*. Son nom, Mathilde Monsols est rayé de plusieurs traits noirs. À la place, rectifié, le nom de Paul Selliès.

Elle sent un frisson, un malaise.

Elle se retourne, revient lentement vers la rampe, parcourt la salle des yeux. Une salle dans la nuit. Les répliques suivantes, elle les donne au ralenti.

Phil Nans effleure sa main, d'une pression sur le bras, un regard, il la ramène sur la route, le pont Roseman, Madison County.

La scène n'a pas duré plus d'une minute.

Elle se consume, c'est ce que quelqu'un dit à la fin, à cause de l'état dans lequel cette représentation la laisse.

Après les applaudissements, elle récupère le livre, les fleurs.

Dans les coulisses, un homme murmure, Une femme belle comme ça, on la suit au bout du monde.

La Jogar jette le bouquet sur la table. Le livre avec. Elle fait sauter ses chaussures, libère ses cheveux, secoue la tête. Les épingles sur la table.

Elle se change. Passe une robe en daim qu'elle resserre à la taille par une ceinture large.

Une paire d'escarpins, talons aiguilles, elle se penche, noue une première bride. Elle noue la deuxième.

Autour du cou, un collier de métal.

Marie est immobile près de la porte, les mains le long du corps, dans un pantalon de toile qu'elle porte négligemment sur les hanches.

La Jogar se redresse.

Elle la voit.

Elle n'arrive pas à être en colère.

— Tu as posé le livre et les fleurs, et tu oses être là...

Elle la dévisage, cette façon négligée d'être vêtue.

— Tu as de l'aplomb mais il te manque le maintien.

Marie ne bouge pas.

Des gens s'activent et se croisent dans le couloir, derrière elle.

Elle reste contre le mur.

— Je voudrais savoir ce que vous faisiez pendant que mon frère se tuait.

La Jogar sourit, l'air hautain.

— Ça ne te regarde pas.

Elle revient vers le miroir, brosse ses cheveux.

— Tu crois que tu vas aller mieux parce que j'aurai répondu à toutes tes attentes ?... Tu nourris ta rage comme on gave les poissons, mais, méfie-toi, les poissons gavés crèvent dans des morts atroces.

Elle décroche un borsalino à rayures, le place sur sa tête, fait dépasser quelques mèches.

Elle s'avance vers la porte, s'arrête à côté de Marie.

Elle glisse un doigt rapide sur les griffures de son bras.

— Tu devrais essayer avec des lames de rasoir.

Marie monte dans les jardins, se couche sous les arbres, un coin de pelouse. Les yeux au ras de l'herbe, elle regarde les promeneurs.

La terre est fraîche.

Elle dort. Dans son rêve, elle entend des rires. Un joueur de banjo passe, la musique se mêle à ces rires. Assise sur un banc, une vieille femme mange des frites avec de la moutarde.

Marie se retourne, les yeux dans le ciel. Elle glisse ses doigts entre les herbes.

Elle se roule sur le ventre, la tête entre les mains. Autour d'elle, des enfants jouent et crient.

Un cygne nage sur le plan d'eau. Ses pattes bougent dans les reflets.

Il y a des jours dorés et d'autres qui sont tristes. Elle ne veut plus de jours tristes. Elle veut être légère et libre.

Elle n'a plus rien à faire ici. Elle va prendre le train, rentrer à Paris. Sans doute demain. Elle a des copains qui font de la musique du côté de Beaubourg, elle ira les voir. Elle trouvera des chiens, elle vivra avec eux.

Elle prend une photo au ras de l'herbe. Les jambes de la vieille, les chevilles enflées, crasseuses. Un enfant avec des traces de chocolat sur le visage. Le cygne, pour montrer à sa mère.

Elle se lève, secoue les herbes collées à sa peau. La vieille a abandonné un reste de pain sur son banc. Marie le ramasse, le jette au cygne. Le pain flotte. Des canards, cachés dans les ombres, s'approchent.

Marie quitte les jardins par l'escalier qui descend du côté des vieux quartiers.

La Jogar a raison, tout ça ne sert à rien.

Elle dévale les marches en sifflant.

Arrivée tout en bas, elle achète une boisson fraîche et elle continue son chemin jusqu'au Chien-Fou.

L'urne à pensées est dehors, sur le trottoir. Pas posée. Jetée. Les photos par-dessus, retenues par une pierre.

Marie ne siffle plus.

Elle ralentit son pas.

Julie et Damien sont assis à la table, le jeu d'échecs entre eux.

Julie lève la tête.

— Je ne sais pas ce que t'as fait à mon père, mais il est furieux, elle dit en montrant l'urne.

Marie hausse les épaules.

La pierre est sale, il y a de la terre sur la première photo.

Les photos ont été arrachées d'un coup sec, sans enlever les punaises, les coins sont déchirés.

La photo d'Isabelle est abîmée.

— C'est de l'eczéma que tu as ? demande Julie en regardant les griffures sur ses bras.

Marie ne répond pas.

Dans un sac, sous la chaise, il y a des chips, des sandwiches et du Coca.

— Mon père est un utopiste, dit Julie, le théâtre pour tous, il rêve de ça mais ça ne marche pas.

— Pourquoi il continue de rêver alors ? demande Marie.

Julie soupire.

— Va savoir pourquoi les hommes rêvent...
Elle tend un sandwich à Marie.
Marie écarte les tranche, mange le jambon à l'intérieur.
Julie parle des bennes qui sont venues et qui ont nettoyé la place de tous les fruits répandus. Elle parle du festival qui se traîne et des leçons d'accordéon qu'elles se sont promises.
Marie ramasse l'urne à pensées. Il y a des papiers à l'intérieur, quand elle la soulève, elle les entend. Elle ramasse les photos aussi.
— Tu ne veux pas m'expliquer ? demande Julie.
— Y a rien à expliquer.
Julie hausse les épaules.
— Vous faites chier tous les deux...

Marie pose la boîte sur le matelas. Elle scotche les photos contre le mur, avec les messages.

Ensuite, elle bourre tous ses vêtements sales dans un sac. Elle récupère les papiers qui sont dans l'urne, elle les glisse dans sa poche et elle redescend au Lavomatique. Pendant que son linge tourne, elle lit les messages. Après, elle regarde passer les gens derrière la vitre. Les boutiques en face, climatisées, les portes grandes ouvertes.

Le lavage se termine.

Elle met ses vêtements propres dans le même sac. Elle sort.

Elle achète des timbres et de la colle.

Des cartes postales aussi, plusieurs dizaines, elle pioche au hasard sur le présentoir, rien que des paysages ou des vues d'Avignon.

Un exemplaire d'*Anamorphose* à la librairie de la maison Jean-Vilar.

Elle revient sur la grand-place. Elle attend que se libère une table sous les arbres. Elle commande une menthe avec beaucoup d'eau. Elle demande au serveur s'il peut lui prêter une paire de ciseaux.

Elle colle un timbre derrière chacune des cartes.

Sur chaque carte, elle colle un message. Ils ne recouvrent pas toute la surface et le paysage se devine sur les côtés et par en dessous.

Elle découpe des extraits d'*Anamorphose* qu'elle colle derrière, sur la partie texte.

Elle ne les choisit pas, c'est au hasard, en tournant les pages.

Elle écrit l'adresse derrière chaque carte.

Plus de cinquante.

Elle poste tout avant la levée de seize heures.

Après, Marie traîne sur les bords du Rhône. Des bestioles s'activent entre les herbes. Elle écarte les brindilles. Tout un monde minuscule.

Les eaux du fleuve descendent, fortes et lourdes. De l'écume flotte sur le bord, on dirait de la bave jaune. Des petites vagues rapprochées agitent la surface. C'est le vent qui arrive. L'eau frémit sur le fleuve grand ouvert.

Son frère était un prince, il était capable de trouver des mots pour dire la beauté du monde. Il savait en voir les couleurs, les forces. Au temps qui passe, il voyait le temps qui reste.

Elle, elle ne voit que les déchirures. Elle a du charbon dans la tête alors que lui avait la lumière.

Odon dit qu'on peut transformer la cendre des morts, en faire du diamant.

Elle s'assoit sur la rive. Elle gratte dans la terre avec un bâton, dessine des signes. On vit, on meurt, il faut bien que tout cela ait un sens ?

Elle se demande ce que sera son automne.

Le mistral se met à souffler dès le lendemain, une première bourrasque renverse les verres sur les tables, soulève les nappes, fait claquer tout ce qui pend aux balcons.

Quelques assauts rageurs. Tout tourbillonne, la poussière, les papiers. Des affiches se détachent, retombent sur le bitume. Le vent les emporte plus loin.

Le clochard de la place récupère les cartons, il les empile au fond de l'église, dans sa cache d'hiver.

Partout, les rideaux tombent, les théâtres se vident. La fatigue se lit sur les visages.

Au Chien-Fou, le vaudeville se termine. La troupe débarrasse son décor, c'était leur dernière représentation. Ils s'attardent dans les coulisses, un peu déçus. Ils ne savent pas s'ils reviendront l'an prochain. La veille déjà, ils ont joué pour presque rien. Ils ont distribué tous leurs *flyers*, un quitte ou double.

Ils abandonnent la poule.

Personne n'en veut.

Jeff l'emmène dans la cour chez Odile. Il lui met des gamelles avec des graines et du pain dur. De l'eau dans une coupe. Elle pourra faire ce qu'elle veut, aller, venir, gratter, elle pourra même partir.

Avec un peu de chance, elle pondra des œufs.

En ressortant, Jeff aperçoit Marie rue de la Croix.

Elle marche en regardant ses pieds.

Elle s'arrête.

La rue est un couloir. Le vent s'engouffre.

— Il n'y a pas beaucoup de monde en ville, dit Jeff.

Il explique que le mistral va souffler un jour, ou trois, ou six, ou neuf, c'est toujours comme ça avec ce vent.

— On l'appelle le vent fou.

Marie dit qu'elle s'en va.

Jeff dodeline de la tête.

— Tu as vendu l'oiseau ? elle demande.

— Non, mais je vais le faire...

Il s'éloigne de quelques pas dans la rue, il revient vers Marie.

— C'est quand je veux... Je vais finir l'été, il dit, comme pour s'excuser.

Il se dandine encore. Il n'aime pas les départs, ceux des autres.

— Merci, il dit.

Il écarte les bras, les mains, il l'embrasse fort, à lui écraser la joue.

Il est un peu plus de onze heures, le facteur sillonne les rues du quartier. Il appuie son vélo contre le mur, entre dans le théâtre du Minotaure. Des dizaines de cartes, trop nombreuses, il les a reliées avec un élastique. Il les dépose dans le casier.

Quand Pablo arrive, il les emporte dans la loge. La Jogar est là.

Il pose le paquet devant elle.

Un regard.

Il sort.

Elle enlève l'élastique, la pile s'effondre, les cartes glissent sur le marbre de la table.

Elle tire une chaise, s'assoit.

Des messages sont collés. Elle reconnaît, dans les pans découpés, des passages d'*Anamorphose*.

Pas de signature.

Elle sait que c'est Marie.

Ça ne va donc pas finir.

Elle allume une cigarette et la fume près de la fenêtre ouverte. Trois filles sont assises sur le trottoir dans la rue. Des rires, insouciants. Elles portent des tabliers blancs, travaillent au restaurant, c'est leurs minutes de pause.

La Jogar écrase le mégot sur le rebord extérieur, elle referme la fenêtre.

Elle téléphone à Odon. Pendant que ça sonne, elle reprend les cartes.

Elle les tourne, les regarde.

Il décroche.

— Je vais le faire, elle dit.

Elle dit juste cela.

Elle ne lui parle pas des dizaines de cartes reçues. Il y a un moment de silence au bout du fil. Odon ne lui pose pas de questions.

Ils conviennent de se retrouver le soir, après la fermeture, dans son théâtre.

Marie remonte la rue de la République, passe une première fois devant les portes du journal.

Un comédien marche devant elle, avec un costume de scène dans une housse transparente. Un peu plus loin, sur le même trottoir, une fille joue du violon.

Marie les suit des yeux, elle revient vers les portes.

Elle hésite. Le hall d'entrée est vide, les bureaux sont à l'étage. Elle monte les marches. Un palier avec des portes ouvertes. Une fille derrière un bureau.

Un panneau sur une porte, Rédaction.

Marie regarde les prospectus disposés sur une table.

Elle laisse glisser ses doigts, prend un exemplaire du journal, le feuillette. Des numéros de téléphone de l'agence, à la fin. Elle demande si elle peut le prendre et la fille acquiesce.

Isabelle frappe à la porte de la chambre. Marie n'ouvre pas alors elle frappe encore. Elle passe la tête.
— Tu dors ?
— Non.
Elle lui tend le téléphone.
— C'est Odon... Ça fait plusieurs fois qu'il appelle.
Marie se traîne jusqu'à la porte.
Elle écoute.
Après, elle raccroche.
— Tu as besoin de quelque chose ? demande Isabelle.
Marie fait non avec la tête.
Isabelle hésite.
— Ça va ?
— Ça va.
Isabelle referme la porte. Marie retourne s'asseoir sur le matelas.
Elle sourit doucement.
Odon a dit, Tu viens après le spectacle, quand tout le monde sera parti.
Elle regarde sa montre. Quelques heures.
Elle se roule.
Elle ne dort pas.
Elle pense à son frère.

Elle finit par rire fort entre ses mains.

La Jogar a cédé. Les cartes l'ont fait plier.

Ce soir, son frère va voler plus haut que les morts. Elle va entendre ses mots.

Impatiente, incapable de rester immobile, elle sort.

Place des Châtaignes. Des bandes de tissu ont été accrochées aux fenêtres. Des ribambelles de cœurs rouges. Des cœurs, rouges aussi, sur les tables.

Elle traîne.

Le soir tombe.

Encore une heure. Elle s'assoit sur le banc. Elle sort *Le Cid*. Feuillette des pages. Elle n'a pas la tête à lire.

Elle regarde la place.

Elle se demande si elle sera seule dans la salle, à entendre la Jogar.

La Jogar arrive au Chien-Fou après la fin du spectacle.

Elle avance dans le couloir. Les comédiens sont partis. Elle porte une robe noire, un collier de pierres à double rangée.

Odon est dans son bureau. Une lampe allumée. Il a fermé les portes.

Ils se regardent, échangent quelques mots à voix basse.

Elle parle des cartes reçues.

— Cette fille m'ennuie, je vais faire ce qu'elle demande et, après, on n'en parlera plus.

Odon est tendu.

Elle l'est aussi.

— Il faut bien que ça s'arrête, elle dit.

Jouer pour qu'on en finisse.

Elle rejoint la salle, un fauteuil en bord de travée.

Marie arrive quelques minutes après. Elle avance, un peu gênée.

Elle doit avancer encore.

Elle est tout près. La Jogar ne se lève pas.

— Je vais jouer pour toi, il n'y aura pas d'erreur, aucun manquement sur aucun mot, mais après je ne veux plus jamais entendre parler de toi. Est-ce qu'on est bien d'accord ?

Marie hoche la tête.

Ses yeux ne cillent pas.

La Jogar se lève.

— Mais ce n'est pas *Anamorphose* que tu vas entendre... *Anamorphose* n'existe plus. Ce que je vais jouer est autre chose.

Elle fait quelques pas, s'arrête, se retourne.

Elle revient vers Marie.

— Tu voulais savoir ce que je faisais pendant que ton frère se tuait ?

Elle laisse glisser ses doigts sur le dossier du fauteuil.

— Il m'est impossible d'être seule dans une pièce avec Odon Schnadel sans avoir envie de faire l'amour avec lui...

Elle lève les yeux sur Marie. Ce visage étrange, blessé, meurtri.

— Nous étions à la mer ensemble, alors je suppose que je faisais l'amour pendant que ton frère mourait.

Elle frôle de sa main la joue de Marie. Tant de beauté pour tant de douleur.

Elle se détourne.

Elle descend jusqu'à la scène. Odon l'attend près du rideau.

— Tu pourras mettre un peu de lumière ?

Sa main s'attarde sur son bras.

Il remonte la travée, passe à côté de Marie. Il ne lui dit rien. Il ne la regarde pas. Il entre dans la petite pièce d'où se règlent les lumières. L'instant suivant, un cercle doré apparaît sur le plancher, brillant comme une lune.

La Jogar pénètre ce cercle. Il est difficile pour elle de jouer devant une salle vide. Sa voix a besoin de l'écho des corps, sentir la résonance dans la chaleur d'hommes et de femmes venus l'entendre.

Encore plus difficile de jouer pour une seule personne.

La première phrase à dire est la plus pénible. Le texte n'a pas été oublié, cinq ans qu'elle le garde cloué dans sa mémoire.

— « Le vieux Juanno est tombé ce matin. Il était puissant et pourtant un méchant hiver a réussi à le mettre à terre. »

Les autres phrases s'enchaînent. La mémoire ne trahit rien. *Anamorphose* était bien plus qu'une affaire de mots, c'était un impact sur son ennui et sa solitude. Un mot oublié et l'énergie retombe, elle aussi est comme ça.

Marie se fige.

Odon est resté dans la salle des lumières. Il n'y a personne d'autre dans le théâtre. Chaque mot prononcé converge vers le fauteuil dans lequel est assise Marie.

Marie écoute. Elle pense à Paul.

C'est pour lui qu'elle fait tout cela. Pour sa mémoire, son histoire.

Elle reconnaît les mots, se laisse emporter par les intonations chaudes de la voix qui murmure.

La Jogar est surprenante. Les mots prennent racine dans sa gorge, ils remontent de son corps majestueux.

La gorge enfle, des mots respirés.

L'émotion rendue, interprétée, vivante.

Marie voit son frère, dans la camionnette, sa main sur le crayon, tard dans la nuit. Elle serre fort ses mains.

Il a écrit.

La Jogar façonne, elle emplit. Elle devient le battement.

Marie ne ravale pas ses larmes, elle n'essuie rien de ce qui coule. Elle ne sait même pas ce qu'elle pleure.

Bientôt, ce qu'elle entend, c'est autre chose et c'est plus vivant qu'*Anamorphose*.

Ça n'appartient plus à Paul. Elle a cru que ce serait lui. Elle a voulu que ce soit ainsi. Elle ne reconnaît plus rien. Cela lui est familier et pourtant c'est différent.

C'est une histoire sans Paul.

Ou avec Paul très loin. Derrière. Une ombre de lui qui s'efface.

Elle gratte son bras avec ses ongles, détache les croûtes noires. Avant, elle se faisait mal pour que la douleur les rapproche.

Elle gratte plus fort.

Elle sent que le fil entre eux se détache.

Marie vide le sac des vêtements. Les vêtements en tas sur le matelas.

Il fait nuit.

La fenêtre est ouverte. La lumière allumée. Les insectes entrent, attirés, ils tournent et s'approchent. Certains se brûlent les ailes, retombent sur le plancher.

Marie glisse sa tête dans le sac. Elle resserre, doucement. Par transparence, elle voit la chambre, les murs, les messages contre la vitre.

Il y a la sueur à l'intérieur du sac.

La chambre est blanche et les papiers deviennent flous.

Le plastique se colle à sa bouche.

La lumière encore vive et jaune de l'ampoule.

Paul a écrit *Anamorphose* et *Nuit rouge*, il aurait écrit d'autres textes si on l'avait laissé vivant. Des textes de talent. Comme Beckett. On aurait dit, Selliès, c'est un grand !

L'air commence à manquer dans le sac.

Elle pense au hasard, les quelques minutes fragiles qui parfois font et défont les destins. La Jogar dit qu'il faut de l'énergie pour aimer.

Isabelle dit, Redresse-toi je t'en prie...

Marie sourit dans le sac.

Elle se redresse.

Elle n'a plus rien à respirer. Le plastique plaqué à sa peau.

Elle arrache le sac. Elle reprend l'air, bouche ouverte, l'avale avec effroi.

Ça bourdonne sec dans sa tête.

Elle regarde autour d'elle. Le sac est serré dans sa main. Elle ne sait plus l'heure qu'il est. Elle voit seulement la nuit.

Pour la Jogar, c'est la dernière représentation. Encore quelques mots et c'en est fini des remparts. Deux jours de temps libre, dimanche elle déjeune avec son père et elle s'en va.

Elle s'avance sur le devant de la scène. Les applaudissements ne peuvent pas suffire.

Phil Nans baise le bout de ses doigts, il s'écarte.

Il y a d'abord cela, elle seule sur la scène. Une offrande de silence. Quelques minutes suspendues.

Le public garde les yeux sur elle. Elle s'imprime, elle se grave. Elle va partir cette femme qu'ils aiment, qui est une part d'eux, de leurs rêves. De leur ville.

L'un d'eux se lève, suivi d'un autre. Dans un silence de cathédrale. Bientôt, c'est toute la salle qui est debout pour une ovation muette.

La Jogar tremble.

C'est la première fois qu'elle vit cela.

Elle se tait. Pour une fois, empêchée de sourire.

Elle les regarde tous, les visages, son cœur bat à se rompre.

Eux aussi la regardent.

Elle passe d'un visage à l'autre. Personne ne bouge, personne ne parle. Il faut imaginer cela. Une tension presque insoutenable.

Soudain quelqu'un crie, Bravo ! et les applaudissements se déversent.

Phil Nans revient, il lui prend la main, Tu as été exceptionnelle !

Les applaudissements sont une houle qui la traverse. Elle ramasse les fleurs.

Une main sur son cœur, Je vous aime... Le visage hagard. C'est presque inconvenant la vitesse avec laquelle elle passe du rire aux larmes.

Elle répète, Je vous aime, je vous aime tant...

Elle reste encore, tant qu'elle peut.

Tant que rester est supportable.

Une réception est donnée le soir dans les salons de la Mirande. Sur invitation. Des tables rondes ont été installées dans les jardins, une estrade et des musiciens. Des serveurs circulent avec des plateaux sur lesquels sont alignées des coupes de champagne. Il y a du monde, de la musique, on passe des salons au bar, au jardin. Tout le monde semble joyeux et des couples se forment.

Nathalie est dans le patio, avec des amis. Odon la voit de loin. Sa peau a pris le soleil, le front un peu rouge. Les taches de rousseur plus nombreuses aussi. Elle porte un tee-shirt couleur chair, très échancré. Plusieurs colliers de turquoise autour du cou.

Quand elle l'aperçoit, elle lui fait un signe. Il s'avance. Les pans de sa veste sont froissés, ses traits tirés. Il sent les regards sur lui. Il sait que Nathalie ne lui aurait pas téléphoné sans quelque chose de sérieux.

Il le lit dans ses yeux.

Un homme l'accompagne. Il est plus âgé qu'Odon, les tempes déjà grisonnantes. Élégant. Il s'écarte quand Odon s'avance.

Nathalie les présente.

Odon ne retient pas son nom.

Nathalie s'excuse auprès de ses amis. Elle l'entraîne à l'écart, un endroit discret en bout de bar.

— Je t'attendais, elle dit.

Ils prennent deux coupes de champagne sur un plateau, s'appuient les coudes au zinc.

Nathalie regarde les bulles qui éclatent comme de l'or à la surface. Un peu penchée.

— On a un problème, elle dit.

Elle a dit cela aussi, sur le même ton, quand elle a appris sa liaison avec Mathilde. On a un problème... Sauf que c'était sur la péniche.

— On a reçu un coup de fil au journal.

Elle enserre sa coupe, fait tourner le verre avec le bout de ses doigts.

— C'est si grave ? il demande.
— Possible.

Il laisse son verre sur le zinc.

— Je t'écoute.
— Mathilde Monsols n'aurait pas écrit *Ultimes déviances*... Ce serait une version arrangée d'un texte original de Paul Selliès, auteur dont tu présentes par ailleurs une pièce cette année.

Odon fixe les rangées de bouteilles posées sur les rayons du bar. Il glisse sa main sur le zinc. Il se retourne lentement.

Nathalie se tourne à son tour.

Elle tient son verre entre ses mains, sans le boire.

— Il y a autre chose, elle dit.

Elle promène un regard indifférent sur les invités.

— Ce n'est pas moi qui ai reçu l'appel, c'est une stagiaire... Elle a transmis l'information à ma secrétaire.

Elle lui laisse le temps de bien comprendre ce qu'elle vient de dire. De l'assimiler dans tous ses détails, ses conséquences.

Elle lui laisse aussi le temps de nier.

Bientôt trente ans qu'ils se connaissent, c'est une belle étape de vie. Il lui a menti, parfois, par négligence ou pour la protéger. Il l'a trahie violemment, un jour, en aimant Mathilde.

Et maintenant...

Nathalie repose son verre.

— J'ai besoin de savoir si cette information est vraie.

Elle croira ce qu'il va dire. Elle veut le croire sans douter.

Il peut lui mentir.

— Elle est vraie, il finit par lâcher.

Devant elle, autour, partout, les plateaux circulent, les coupes se vident.

— J'ai demandé aux deux personnes qui sont au courant de garder ça sous silence mais je ne peux pas t'assurer qu'il n'y aura pas de fuite.

Elle ne veut être garante d'aucune promesse.

Il fait un geste de la main, fataliste. Le silence, pour combien de temps ? Même si l'information ne sort pas dans les prochains jours, il y aura toujours cette menace.

Dans les salons, on parle des adieux de la Jogar, de l'ovation de silence, un public qui frissonne devant une femme debout.

Elle devrait être là.

On la cherche. On s'interroge.

— Odon ?

— Mmm...

— Tu as une idée de qui a téléphoné ?

— Je crois que oui...

Elle écarte les mains, se détache du bar. L'encre noire des titres noirs.

— Dans ce cas...

Elle pose une main douce sur son bras.

— J'espère sincèrement que ça ne sortira pas.

Ils se regardent. Ils se sont tellement aimés. La vie leur semblait une promenade longue et plaisante et qui ne devait jamais connaître de fin.

Elle retire sa main.

Avant lui, elle ne savait pas ce qu'était la jalousie, il lui a appris, à lui faire mordre la poussière. Aujourd'hui, elle pourrait se venger, ce serait simple, il suffirait d'un titre en première page.

Ce n'est pas de la mansuétude ou du pardon. Elle n'a simplement plus de colère.

— C'est toi qui l'as publiée, si ça filtre, tu vas être sali.

— Ça n'a pas d'importance.

Elle sourit. Ainsi donc... Elle aurait préféré que ce ne soit pas vrai, ne pas être obligée de la sauver.

— Il ne faut pas qu'il y ait d'autres appels, je n'aurai pas deux fois la force.

Il détourne les yeux.

Murmure un merci pitoyable. Il se sent minable de la mêler à tout ça. Il voudrait la retenir, lui dire autre chose que ce merci insuffisant.

Elle regarde l'homme qui était près d'elle et qui l'attend dans l'un des fauteuils du patio. Un verre rond et large dans la main, un alcool qu'il fait chauffer dans sa paume.

— J'ai rencontré quelqu'un... elle dit lentement.

Odon frémit.

L'homme est à demi tourné, les jambes croisées, le profil séduisant. Il tire un paquet de cigarettes de sa poche, se lève et sort fumer sur le trottoir.

— Qu'est-ce que tu lui trouves ?

Nathalie sourit.

Elle pose sa main sur son épaule, l'abandonne un instant, quelques secondes.

— Il va peut-être falloir qu'on divorce...

Le mistral a soufflé un jour et il s'est arrêté. Les nuages se sont amoncelés au-dessus du mont Ventoux. D'autres, plus sombres, venus du nord, recouvrent la ville.

La pluie arrive avec le soir. Les premières gouttes s'écrasent sur un sol saturé de chaleur, s'évaporent dans un air encore brûlant. Une averse, suivie d'une autre. On se protège sous les porches, sur le devant des magasins, dans l'église. On se glisse sur le pas des portes, dans l'angle des fenêtres.

On regarde pleuvoir.

Les odeurs de pluie remplacent les odeurs de sec. Partout, on ouvre les fenêtres, les volets, on laisse entrer la fraîcheur.

On respire enfin.

Les troncs, les tuiles, les balcons ruissellent. Les feuilles des platanes sont lavées de toute cette poussière.

Marie avance sous la pluie.

Elle marche dans les flaques, ses baskets dans l'eau.

Elle s'engouffre au Chien-Fou. C'est la dernière représentation de *Nuit rouge*. Il y a du monde dans l'entrée. On se retourne sur elle. D'un revers de manche, elle essuie la pluie sur ses joues.

Son pantalon dégouline sur la moquette.

Julie et les garçons sont dans le couloir, les visages recouverts d'argile. Ils la regardent venir. Sans rien lui dire. Pas de sourire.

— Je cherche Odon, dit Marie.

— Il te cherche aussi, dit Julie d'un ton glacé.

Greg veut s'avancer mais elle le retient par le bras.

Il n'insiste pas.

Marie ne dit rien.

Jeff sort du bureau. Quand il voit Marie, il ébauche un timide sourire mais il n'avance pas.

Il tient contre lui les fleurs de digitales enveloppées dans du papier. Toute une brassée. Le sourire tremble. Il se détourne, s'éloigne, le dos voûté, il emporte les fleurs sur la scène.

Des spectateurs sont déjà installés dans la salle. D'autres arrivent et prennent leurs places.

Marie a froid.

Tout semble hostile.

Elle continue pourtant.

Odon est dans les coulisses avec un technicien, il vérifie la descente du décor qui grince et bloque.

Le matin, à la première heure, il a téléphoné à la Jogar. Elle n'a pas répondu. Il a laissé un message pour qu'elle le rappelle. Il a dit, C'est important.

Quand il voit Marie, il laisse tout.

— T'es plutôt gonflée de revenir !

Il la prend par le bras, l'attire à l'écart. Sa main se referme, une poigne violente.

Il est furieux.

— Pourquoi tu as fait ça ? Hein, pourquoi ? Tu as voulu que Mathilde joue et elle a joué ! Tu veux quoi de plus ?

Julie et les garçons se regroupent dans le couloir. Jeff est là, lui aussi. Sans les fleurs.

Le technicien s'en va.

Marie gémit.

Elle a utilisé la cabine téléphonique à côté du banc. Il lui restait des unités sur sa carte. Le numéro de téléphone dans le journal, contact local. La fille qui a répondu l'a écoutée sans rien dire. C'était facile, ça n'a pas duré longtemps.

C'était avant de voir la Jogar. Après, quand elle l'a entendue sur la scène, elle a regretté son appel et puis elle a pensé que ça n'aurait pas d'importance. Des appels téléphoniques ne suffisent pas à faire des preuves.

— C'était avant... c'est tout ce qu'elle murmure.

Avant, après ! Odon s'en fout.

Il lui fait grimper les marches, la tire sur la scène. Sa cheville heurte l'angle d'une marche. Elle se retrouve à genoux, le visage contre le parquet, son sac à côté, l'appareil photo contre elle.

Odon se penche. Il ne crie pas, c'est tout aussi violent.

— Tu vas pouvoir te venger puisque ça te semble si nécessaire.

Elle tourne la tête. Elle voit le rideau, le rouge de la tenture, les plis épais.

Elle a des larmes dans les yeux, elle entend les murmures derrière le rideau, un brouhaha assourdi par l'épaisseur du tissu.

— Je ne voulais pas...
— Mais tu l'as fait !

Il dit ça entre ses dents.

Il fait un signe à Jeff pour qu'il ouvre le rideau. Jeff ne bouge pas.

Odon empoigne la doublure, brusquement, il tire et les pans s'écartent. Les murmures continuent dans la salle, certains s'estompent, jusqu'au silence.

Tous les regards sont tournés vers la scène. Une fille seule, rampante, dans un espace tellement grand.

Marie prend appui sur ses mains. Elle relève la tête. Une lampe au-dessus clignote, un faux contact, elle plisse les yeux.

Dans la salle, il y a des visages. Beaucoup de visages.

Elle balbutie quelques mots. On croit qu'elle joue. Elle glisse une main dans ses cheveux. Elle cherche sur quoi poser son regard. Entre les rideaux des coulisses, elle aperçoit Julie et les garçons.

Elle tente un sourire.

Elle serre contre elle son sac et son appareil photo. Elle se relève.

Elle glisse un doigt sur ses anneaux. Tous les anneaux pour toutes les années de vie depuis que Paul est parti.

Le premier, celui de la lèvre, elle le caresse avec sa langue. La lèvre est molle, mouillée. L'anneau froid.

Sous l'anneau, il y a les lettres gravées. Elle le serre entre ses doigts, retrouve les lettres, le dessin du nom.

Il y a son bras, sa main et les doigts et l'anneau. Une odeur particulière aussi, dans sa salive, un goût d'acier froid.

Le doigt s'accroche à l'anneau.

Il n'y a pas de bruit dans la salle quand elle tire. Une fois suffit. La lèvre se déchire. Pas de cri. Le sang coule sur son menton, chaud, poisseux. Des gouttes tombent sur le plancher. D'autres gouttes tachent le vert émeraude de son polo.

Elle desserre les doigts, lentement. L'anneau tombe sur le plancher, il rebondit, roule.

S'immobilise.

Le premier anneau détaché d'elle.

Elle ne sait pas si on rachète les fautes par la douleur.

Elle pense au baiser de Greg sur cette bouche à présent déformée. Un rire remonte dans sa gorge, il s'ouvre un chemin, lui entrouvre les lèvres comme le soc d'un labour. Elle rit de ses lèvres qui bavent, les bras se referment sur son sac.

Dans la salle, le silence est gêné. C'est sans doute du sang de peinture ? Une démence apprise ? Il y a quelques applaudissements timides.

Marie recule avec un sourire d'écorchée. Jeff se hâte de refermer le rideau.

Julie et les garçons s'écartent pour la laisser passer. Ils la suivent des yeux.

Odon s'en va.

Julie regarde autour d'elle, désorientée. Dans cinq minutes, le spectacle commence.

Elle fait un signe à Jeff. Elle se met en place, pâle, tendue.

Sur le plancher, il reste des gouttes sombres.

Marie s'enfonce dans le couloir. Sa bouche lui fait mal. Sa cheville aussi. Elle boite en passant devant les loges.

Le bureau d'Odon est ouvert.

Elle continue, une main contre le mur. Elle pousse la porte qui donne sur la place. La pluie a cessé, ce n'était qu'une averse, déjà les gens ressortent. L'eau coule le long des caniveaux, à peine si elle a rafraîchi l'air, elle emporte la poussière.

Ce n'est qu'un répit. Au-dessus des toits, le tonnerre gronde.

Marie s'arrête sur le pas de la porte. Il y a du monde, partout, sur le parvis, en terrasse, un danseur de castagnettes qui profite de l'accalmie, des badauds autour.

Marie doit traverser tout cet espace et ensuite longer des rues pour rejoindre sa chambre.

Elle n'y arrive pas. Comme si avancer était devenu impossible. Elle reste les bras ballants. Des passants se retournent, la regardent avec effroi.

Il suffirait qu'ils ne la regardent pas. Le courage puise parfois sa force dans l'indifférence. Un enfant s'approche, il tient un cornet de glace à la main. Cinq ans à peine. Il est seul. Deux boules roses sur le cornet. Il fixe Marie, sa main un peu penchée.

Et il se met à pleurer. Des larmes longues et lourdes. Des larmes sans bruit.

Une femme accourt, quand elle voit le visage de Marie, elle prend la main de l'enfant.

La glace se renverse.

Marie recule.

Elle revient dans le couloir.

Sur le pavé, il reste les deux boules roses fondues.

Nuit rouge se termine, une dernière représentation triste, hantée par l'ombre fantôme de Marie.

Jeff attend en coulisses pour lancer le finale, un enregistrement de quelques minutes durant lesquelles on entendra tomber la pluie. Une illusion parfaite.

Damien entame sa dernière repartie, la main levée vers le ciel, « À présent que l'orage éclate, la pluie peut noyer l'errant que je suis... ».

Il n'a pas le temps de terminer sa phrase qu'un vrai coup de tonnerre ébranle les murs et la pluie se déverse sur la ville. Un déluge d'eau. Le public lève la tête, regarde le plafond comme si l'orage allait tout engloutir. Le réel s'invite dans la fiction, se mêle à elle. Durant un court instant, le public ne sait plus s'il est dans la salle ou sur la colline de *Nuit rouge*. Où sommes-nous ? C'est ce qu'ils semblent tous demander. Ce qui arrive est troublant, magique. Tout le monde se lève. Une ovation !

Damien pose les mains sur le cou de Julie, il relève ses cheveux, dégage le visage. Il approche ses lèvres du souffle d'argile. Il la serre fort, se blottit.

Autour, le vacarme assourdissant de la pluie se prend dans les applaudissements du public et les coups de tonnerre.

— Tu m'aimes ?
— Je t'aime oui...
Elle garde les yeux ouverts.

Greg s'en va, il veut retrouver Marie, il la cherche dehors, sur la place, dans les rues. Il l'a vue partir par le couloir, disparaître. Il monte chez Isabelle. Elle n'est pas dans sa chambre. Il traverse la ville, la cherche sur les quais de la gare.

Il ne la trouve nulle part.

Il revient au Chien-Fou mais les portes sont fermées et il n'y a plus de lumière à l'intérieur.

Odon marche. Impasse Colombe. Il traîne dans les bars louches, des clubs comme des caves.

Des cavernes profondes.

Les cloaques.

Rue Dévote, une fille sombre entre deux poubelles. Un visage d'ange, une seringue à la main. Le garrot encore noué au bras.

Il passe son chemin, revient, détache le garrot.

Les portes de l'église Saint-Pierre sont fermées. Il fait nuit depuis longtemps.

Il hésite et il téléphone à Mathilde.

Il ne la réveille pas.

Elle est dans un bar, près de la place des Carmes. Un café triste dans une ruelle sombre, un mur sans fenêtre. Il la rejoint.

Ses yeux lourds de rimmel fixent son verre.

— Pourquoi tu es ici, dans un endroit pareil ?

— J'aime ces endroits.

Il pose un billet sur le comptoir. Le patron le glisse dans la caisse.

— On s'en va de là, il dit.

La Jogar ne bouge pas. Elle frotte la table avec son pouce.

— J'ai eu la visite de deux journalistes...

Il revient près d'elle.

Elle dessine sur la table, avec son doigt, des traînées dans l'eau.

— Ils m'attendaient dans le salon, ce matin, très tôt. Ils m'ont parlé d'*Anamorphose* et de Selliès. Ils m'ont dit que des bruits couraient... Ils m'ont demandé comment j'expliquais de telles rumeurs.

— Qu'est-ce que tu leur as répondu ?

— Que je ne les expliquais pas. Que c'étaient des commérages, j'ai pris ça sur un ton léger mais je crois qu'ils ne m'ont pas crue.

Il avance la main, l'oblige à tourner la tête.

Elle tente un sourire qui tangue.

— C'est Marie n'est-ce pas ? Pourquoi a-t-elle fait cela ?

Il ne sait pas.

— Elle a téléphoné au journal avant de te voir jouer. Elle ne l'aurait pas fait après. Tu l'as bouleversée...

La Jogar finit son verre.

Alors c'est un coup de mauvais hasard, elle pense.

Odon fixe ses mains.

— J'ai essayé de t'appeler plusieurs fois, tu ne répondais pas.

Elle dit qu'elle a débranché son téléphone. Qu'elle est allée sur la tombe de sa mère.

Il lui parle de ce qui s'est passé au théâtre avec Marie. Leur dispute. Il ne lui parle pas de l'anneau arraché.

— J'ai vu Nathalie, elle m'a promis de tout faire pour que l'information ne soit pas divulguée.

Il dit cela vite, sans la regarder. Il sait qu'il va la blesser en parlant de Nathalie.

La Jogar sourit, gratte avec son ongle entre ses deux dents de devant comme pour les écarter.

Elle fait ça longtemps.

— Ainsi, ta femme me sauve...

— Ce ne sera bientôt plus ma femme.
Elle rougit.
— Je suis désagréable, pardonne-moi...
Il passe ses mains sur ses yeux.
— Qu'est-ce que tu vas faire ? il demande.
— Je ne sais pas... Attendre et voir.

Elle colle ses lèvres contre le verre. Reste comme ça, un long moment. Silencieuse.

Elle pense aux conséquences.

Elle dit, Je voudrais que tu écrives un texte pour moi.

Odon fait non avec la tête.

Avec son doigt, elle étire les gouttes d'eau tombées sur le zinc.

— Je voudrais que tu sois vieux alors...
— Je suis vieux.
— Je voudrais que tu sois laid.
— Je suis laid aussi.
— Que tu le sois davantage...

Il sourit mais il a envie de chialer et ça se voit dans ses yeux.

Le patron baisse les rideaux. Il remonte les chaises sur les tables. Il éteint les lumières de la salle, il laisse seulement celles au-dessus du bar.

Avec la pluie, le Rhône est plus lourd, il a pris des couleurs de boue. Teintes ocre-beige, odeur de vase. Accablé lui aussi par toute cette chaleur, il coule, indolent. L'automne lui rendra sa menace.

Odon ne sait plus comment se comporter avec Marie.

Il rentre.

Il passe le pont, longe la rive. Épuisé par la soirée. Par la nuit.

Il trouve Big Mac sur la passerelle. Il croit que c'est une pierre. Il se baisse. Le crapaud est tout sec alors qu'il a plu.

Il le ramasse, raide dans sa paume.

Mort avec la pluie. Ou à cause d'elle. Tant d'eau après tant de chaleur.

Il ramène Big Mac sur la rive.

Il l'enterre dans la nuit. Un trou qu'il creuse avec les mains. Il dépose le crapaud au fond et il le recouvre de terre.

L'impression d'enterrer une partie de lui.

Il geint de douleur.

Il s'assoit au piano. Il a mal partout. Ses doigts hésitent, retrouvent les notes, il joue le *Requiem* de Mozart.

Un requiem pour la mort d'un crapaud.

— Bon vent, Monsieur Big Mac !

Il laisse retomber le couvercle du clavier. Trop fort. Ça claque. Le bruit résonne dans sa tête et dans le silence autour.

Il entre dans la cuisine, cherche une bouteille, trouve un fond de gin.

Il ressort.

Il regarde la ville. Cette vue presque parfaite et qu'il connaît par cœur.

La Jogar est entre ses remparts pour quelques jours encore. Devant son hôtel, il a hésité. Elle a dit, Tu pourrais monter, nous pourrions nous offrir cela...

Il n'a pas voulu.

Elle s'est détournée.

Il glisse la main dans sa poche, trouve ses cigarettes, un objet roule sous ses doigts, il le regarde dans la lumière. Du sang sec sur un anneau d'or. Le nom de Paul gravé. Odon a ramassé l'anneau quand il a roulé.

Il le pose sur le piano.

Il boit.

Il pense à Selliès. L'écriture et la mort, cette union, cette hantise.

Il tire le piano. Il aurait dû suivre Mathilde, passer avec elle une nuit, une heure. Les pieds rayent le pont. Une sueur froide lui inonde les reins. Il appuie son front contre la laque noire du bois. Il ne sait pas faire les choses comme ça, les choses faciles, légères. Julie dit qu'il faut savoir tourner les pages, Julie est jeune, elle a encore beaucoup de pages.

Il aurait pu simplement faire l'amour et être bien avec quelqu'un.

Il ne veut pas être bien pour une heure.

Il traîne le piano. Il le soulève, le pousse en équilibre, une partie sur le pont et l'autre sur le fleuve.

Marie dit qu'on tue des éléphants pour faire des touches en ivoire. Il ne veut pas penser à elle. Il prend l'instrument par les pieds, sous le choc, les cordes vibrent, un accord sinistre. Un bruit d'eau. Le piano tombe, flotte. Il bute contre la coque. Il ne coule pas.

Odon reprend son souffle, appuyé au bastingage.

Le piano reste un long moment sans bouger et il se détache, les vagues le lèchent, le courant l'emporte. On dirait une bête morte, une carcasse qui traîne. De loin, un homme au ventre lourd.

Arrivé au milieu du fleuve, il s'arrête, on pourrait le croire posé, mais il se met à tourner, des cercles qui se rapprochent et il finit par disparaître.

Marie n'a pas quitté le théâtre. Il y avait trop de monde sur la place, trop de regards.

Elle a voulu attendre pour sortir.

Elle est restée dans le couloir.

Elle a entendu des pas, elle est entrée dans le bureau, s'est cachée derrière la porte.

Les pas se sont rapprochés. Elle a regardé autour d'elle. Il y avait seulement l'étage, l'escalier en colimaçon.

Elle est montée.

Depuis, elle se terre.

Sa lèvre lui fait mal, elle a enflé. Des élancements qui lui mordent la bouche. Sur une petite étagère, il y a un rasoir, de la mousse à raser, du savon. Elle regarde son visage dans le miroir au-dessus du lavabo.

Elle lave le sang séché sur son menton. L'anneau a roulé sur la scène, elle ne l'a pas ramassé.

Elle revient vers la fenêtre. *Nuit rouge* est terminé depuis longtemps. Il y a encore du monde au restaurant de l'Épicerie.

Elle a vu partir Greg, il était seul, sans les autres.

Il revient, il est toujours seul, il traverse la place, s'avance vers la porte. Elle se recule. Il pourrait lever la tête et voir son ombre. Elle ne veut pas.

Après la vie, c'est la mort, disait son frère. Et avant ? Avant, c'est autrefois, il disait. C'est la mort aussi, peut-être... Et le souvenir, c'est tout ce qui vient après.

Elle glisse sa montre sous le matelas. Elle dort. Elle rêve de Judas, mais Judas sans les apôtres, il marche seul dans une forêt. Elle fait d'autres rêves.

Elle se réveille. La pièce est éclairée par les lampes de la place.

Pendant son sommeil, sa lèvre a encore enflé, dans le miroir, elle semble bleue.

Il n'y a plus de bruit.

Elle regarde par la fenêtre. Son souffle reste collé, fiévreux contre la vitre sale.

Marie redescend. Le pas léger. Même dans le théâtre vide, elle ne doit pas faire craquer les marches.

Elle n'éclaire pas.

Elle prend le briquet et les allumettes sur le bureau d'Odon. Elle sort dans le couloir, avance à la lumière des flammes.

Elle cherche l'anneau, à genoux sur la scène. De sa main, à plat. À l'endroit où il est tombé et puis autour. Il a roulé.

Elle le cherche plus loin. Partout.

Le plancher sent la sueur et la poussière. Le bois est doux à toucher. Quand elle l'aura trouvé, elle le remettra dans sa lèvre. Ça fera mal.

Le briquet s'éteint.

Marie craque une allumette. Elle cherche à la lumière de la flamme. L'allumette s'éteint. Elle en craque une autre. Bientôt, dans la boîte, il n'y a plus d'allumettes.

Elle cherche dans la nuit, seulement avec ses mains.

Une veilleuse verte est allumée au-dessus de la porte qui donne sur la rue.

Son sac est à l'étage, l'appareil photo sur le lit.

Elle revient dans le bureau.

Elle trouve un paquet de M&M's entamé. Elle glisse une cacahuète dans sa bouche, laisse le chocolat fondre.

Elle est fatiguée.

Elle va dormir encore, une heure ou deux. Elle partira au matin, avant le soleil. Elle ira directement à la gare. Elle s'en fiche de ses affaires. Elle téléphonera à Isabelle plus tard.

Le bouquet de digitales est dans un vase, sur le bureau. Les tiges dans l'eau. L'eau un peu trouble. C'est Jeff, il fait toujours ça, il ramasse les fleurs après le spectacle et il les rapporte dans le vase pour le lendemain.

Quand elles sont fanées, il les jette et il les remplace par d'autres.

Des fleurs comme des hampes. Marie les a vues sur la scène. Elle les a vues dans les mains de Julie. Mais toujours de loin. De près, elles sont encore plus belles. Ce sont des guirlandes de fleurs, des grappes lourdes qui pendent le long des tiges, on dirait des cloches.

Elle en respire le parfum.

Elle les sort de l'eau, remonte à l'étage.

Elle pose les fleurs sur le lit.

Elle revient vers le miroir et enlève tous les anneaux. Les uns après les autres. Elle les détache, les pose à côté du rasoir, sur la faïence blanche.

Elle boit de l'eau. Elle prend une photo des anneaux et du clou sur la faïence.

Elle revient vers le matelas.

Dans le fond de son sac, il y a les petits pains qu'elle a pris à la Mirande. Un peu durs. La confiture. Elle mâche avec prudence.

La lumière du dehors dessine un carré clair sur le parquet. Des papillons de nuit butent contre les vitres. Bruits d'ailes et de corps qui se cognent. Elle pense leur ouvrir.

Elle ne bouge pas.

Elle se couche sur le parquet, dans le carré de lumière. Elle dessine dans la poussière.

Une échelle de meunier est posée contre le mur. Une trappe tout en haut.

Des combles sous les toits. Marie pourrait y voir les étoiles. Peut-être... Il y a parfois, dans les toitures, des ouvertures qui donnent sur le ciel.

Elle ramasse son sac.

Elle emporte les fleurs.

Elle accroche sa main à la rampe. Elle grimpe, une dizaine de barreaux.

La pièce est étrange, avec un coffre, du fourbi et deux fenêtres. Un lit recouvert d'une couverture à carreaux.

Marie pose le bouquet sur le lit.

Le sac.

Au plafond, il y a des centaines d'ampoules, toutes serrées les unes contre les autres. Poussiéreuses, les fils emmêlés, elles se chevauchent. Marie avance la main, le visage levé, elle touche le bombé du verre, les surfaces lisses et rondes.

Elle s'approche de la fenêtre. La place Saint-Pierre est déserte. L'église semble géante.

Le lustre en cristal de Bohême est posé dans un coin. Elle se baisse, glisse ses doigts entre les pampilles. Elle les prend, les soulève, elles sont en forme d'amandes et de larmes.

Marie regarde la nuit.

Elle s'assoit sur le lit, les yeux dans les ampoules éteintes. Son frère est-il devenu du silence ? Elle ne sait pas s'il y a des réponses possibles. Elle pense que être fou c'est regarder le ciel et vouloir que quelqu'un réponde.

Elle compte les ampoules. Il y en a trop, elle se lasse.

Elle glisse son doigt sur la blessure. Sa lèvre ne lui fait plus mal.

Une photo est punaisée sous la fenêtre. Le recoin est sombre. Elle n'a plus d'allumettes.

Elle trouve une prise électrique à droite de la porte. Un fil jaune recouvert de poussière. Elle enfonce la prise, elle regarde les ampoules. Elle attend. Rien ne s'éclaire. Elle change de prise. Une première étincelle jaillit, suivie d'une autre et d'une autre encore. Des étincelles minuscules, qui rampent sur le plancher.

Ça craque à l'intérieur de la prise et les ampoules s'allument.

C'est soudain, violent.

Une lumière vive, blanche.

Marie ouvre grands les yeux. C'est magnifique ! Le plafond disparaît dans toute cette lumière. Le visage de Marie.

Elle entend un crépitement dans le fil, quelques ampoules claquent, ça clignote et puis tout s'éteint.

D'un coup, c'est la nuit. Marie touche le fil et la lumière revient.

Elle rampe jusqu'à la photo. C'est un cliché en noir et blanc, un oiseau qui vole entre des balles. Une écriture couchée, au feutre noir, « Liban, janvier 1976 ».

Elle reste longtemps à regarder l'image dans le clignotement des lumières.

Ils ont brûlé le corps de son frère dans un cercueil en carton. Un type sciait un arbre avec une tronçonneuse dans un parc à côté. La salle était peinte en blanc très neuf, la mère était en noir.

Tout le monde est sorti marcher sous les arbres. Marie a levé les yeux, elle a vu la fumée. Il pleuvait de la bruine froide. Les os deviennent cendres à partir de huit cents degrés, elle a lu ça dans une brochure.

Le bruit, les couleurs, tout est dans sa tête, elle n'oublie pas.

Elle revient s'asseoir près du lustre de cristal.

Elle ferme les yeux. Elle entend la pluie ou alors c'est le crépitement électrique dans les vieux fils.

La lumière, derrière ses paupières.

Elle prend le bouquet de digitales contre elle. Elle le pose sur ses genoux. La lumière fait vibrer le pourpre des pétales. On dirait du velours.

Du doigt, Marie caresse les pétales.

Elle détache une première feuille, elle en respire l'odeur. Elle la glisse entre ses lèvres. Elle l'écrase sous ses dents. Le jus est amer. Elle mâche. Elle pousse un peu avec son doigt, elle se force à avaler comme elle s'est forcée avec les cendres.

Elle détache une deuxième feuille.

Elle cale sa nuque contre le mur, regarde les lumières au plafond, les ampoules brillent comme des milliers d'étoiles.

Elles ne s'éteignent plus. On dirait un unique et immense soleil.

Marie passe de l'une à l'autre. Ça lui fait mal aux yeux de regarder aussi fort.

Elle tire le lustre contre elle, en caresse les larmes de cristal.

Elle avale.

Elle fait ça plusieurs fois. Les feuilles sont plus toxiques que les fleurs.

Huit grammes suffisent, a dit Julie.

Le lustre est traversé par la lumière.

Elle détache une autre feuille.

Julie et les garçons se retrouvent après le spectacle, sur la péniche. Avec Jeff et Odon. L'amie de Yann est là aussi. Toutes les années c'est comme ça, après la dernière représentation, ils dînent ensemble. D'habitude, c'est un moment de détente après les tensions du festival.

Greg n'est pas là, il cherche Marie.

Jeff a fait cuire un poisson à chair blanche. Une sorte de carpe qu'il a pêchée dans les eaux boueuses du fleuve. Il l'a recouverte de gros sel. Il pose le plat sur la table.

Lui aussi est inquiet. Il ne dit rien, à peine quelques mots.

Le sel, en cuisant, s'est transformé en une croûte épaisse.

Avec la pointe d'un couteau, il la fend, la repousse sur les côtés. La chair est douce mais pas très bonne à manger. Il partage quand même, des parts égales.

Des disputes, il y en a eu. Il y en aura encore. Julie essaie d'avaler, la chair l'écœure. Elle mange, pour faire plaisir à Jeff.

Jeff regarde du côté du pont.

Les garçons plaisantent autour des bières. Odon est tendu. Julie l'observe à la dérobée. Elle ne sait pas ce qui s'est passé avec Marie. Elle sent que c'est grave.

— Où est le piano ? elle demande en montrant l'emplacement vide.

Odon ne répond pas.

L'air apporte des parfums forts de verveine.

Ils parlent du sel qui ronge et cicatrise, une action et son contraire, comme le feu qui réchauffe et détruit. L'envers et l'endroit, le bien et le mal, l'amour et la haine. Les contradictions sont partout, en toute chose. Ils parlent de ce festival qui a fatigué la ville, qui l'a exaspérée au plus haut point, et pourtant a laissé l'espoir que les choses allaient peut-être s'arranger.

Peut-être seulement.

Greg les rejoint. Il dit qu'il n'a pas trouvé Marie. Il l'a cherchée partout.

Il dit cela, Elle n'est nulle part.

— Tu n'as pas une idée ? il demande à Odon.

Odon n'en sait rien. Son visage est sombre, il ne veut rien dire sur sa dispute avec Marie. Leur expliquer cela, c'est leur parler d'*Anamorphose*. De la Jogar aussi.

Yann dit qu'elle finira bien par ressortir. Ou qu'elle est repartie chez elle.

Julie fait circuler son paquet de bidis, des petites cigarettes venues d'Inde, du tabac roulé dans une feuille de *kendu* attachée par un fil de coton.

Elle a apporté des glaces.

Ils vident les coupes. Lèchent les bacs. Fument d'autres bidis.

Yann s'éclipse avec son amie. Les autres suivent. Damien pose un baiser sur les lèvres de Julie, il s'en va aussi.

Julie reste seule avec son père. Elle s'accoude au bastingage.

Elle n'a pas envie de parler de Marie. C'est pour autre chose.

— On a fait un enfant, Damien et moi.

Elle dit ça Julie, qu'elle porte un enfant. Un enfant de quelques heures.

Elle en a la certitude.

Elle dit, Un enfant pour un monde meilleur, c'était cette nuit.

Odon vient s'appuyer à côté d'elle. Il fixe le fleuve.

— Tu l'appelleras Jésus et il sera charpentier ?

Il respire lentement, des masses d'air qui soulèvent sa poitrine. Dans ses poumons, des odeurs de fleuve.

Il se souvient quand Nathalie lui a dit qu'elle attendait un enfant, aux premiers regards et en touchant son ventre, il a su que ce serait une fille. Elle s'était moquée de lui, elle avait dit, On ne peut pas deviner ces choses-là.

Il garde les yeux dans le fleuve.

— « Les femmes accouchent à califourchon sur la tombe », c'est Beckett qui disait ça.

— Beckett est un con, papa...

Il sourit doucement.

Les lumières des lampadaires se reflètent sur l'eau, les bateaux de tourisme ont accosté à la rive en face, encore tout illuminés.

Elle appuie sa tête contre l'épaule large de son père.

— On va se marier aussi...

Tout se mêle, l'odeur du fleuve, celle de la verveine et la confidence de Julie.

— Tu ne rends pas les armes un peu tôt ? il demande.

Le ton est froid. Il regrette d'être comme ça, désagréable. Il la ramène doucement contre lui. Est-ce de la perdre qui lui fait si mal ? Il se sent soudain seul comme une pierre.

Il la serre fort.

— Je t'aime tant... J'aurais pu t'avoir tout seul. Sans ta mère. Te créer tellement j'avais envie de t'avoir.

Elle sourit contre son épaule, les yeux mouillés, la voix qui tremble.

— Tu m'aurais faite comme un dieu, avec un peu de terre et de l'eau ?

— C'est ça fiche-toi de moi.

— Je me fiche pas papa, je me fiche pas...

Damien se promène seul dans la ville. La nuit est douce, il n'a pas envie de rentrer.

Julie a dit qu'elle restait dormir sur la péniche.

Il pense à sa vie avec elle. Une maison qu'ils pourraient avoir loin du fleuve.

Il remonte les ruelles jusque dans le centre, le parvis du palais est tranquille, les grilles des jardins fermées. Il s'assoit en terrasse, il n'y a plus personne, les tables sont entravées de chaînes. Il reste devant la place vide. Après, il revient dans les vieux quartiers.

C'est en se rapprochant du théâtre qu'il voit la fumée, elle monte des toits. Des personnes marchent dans la direction, il les suit.

Il entend du bruit. Il accélère le pas, débouche sur la place.

Il y a du monde devant le Chien-Fou, un attroupement, les yeux levés.

L'une des fenêtres sous les combles est grande ouverte. Un pompier penché, son casque brille dans la lumière des lampes.

Dans cette ville de fête, on pourrait croire à un spectacle.

D'autres pompiers font reculer les badauds. Un projecteur éclaire la façade.

Les habitants du quartier sont tous sortis, les visages inquiets. D'autres seulement curieux.

Le gyrophare bleu d'une voiture de police. Une ambulance près de la porte.

Damien s'avance. Au milieu de la foule, il reconnaît le garçon qui entre à la boulangerie tous les jours à midi.

Il s'approche de lui.

— Qu'est-ce qui s'est passé ? il demande.

— Le feu a pris là-haut, répond le gars.

Il montre la fenêtre. Une fumée âcre et jaune qui s'échappe. Plus de flammes. L'eau a tout éteint.

— Ils sont arrivés à temps, il dit. Le toit n'a pas été touché.

Damien reste à côté du gars. Il sort le téléphone de sa poche, appelle Odon.

— C'est un voisin qui a donné l'alerte, dit le gars. Il a vu les lumières, des lueurs vives derrière des fenêtres... Il a dit que ça clignotait.

Une fille devant eux se retourne.

— Ils ont trouvé quelqu'un là-haut, elle murmure.

Damien range son téléphone. Il regarde la fille. C'est elle qu'il voit entrer à la boulangerie, deux minutes seulement après le gars.

Il est sûr de ça.

Le gars est tout près.

Ils sont là.

Un pompier sort du théâtre. En bottes noires. Deux autres suivent en portant une civière.

Tout le monde s'écarte. Un murmure monte de la foule.

La fille recule. Le mouvement la place à côté du gars.

Ils sont l'un près de l'autre, elle dans sa jupe à fleurs, lui immobile.

Le brancard passe.

Odon réveille Julie.

Il dit qu'il y a un problème au théâtre. Ils sautent dans la voiture, une vieille Scenic, Odon ne la sort jamais pour traverser le pont.

Il conduit vite.

Il arrive devant le Chien-Fou en quelques minutes, au moment où le brancard disparaît dans l'ambulance.

Il descend de la voiture.

Il voit ça.

Il voit les pompiers et puis Damien qui vient vers lui.

Les pompiers ont trouvé le corps de Marie blotti contre le lustre de cristal. Ils ont dit qu'elle n'avait pas été touchée par les flammes. Ils ont parlé de fumée, d'asphyxie.

Une fille. Un polo vert.

Odon s'avance, il murmure des mots que personne ne comprend. Un gendarme lui parle. Il ne l'entend pas. Ça bourdonne fort dans sa tête.

Les pompiers emmènent Marie. L'ambulance s'en va sans bruit. Sur la place, il y a un moment où personne ne bouge.

Odon reste debout, les bras ballants, devant le théâtre.

Des badauds rentrent chez eux. D'autres restent. Des voisins, les gens du quartier.

Damien prend la main de Julie.

Elle se blottit contre lui, dans ses bras. La tête enfouie. Il caresse ses cheveux.

Elle pleure des larmes épaisses qui coulent le long de son cou.

Le gars et la fille s'attardent. Lui, un peu rêveur. Elle, les mains sur les plis de sa jupe.

Damien les observe.

Ils ne se connaissent pas encore.

Ils se parlent pour la première fois.

Le visage du garçon, un peu penché.

Celui de la fille.

Ils suivent des yeux l'ambulance qui emmène Marie. Quand l'ambulance a disparu, ils restent encore.

Ils ont défoncé la porte pour pouvoir entrer. Il y a de l'eau dans le couloir. Des traces de pas, de bottes.

Dans le bureau, rien n'a été touché.

De l'eau aussi sur le plancher du premier étage.

Odon marche jusqu'au lavabo. Les anneaux sont posés les uns à côté des autres. Un peu de sang sur la serviette.

Marie est venue ici, elle s'est cachée, terrée.

Sous les combles, la fenêtre est restée ouverte. L'eau des lances s'est déversée. Il y a des éclats de verre sur le sol.

La prise électrique est noire, le fil brûlé.

Ça sent la fumée froide. Un goût de plastique âcre qui colle à la gorge.

Le vieux coffre de bois. À l'intérieur, des costumes, des vieilles couvertures, ça s'est tout consumé. La photo de l'oiseau volant entre les balles a disparu.

Le lustre de cristal. C'est ici que les pompiers ont retrouvé Marie.

Son appareil photo est sur le lit. Oublié. Il le prend entre ses mains, le tourne, enlève le cache, le replace.

À côté du lustre, il y a le bouquet de digitales.

Les fleurs sont sur le parquet. Les tiges, des feuilles arrachées.

Odon se baisse. Il ramasse une fleur. Elles étaient dans le vase du bureau.

Il comprend. C'est une évidence. Il s'assoit sur le rebord du lit, la tête entre les mains. Marie ne s'est pas asphyxiée.

A-t-elle vraiment voulu mourir ou a-t-elle cru que ce serait comme au théâtre, un simple jeu ?

Il se laisse du temps. Écrase la fleur entre ses mains.

Quand il lève les yeux, Julie est là, elle aussi a compris.

La nuit sur la péniche est longue. Odon est incapable de trouver le sommeil. Plusieurs fois, il se lève, il sort, marche sur le pont, les yeux lourds. Il grille des cigarettes.

Le visage de Marie le hante.

Les heures sont interminables pour arriver au matin.

Jeff est là un peu après huit heures. Il ne jette pas le journal comme d'habitude. Il n'enlève pas sa casquette. Tout est différent, ses gestes, ses regards.

Il ne dit rien.

Odon ouvre le journal.

En page intérieure, un petit article parle de l'incendie mais pas un mot sur Marie.

Odon boit son café.

Jeff essaie d'arroser les fleurs. Ses pieds traînent sur le pont. Il range les pots, les pinceaux, commence mille choses sans en finir aucune.

Chacun de ses gestes exprime sa douleur.

Le fleuve coule, tranquille, il charrie des feuilles, passe sous le pont. Une autre journée qui s'annonce ensoleillée.

Jeff ramasse la pioche et il descend sur la rive. Il fait ça sans dire un mot.

Des digitales pourpres, les plus belles, les plus toxiques. Il les cueillait pour le spectacle. Il les arrosait pour qu'elles fleurissent.

Les digitales poussent dans l'ombre humide, sous les arbres, tout un massif. Elles sont vivantes, elles apportent la mort.

Il saisit le manche à deux mains, soulève la pioche au-dessus de lui, l'abat fermement.

Il assène un second coup, détache une motte. La sève coule des tiges écrasées.

Odon l'entend gémir.

Malgré la chaleur, il continue. Un coup, un autre. Il déterre les racines, les arrache, il fait ça sur toute la longueur du massif. Bientôt, le sol est jonché. Il piétine ce qu'il arrache, mâchonne des mots qui ressemblent à des prières.

Ça dure longtemps. Odon a l'impression que ça dure des heures.

Il ne dit rien.

Il n'empêche pas.

Il reste sur le pont, les yeux ouverts.

Les gendarmes arrivent au théâtre en début d'après-midi. Odon les reçoit dans son bureau. Ils parlent du feu, du court-circuit, de l'installation électrique trop vétuste.

Ils disent que Marie s'est empoisonnée en mangeant des feuilles de digitales. Ils ont retrouvé le bouquet à côté de son corps. Des restes de feuilles dans la bouche et dans l'estomac.

Ils ont trouvé son sac, un numéro de téléphone, ils ont appelé sa mère.

Ils parlent de la lèvre enflée.

— L'un des comédiens dit que vous vous étiez disputés ?

Odon sourit.

— On se disputait facilement avec Marie...

— Elle avait d'autres anneaux, dit le plus jeune des gendarmes.

— Elle les a enlevés... Ils sont là-haut, sur le bord du lavabo.

Le gendarme monte les chercher.

— Vous savez ce que ces fleurs faisaient là ? demande l'autre gendarme.

Odon lui parle du personnage de Julie qui meurt de cette façon.

— Les digitales étaient dans le vase, elle n'a eu qu'à les prendre.

Le gendarme dit que c'est de la folie d'écrire des choses comme celles-là et de les faire jouer avec du vrai poison.

— Vous auriez pu prendre des coquelicots ! c'est la saison !

— On ne peut pas tricher sur tout, dit Odon.

Les yeux d'Odon sont comme de grands lacs tristes. Le gendarme n'insiste pas.

Il dit qu'il faudra quand même refaire l'électricité et passer au poste pour des signatures.

Julie et les garçons sont dans la loge. Julie est très pâle. Elle n'a pas dormi, pas mangé, ses yeux sont noirs de cernes.

Elle a pleuré.

Marie a voulu mourir, elle a choisi la mort qu'avait imaginée son frère.

Elle balbutie ces mots.

— C'est terrible de comprendre ça...

Elle dit ça lentement.

Elle regarde son père.

Elle a joué cette mort, soir après soir, elle portait les pétales de ses doigts à sa bouche, ça durait de longues minutes, c'étaient de vraies digitales, et Marie était là, dans la salle. Elle apprenait.

— Je faisais semblant... dit Julie.

— Tu n'y es pour rien... dit Damien.

Elle dit que plus jamais elle ne jouera *Nuit rouge*.

Greg ne parle pas.

Même Yann est triste.

La nuit est pleine de bruits. La lune brille, un quartier parfait. Est-elle montante ou descendante ? La Jogar est sur la rive. Elle attend qu'Odon rentre. Elle ne sait pas quand ce sera.

Elle marche sous les platanes, le long de la rive.

Autour, le sol est sec, de la poussière mélangée avec des feuilles mortes, des bouts d'écorces, des branches. De l'autre côté, il y a la ville.

Elle a appris l'incendie au petit-déjeuner. Le serveur lui a parlé du feu pris sous les toits, au Chien-Fou, une jeune fille retrouvée dans les combles. La Jogar a pensé que ce pouvait être Marie. Marie morte... Les premières secondes, elle s'est sentie soulagée. Ce fut cela, l'immédiat, ce sentiment de délivrance. Marie morte, il n'y avait plus de preuve possible, une pensée mauvaise dont elle a eu honte.

Elle a honte encore.

Elle s'assoit sur le matelas.

Elle pense à la vie qu'elle n'a pas eue, à toutes celles qu'elle aurait pu avoir. Loin, ailleurs, autrement.

Les vies que l'on n'a pas sont-elles toujours les plus belles ?

Elle enlève ses sandales. Sa robe remontée sur les cuisses. Nue, dépouillée. Presque impudique.

Elle ferme les yeux.

Odon rentre tard. Il la regarde. Il monte sur la passerelle, veut un drap léger pour la couvrir.

— Ne t'en va pas...
— Je ne m'en vais pas.

Il revient, s'assoit sur le matelas, pose ses mains sur elle, des mains comme des caresses. Il ne voit pas son visage mais il sait qu'elle a beaucoup pleuré.

— Raconte-moi...
— Qu'est-ce que tu veux que je te raconte ?
— Comment ça s'est passé... Je veux savoir.

Il s'allonge contre elle, se blottit dans son dos, ses bras noués autour de ses épaules.

Il est tellement désolé.

— On s'est disputés. Elle est montée dans les combles. C'était un peu avant le spectacle. Elle est restée là-haut une partie de la nuit... Elle a dû vouloir allumer les ampoules.

Elle voit les images, elle reconstruit tout.

Odon continue.

— Il y a eu un court-circuit. Le feu est parti d'une des prises près de la porte.

— Elle n'a pas eu le temps de se sauver ?

Il hésite.

Qu'est-ce qu'il peut répondre ? Il faudrait parler des digitales. Peut-il lui dire cette vérité ? Que Marie est morte parce qu'elle l'a voulu ?

Est-ce qu'elle l'a vraiment voulu...

Il caresse les cheveux de la Jogar, en respire l'odeur. Il veut la protéger encore. Tant qu'il pourra.

— Les pompiers ont dit qu'il y avait beaucoup de fumée. Elle devait dormir. Elle était loin du feu.

Il ferme les yeux. Il la serre fort. Ce n'est pas lui mentir que de la protéger.

— On peut penser qu'elle n'a pas souffert alors... demande la Jogar.

— On peut le penser.

Les larmes envahissent ses yeux. Il parle encore de Marie, à voix très basse.

Il ne parle pas des digitales.

— Tu te souviens d'autrefois ? Quand le silence de la neige tombait sur la terre, nous allions nous asseoir devant le foyer du château et nous parlions de choses qui n'arriveraient jamais.

Il murmure ça à son oreille.

C'est une phrase de Fernando Pessoa, un texte qu'il avait mis en scène l'année où ils se sont rencontrés.

Des odeurs de mousse. La Jogar reste silencieuse un instant. Ses doigts glissent sur le matelas.

Il y a des grattements d'insectes dans la terre autour d'eux.

— J'aimerais recommencer notre histoire... mais je sais que recommencer est impossible.

Il pose un baiser dans ses cheveux.

— Le possible est ennuyeux, avec l'impossible on a des chances.

Il dit cela.

Elle respire contre sa main. Le visage dans la paume. À l'intérieur, dans le creux, elle retrouve l'odeur rassurante.

— C'est toi qui as écrit *Nuit rouge* n'est-ce pas ?...

Il ne répond pas.

Elle n'a pas besoin qu'il réponde.

Elle sait.

Elle sait depuis le premier soir quand il lui a parlé du rachat des fautes.

Ensuite, elle a vu *Nuit rouge*. Elle s'est souvenue des plants de digitales qui poussaient le long de la rive. À la sauvage, sans que personne s'en occupe vraiment. Odon les aimait, la terre dans laquelle elles poussaient sentait la boue. Un jour, ils étaient ensemble sur la péniche, Odon a dit qu'il aimerait écrire une histoire avec un personnage qui meurt à la fin en mangeant des feuilles de digitales. Associer la beauté et la mort, il voulait ça, cette union infernale.

Il a dit, Huit grammes de ces feuilles suffisent. Sur scène, j'utiliserai les fleurs, ce sera plus poétique, mais ce sont les feuilles qui sont les tueuses.

— La scène était magnifique... Julie, ses gestes, la couleur pourpre des digitales entre ses doigts, c'est en la regardant porter les pétales à sa bouche que j'ai compris...

Elle laisse ses lèvres dans le creux de sa main.

— Tu as racheté ma faute...

Odon pense à toutes ces années où il s'est senti coupable, tellement qu'il lui a fallu écrire une histoire pour tenter de sauver le nom de Selliès. Il a décidé cela, le sortir de l'oubli et lui rendre son dû.

Et ce fut *Nuit rouge*.

Il soupire contre sa nuque.

Il la serre fort.

Il ne dit plus rien.

La Jogar ferme les yeux.

Des troupes sont parties la veille. Il en partira d'autres jusqu'à ce qu'il n'y en ait plus une seule. Jusqu'à la ville calme. Ils ont ramené le corps de Marie à Versailles. Deux jours ont passé, infiniment tristes. Julie et les garçons ont nettoyé le théâtre, rangé les décors, les loges.

Odon a téléphoné à la mère de Marie. Il a pu parler avec elle. Elle a dit que les cendres de Marie avaient été déposées avec celles de son frère, au pied d'un arbre qui va mettre cinquante ans à pousser.

Odon se promet que, un jour, il rendra visite à cet arbre-là.

Il ouvre les hublots côté fleuve.

Les voitures roulent sur le boulevard. La terre rend la chaleur accumulée dans la journée.

Le festival se termine mais pas l'été. Il va faire chaud encore, pendant des semaines.

Il prend son téléphone, il sort sur le pont. Le numéro, en mémoire.

— Où es-tu ? il demande.
— Dans le train.
— Comment tu es habillée ?
— Une robe noire.

Elle répète, Une robe noire dans un compartiment vide.

Il la sent sourire.

Elle dit, J'apprends *Verlaine d'ardoise et de pluie*.

Il s'assoit à la table, sous l'auvent. Elle raconte ce texte à apprendre, elle s'éloigne, s'en va. Elle est déjà dans des projets d'automne et d'hiver.

Il l'écoute.

Il est heureux pour elle.

Il dit, Je vais écrire pour toi.

Elle ne répond pas.

Il y a un moment où aucun mot n'est dit. Elle laisse passer ce moment et elle raccroche.

Il ouvre un carnet, il se penche.

Il reprend sa tasse.

Un pan de ciel se reflète dans le noir de son café.

Il a déjà commencé, quelques notes jetées, un début d'histoire.

Isabelle sort son poudrier. Elle applique un peu de poudre sur son front et sur les ailes de son nez. Ses yeux sont rouges.

Odon regarde son visage.

Elle a pleuré la mort de Marie.

Ils parlent de cela, ensemble, longtemps.

— C'est tellement court, une vie...

Le regard triste, elle fixe la table.

Odon ne lui parle pas des digitales.

Il dit qu'il veut récupérer les affaires de Marie pour les rapporter à sa mère.

— Je dois faire cela...

Isabelle le laisse aller seul. Elle referme le poudrier. Caresse ses mains de vieille, de plus en plus sèches. Les choses ne sont pas dans l'ordre, c'est elle qui aurait dû partir.

Odon entre dans la chambre de Marie. Il reste un moment, immobile sur le palier.

Il ramasse ses vêtements qu'il glisse dans un sac. Un tee-shirt. L'odeur dans le tissu.

L'urne à pensées... Il l'ouvre, la referme. La glisse dans l'armoire.

Il s'approche de la fenêtre, regarde les papiers collés, des dizaines, et ceux collés aussi contre le mur.

Les photos, celle d'Isabelle au bord du lit à baldaquin. Les autres. Il les détache. Il les garde. Le manuscrit d'*Anamorphose*, il le garde aussi.

Il trouve le carnet de Selliès, le glisse dans le sac avec le reste.

Marie avait peu de choses.

Il soulève le matelas, le tire dans le couloir, le regroupe avec les autres dans la pièce du fond.

Il revient.

La chambre est vide. Seuls les papiers blancs contre la fenêtre et sur le mur rappellent la présence de Marie.

Il les laisse.

Il ramasse le sac, referme le volet.

Un papier a glissé entre le matelas et le mur. Il se baisse. Il pense que c'est un message tombé de l'urne à pensées.

Il le déplie. C'est une grande page arrachée d'un cahier à carreaux.

L'énigme d'Einstein, recopiée par Jeff.

Odon retourne la page.

Derrière, dans l'espace vide, au crayon de couleur rouge, une écriture ronde, C'est l'Allemand qui a le poisson !

Des ronds sur les *i*.

La réponse est soulignée.

C'est l'écriture de Marie. Il y a ses recherches au-dessous, des dessins de maisons avec des couleurs, des noms.

Odon sourit, une joie qui se mêle au chagrin.

Elle avait trouvé.

Il glisse le papier dans sa poche.

Un dernier regard et il referme la porte.

Les jours ont passé. Les affiches se décrochent et se balancent. Un air déjà d'après festival. Une marionnette a été oubliée sur la banquette, un costume en damassé rouge.

Toutes les chambres sont vides.

Il est tôt le matin.

Isabelle ouvre le journal. Elle lit son horoscope, Lion premier décan : « La journée vous sera favorable. Profitez de tout ce qui va se présenter, de vastes avenirs devraient s'ouvrir à vous. »

Elle revient vers l'évier, emplit un verre d'eau. Elle boit une gorgée.

Sa valise est prête pour Ramatuelle. Elle est dans l'entrée. Son cardigan bleu dessus.

Isabelle regarde par la fenêtre. Un coup d'œil à sa montre. Le taxi ne va pas tarder. Elle a téléphoné. Il vient la chercher un peu avant huit heures.

Trop fatiguée pour prendre le train, elle fera tout le voyage en taxi.

Elle met du rouge sur ses lèvres, noue un foulard léger autour du cou.

Elle a laissé un double des clés à Odon.

Le taxi arrive.

Elle referme la fenêtre.

Tout est rangé. La maison, les affaires, comme s'il s'agissait d'un grand départ.

Le chauffeur monte, l'aide à porter sa valise.

La voiture est garée devant la porte, elle n'a pas à marcher longtemps.

Elle s'en va pour trois jours. Il semble que c'est pour une éternité.

Avant de monter dans la voiture, elle lève la tête, regarde les fenêtres fermées de sa maison. L'ours en peluche, la poupée derrière la vitre. Mathilde est partie, elle a promis de revenir quelques jours à Noël.

Isabelle monte dans la voiture. Le chauffeur referme la portière. Il met sa valise dans le coffre, reprend sa place derrière le volant.

Un regard dans le rétroviseur.

— Tout va bien, madame ?

— Tout va bien oui.

Il démarre. Le moteur fait un doux bruit.

Le taxi longe la rue de la Croix, quitte lentement les ruelles. Il n'y a personne, quelques habitants du quartier avec des paniers, les halles ne sont pas loin.

Le taxi traverse la ville. Il arrive aux remparts, encore à l'intérieur, il ralentit, en franchit la porte, prend sur la droite, le boulevard qui contourne la ville.

Un feu rouge, le taxi ralentit, s'arrête.

Le temps passe, quelques secondes.

Isabelle cale sa tête contre la portière. Marie est morte. Le destin fait cela parfois. Il emporte. C'est comme ça. Sans issue. Des départs comme des massacres. Ceux qui restent pleurent. Ils s'en veulent. On ne refait pas l'histoire. C'est ce que pense Isabelle. Jamais rien ne se récrit.

Elle écrase une larme.

Le feu passe au vert.

Le chauffeur redémarre, à cet endroit la circulation est plus dense, il roule lentement, longe les remparts extérieurs.

Isabelle se retourne.

Par la vitre arrière de la voiture, elle regarde le fleuve, les arbres qui le bordent, les péniches sur la rive en face, le soleil sur les tours, les toits, et la ville blottie entre ses murs. Tout est baigné de lumière.

La voiture prend de la vitesse.

Le fleuve dessine une courbe.

Avignon ressemble à une île qui s'éloigne.

Le chauffeur jette un coup d'œil dans le rétroviseur. Isabelle reprend sa place.

Si ça roule bien, elle sera à Ramatuelle avant midi.

10091

Composition
NORD COMPO

*Achevé d'imprimer en Slovaquie
par* NOVOPRINT SLK
le 3 septembre 2012.
Dépôt légal septembre 2012.
EAN 9782290057278
OTP L21EPLN001284N001

ÉDITIONS J'AI LU
87, quai Panhard-et-Levassor, 75013 Paris

Diffusion France et étranger : Flammarion